U0409577

苏州大学文学院学术文库

本书系江苏高校哲学社会科学研究项目“个人话语与九十年代中国文学研究”（批准号 2017SJB1313）成果

江苏高校优势学科建设工程项目资助

当代女性文学个人话语研究

臧 晴 / 著

苏州大学出版社
Soochow University Press

图书在版编目(CIP)数据

当代女性文学个人话语研究 / 臧晴著. —苏州：苏州大学出版社，2020.9

(苏州大学文学院学术文库)

ISBN 978-7-5672-3305-8

Ⅰ. ①当… Ⅱ. ①臧… Ⅲ. ①妇女文学—文学研究—中国—当代 Ⅳ. ①I206.7

中国版本图书馆 CIP 数据核字(2020)第 185674 号

书　　名：当代女性文学个人话语研究
DANGDAI NVXINGWENXUE GERENHUAYU YANJIU

著　　者：臧　晴
责任编辑：李寿春
助理编辑：刘　冉
装帧设计：刘　俊

出版发行：苏州大学出版社(Soochow University Press)
社　　址：苏州市十梓街 1 号　邮编：215006
网　　址：www.sudapress.com
邮　　箱：sdcbs@suda.edu.cn
印　　装：苏州工业园区美柯乐制版印务有限责任公司
邮购热线：0512-67480030　**销售热线**：0512-67481020
网店地址：https://szdxcbs.tmall.com/(天猫旗舰店)

开　　本：700mm×1000mm　1/16　**印张**：13　**字数**：187 千
版　　次：2020 年 9 月第 1 版
印　　次：2020 年 9 月第 1 次印刷
书　　号：ISBN 978-7-5672-3305-8
定　　价：58.00 元

总　序

苏州，江左名都，吴中腹地，自古便是“书田勤种播”之地。文人雅士为官教谕之暇，总爱闭户于书斋，以留下自己若干卷丹铅示于时贤后人自娱。这种风雅传统至今依然延续在苏州大学文科院系，自其他大学文学院调至苏州大学文学院执教的前辈学者不免感叹“此地著书立说之风甚浓”了。

苏州大学文学院“中国语言文学”为省优势学科，建设的内容之一是高水平学术著作的出版，“苏州大学文学院学术文库”（以下简称“文库”）便是学科建设的成果。出版文库的宗旨是：通过对有限科研资助经费的合理调配使用，进一步全面地展示与总结文学院教师的学术研究成果，以推进和强化学科建设，特别是促进学院新生学术力量的成长——这些目前尚属于“雏鹰”的新生学术力量便是文学院的未来。

文库的组织运行工作自 2019 年 9 月启动，第一批文库书籍在三个月内已先后同苏州大学出版社签订了出版协议。由于经费有限，在张罗文库之初，文库学术委员会明确：学术委员会成员的学术成果暂不列入文库出版阵容；首批出版的学术文库向副教授、青年讲师以及刚入职的青年教师倾斜，教授的学术研究成果往后安排。文库的组织出版应该是一项常态工作，每年视经费情况，均会推出一批著作。为贯彻本丛书出版宗旨，扩大我院学术影响，学院将对本丛书中已出版的各种成果加强宣传，推荐评奖，并对获得重大奖项者予以奖励。

为加强对文库出版工作的组织和领导工作，文库学术委员会设立了初审和复审小组，遴选学术著作。孙宁华、杨旭辉、王建军、吴雨平、王耘和张蕾等参加初审工作，王尧、曹炜、马亚中、汤哲声、刘祥安、季进、徐国源、李勇和周生杰等参加复审工作，袁丽云、陈实、周品等参与了部分具体事务。现在，经学院上下一起努力，文库第一批书籍付梓在即，这无疑是所有参与者心血的结晶。我们希望，借助这个平台，进一步激发文学院教师的科研热情，并为所有研究人员学术成果的及时面世创造条件。

为了文库出版工作的持续顺利运行，为了文学院学术影响力的不断提升，让我们全体同人携起手来！

王 尧　曹 炜

2020年4月28日

目 录

绪　论

文学研究，归根到底，是通过对文学的言说来理解社会和人生，从而实现艺术和审美的精神再造。既是以人性和个体生命为基本的视阈，那么，对文学的研究就不能视其为简单的时代传声筒，也不能将其作为技术操演的证明材料，而是应以独立的精神、审美的眼光来洞察社会与文化的生态和未来，释放人性与人道主义的力量。因此，理论的运用仅仅是学术研究保持学理性的一种工具，而更值得重视的应是文学研究的价值及审美取向，在这个意义上，文学研究显然不是单凭林林总总的理论就能全部阐释的。

考察当代中国女性文学的发展状况，西方思潮的影响是一个绕不过去的关键问题。于是，无论是从题材、语言等角度的“内部研究”，还是从文化、政治等角度的“外部研究”，最终呈现出的往往都是一个受西方思潮“传播—接受—本土化”的单向过程。西方理论成了无上的权威，而其中的女性主义文化理论更成了放之四海皆准的“圣经”。在这样的视野下，女性文学似乎只能由女性主义理论来进行阐释，而文学创作则被看成了理论影响乃至指导下的产物，这种相对单一的逻辑，即使是在对理论有效性和适用范围有所反思和警惕的今天，依然是早已被研究者内化的“前结构”。

从女性主义文化理论的思路来研究本土的女性文学，可以为之提供一个“先验”的视角，通过对“女性意识”“主体性”的挖掘触碰到文学内部温热而鲜活的生命形式。但是，如果讨论只囿于阐述文本的封闭空间而脱离历史语境与文化生态，其真实性和有效性就会显得十分可疑：一方面，任何一种批评范式都无法摆脱事实上是由话语机制所制造的逻辑观念、审美趣味和权力结构的影响和限制；另一方面，在文学逐步边缘化、文化日益多元化的当代中国，仅仅关注文本本身或使用单一视角，就会落入“见木不见林”的境地。换言之，必须从对女性文学的本质性探讨转向对其的历史化考察，再深入更广阔的文学、历史和思想背景中去，以呈现出一幅更具整合性的文化图景，并对其在当代中国文学整体态势中的位置做出思考。

一、对本文范畴的界定

要理解当代女性文学，则首先需要对背后所依托的一些范畴有所厘清。

本文所谓“当代”，是一个文化、文学史意义上的，作为文化历史空间的时间概念。首先，“当代”并不是一个纯粹的自然时间概念，其时间起止是粗略而模糊的，且对于本文而言，中国女性文学虽自五四前后燃起星星之火，但在1949年后愈发微弱，几乎到了偃旗息鼓的地步，直至20世纪80年代初期才最终绵延成燎原之势，所以在“当代”的历史语境中，20世纪80年代前后才是女性文学的时间起点。其次，对“当代”的讨论也并不仅止于这时期所产生的文学文本，更囊括了其间的文学思潮、文化现象，使得“当代”成为一种“时间性的空间关系”，是一个生成性的复合文化空间。

需要指出的是，本文所使用“20世纪80年代”“20世纪90年代”，并不是近年来一些理论家在原“新时期”的基础上所划分出的“新时期”“后新时期”，二者之间存在着根本性的分歧。1992年，“后新时期”作为一个与20世纪80年代断裂的新概念而被提出，用来描述20世纪90年代以来的中国文学走向，并被逐渐扩展到文化范畴。然而，作为对社会文化形态进行整一性概括的努力，“后新时期”并不能区分于约定俗成的“20世纪90年代”，对这一历史时期的文学、文化形态做出有效的阐释，反而暴露出诸多问题。首先，“后新时期”这一概念产生的初衷是反对过分强调文学的政治因素和社会作用而重视文化因素和审美作用，由此尝试以文学自身的规律来进行文学史分期[1]。一方面，不可否认，以重大政治历史事件来为文学史断代的做法确实存在诸多问题，这在种种“重写文学史”的讨论中也已得到重新检视。但是，中国新文学自诞生以来就与政治文化有着天然的血缘关系，二者之间的百年纠葛也从未终止，政治、历史活动的激荡对文化、文学有着猛烈的冲击作用和长期的暗示效应。就 20 世纪 90 年代而言，邓小平南方谈话、社会主义市场经济的最终确立，向一个新的文化时段发出了强烈的信号，这是包括文学研究在内的任何人文研究都难以规避的因素。当然，从文学的自身规律出发来考察文学史也不失为一种新的维度，但“后新时期”这一概念的建构也未能如其自诩的那样摆脱政治的依附。论者认为，“新时期”与“后新时期”最大的区分在于社会文化功能的不同，即新时期文学仍是服务于政治运动和主流社会运转的需要，而“后新时期”文学则是社会市场化时期的产物。[2] 可见，其讨论虽是寄希望从文学本体出发，但最终的落脚点仍回到了消费社会和大众传媒的冲击，即政治历史条件之上，与其理论架构的初衷相悖。更何况，“新时期”这一概念本身就是国家权力机制和意识形态在“文化大革命”后的自我表述，“后新时期”依附于“新时期”，却尝试着摆脱社会政治的血缘关系、建立起文学的真空地带，这无疑是缘木求鱼。另一方面，如果论者将“后新时期”视为社会市场化的产物，那么就应当把其时间的上限设定在 1992 年前后，是年年初，邓小平先后赴武昌、深圳、珠海、上海等地，沿途发表了重要谈话，对 20 世纪 90 年代的经济改革与社会进步起到了关键性的推动作用。然而，相关讨论大多没有正面界定其时间范畴，或是语焉不详地仅以“20 世纪 90 年代”来划定时间起讫，丧失了作为一种文化理论应有的批判性立场和理论介入现实的勇气。

其次，“后新时期”的产生是在“新时期的终结”这一前提之下建

---

[1] 王宁. 后新时期与后现代 [J]. 文学自由谈，1994 (3).
[2] 赵毅衡. 二种当代文学 [J]. 文艺争鸣，1992 (6).

立的，论者将其与“新时期”的关系比照为“后现代”与“现代”的关系，以反寓言书写和新状态小说的崛起来证明这一时期文学形态的“挑战性”、“叛逆性”和“超越性”。[1] 但是，即便是在以同质化为实质的全球一体化时代，东、西方经验的对接和应用仍应在有限的范围内予以审慎的思考。其一，尽管社会文化结构与文学结构发生了重大转型，但20世纪90年代并不具有独立的阶段性特征，与当代文学在20世纪70年代末的变化相比，它与20世纪80年代的延续性要明显大于断裂性。如洪子诚指出，“八九十年代之交的社会‘转型’，主要是由于市场经济的全面展开，社会文化并没有作有意识的全面调整（像‘文革’结束那样）。50—70年代确立起来的文学规范在80年代期间瓦解的趋势，在90年代仍在继续推进”[2]。换言之，20世纪80年代的改革开放撕开了封闭式经济文化形态的一个口子，文学书写开始极力拆解历史，随着20世纪90年代东、西方冷战的结束和全球经济一体化的重建，这个缺口急剧扩大，最终在消费浪潮中形成了对文学书写、文化结构的颠覆性态势，这是一条有迹可循的历史脉络。其二，“后现代性”并不是对“现代性”的否定。恩内斯特·拉克劳（Ernesto Laclau，1935—2014）指出，“后现代不是对现代性的简单拒绝：后现代是对现代性的命题和概念做一番不同的调整”（由笔者翻译）[3]。如伊哈布·哈桑（Ihab Hassan，1925—）曾以刮去原先书写后仍会留下依稀印记的羊皮纸为喻，认为后现代是在历史的羊皮纸上，在原有的现代性上所进行的延续和新生。[4] 作为一种文化批判理论，“后现代主义”本身就是典型的“现代”思考范式的产物，是“现代性”发展到一定时期后，对其命题和概念做出的自我调整。更何况，不同于西方“农业社会—工业社会—后工业社会”的线性历史走向，中国大陆在20世纪80年代末同步出现

---

[1] 张颐武. 反寓言/新状态：后新时期文学新趋势［J］. 天津社会科学，1994（4）.

[2] 洪子诚. 中国当代文学史［M］. 北京：北京大学出版社，1999：387.

[3] Laclau，Ernesto. *Universal Abandon? The Politics of Postmodernism*［M］. Minneapolis：University of Minnesota Press，1988：65.

[4] ［法］让—弗·利奥塔，等. 后现代主义［M］. 赵一凡，等译. 北京：社会科学文献出版社，1999：118.

了农业文明向工业文明、工业文明向后工业文明的转型，投射到本土的文学与文化变化上，产生了“现代性”与“后现代性”的交错运动[1]：一方面，“现代性”的深入催生了对抗传统和正统思想控制的文化转型；另一方面，“后现代性”的萌芽又引发了对个体存在悖谬性的反思。其情况之复杂，远非是“否定”与“终结”就可以概括的。究其原因，“后新时期”的理论思考虽然是来自弗雷德里克·詹明信（Fredric Jameson，1934—）“后现代”理论的启发，但二者在理论架构的逻辑上恰恰相反。在詹明信那里，“后现代主义”理论是出于将社会制度和文化现象协调起来以达成“历史重构”的努力，“历史重构是提出整体的特征和假设，对当下事物的纷杂混乱做出抽象的概括，是对此时此地的激烈的介入，也是对它所包含的盲目宿命观点的抵抗”[2]。由此，他以后现代艺术中的“混杂”“模拟”“分裂”等特征为例，来理解晚期资本主义社会的非道德性，即“历史性”。“后新时期”的论者则倒置了这一逻辑，以此类文学、艺术样式在20世纪90年代本土中的呈现来证明中国式“后现代”的来临，既违背了文学、文化样式与历史时期之间并不具有绝对对应性的常识，也取消了原有理论中的文化批判立场，所以，这种比附显然是不具有合理性的。[3]

“女性文学”，在本文“当代”的范畴预设下，泛指该时期女作家的文学创作及其所引起的文学、文化现象。值得注意的是，在学术视野下的“女性文学”，其特殊内涵与范围外延究竟是什么，是否具有作为一个独立学术范畴的合法性，至今在学界尚未得出定论。

在发轫于20世纪80年代初期的那场荡涤式的西方学术思潮热中，女性主义文化理论作为具有性别政治意义的意识形态资源被引入国内。

---

[1] 丁帆.“现代性”与“后现代性”同步渗透中的文学［J］. 文学评论，2001（3）.

[2] Jameson，Federic. *Postmodernism or，the Cultural Logic of Late Capitalism*［M］. Durham：Duke University Press，1991：400.

[3] 关于“后新时期”命名问题的讨论，可参见徐贲. 什么是中国的“后新时期”与“后现代”［EB/OL］.（2010-4-24）. http://www.aisixiang.com/data/33207.html.

在经历了数年应声寥寥的尴尬境遇后[1]，西蒙娜·德·波伏娃（Simone de Beauvoir，1908—1986）的《第二性》的译本于1986年问世，掀起了女性主义理论译介的第一个浪潮[2]。时逢20世纪80年代初期一批重要女作家的出现，“女性文学”成了一个新兴的学术概念，引起了颇为热烈的讨论。讨论的焦点包括：“女性文学”是否为出自女性作家之手的所有作品？是否需要将部分男性作家对女性的书写包括在内？即到底是“女性写”还是“写女性”；女性作家是否具有不同于男性作家的身心体验、情感认知和文学表达？即如何在技术层面上界定其独特性；在经历了毛泽东时代“妇女能顶半边天”的妇女解放和20世纪80年代“人”的回归后，提出“女性文学”是否意味着重新将女性纳入次一等的准主体地位？即是否有设立“女性文学”的必要性。[3]这些疑问在研究者不断地往来商榷中打开了从性别视角进入文学研究的空间，但学界在理论讨论上的贫弱和混乱，使得“女性文学”成了一个各执一词、歧义丛生的未定范畴，非但不能有效地界定讨论对象，其自

---

[1] 1981年，朱虹的《美国当前的“妇女文学”——〈美国女作家作品选〉》首开先河，第一次将“妇女文学”的概念引入国内。其后，1982年和1984年分别出现了对日本学者白井厚《争取女权运动的历史和妇女学》、英国学者麦克伦南（Gregor McLennan）《争取女权运动史》的摘译，以及几篇运用女性视角探讨西方文学的研究论文，即陈洁的《希腊神话传说中女性形象的演化及其认识价值》，李小江的《〈谢利〉中复式结构的对立统一——评〈谢利〉中的女权主义》和齐彦芬的《西蒙娜·德·波伏娃小说中的女性形象及其所反映的存在主义观点》。在长达5年的时间内，学界既没有对其历史渊源、发展脉络做出梳理介绍，也没有对代表性人物、理论进行评述研究；既缺乏重要论著的完整译本，也不见对相关概念、理论的探讨与运用。女性主义文化理论在1986年前的本土际遇不可谓不冷。

[2] 该论著中“女人不是天生的（be），是被后天塑造的（become）”这一石破天惊的观点打破了学界对女性主义理论的冷淡局面，仅1986年一年就出现了4篇与波伏娃相关的重要论文：张放. 波伏瓦追求真理的一生［J］. 外国文学，1986（9）. 葛雷. 评波伏瓦的小说《他人的血》［J］. 国外文学，1986（C1）. 阳刚. 悼念西蒙娜·德·波伏瓦逝世——西蒙娜·德·波伏瓦：其人其著［J］. 法国研究，1986（3）. 柳门. 欧洲女权运动之星的陨落——西蒙娜·德·波伏娃的逝世及其生平与著作［J］. 读书杂志，1986（7）.

[3] 吴黛英. 新时期“女性文学”漫谈［J］. 当代文艺思潮，1983（4）. 吴黛英. 从新时期女作家的创作看“女性文学”的若干特征［J］. 文艺评论，1985（4）. 王福湘. “女性文学”论质疑——与吴黛英同志商榷兼谈几部有争议小说的评价问题［J］. 当代文艺思潮，1984（2）. 禹燕. 女性文学的历史与现状——兼论什么是“女性文学”［J］. 评论选刊，1985（12）. 张抗抗. 我们需要两个世界［J］. 文艺评论，1986（1）.

身也成了需要解释的概念，甚至连“feminism”在文学研究中的译名都是直至20世纪90年代才被统一为“女性主义”，[1] 新世纪后，种种争议似乎成了不可能完成的任务，被逐渐搁置，随后，“女性写作”[2] 取而代之，成了较为通用的指称。

但是，本文所谓“女性文学”，与“女性写作”的概念不同。首先，由于法国女性主义理论家埃莱娜·西苏（Hélène Cixous，1937—）的“写你自己，你的身体必须被听到”（由笔者翻译）[3] 的写作理论暗合或是引导了20世纪90年代女性的身体写作，她迅速跻身国内为数不多的被接受的女性主义理论家代表，其对于“女性写作”的提法也随之被奉为圭臬。在《美杜莎的笑声》（*The Laugh of Medusa*）中，她写道：“我要讲妇女写作，谈谈它的作用。妇女必须参加写作。必须写自己，必须写妇女。就如同被驱离她们自己的身体那样，妇女一直被暴虐地驱逐出写作领域，这是由于同样的原因，依据同样的法律，出于同样致命的目的。妇女必须把自己写进文本——就像通过自己的奋斗嵌入世界和历史一样。”[4] 西苏的论点是从创作的立场出发，谈“女性写作”应该写些什么，以及如何利用文学的想象来“言志”。当这个概念的立场被置换到学术研究时，就能且只能适用于文学批评，或者说是文学批评中的女作家批评，即讨论出自女作家之手的文本“写了什么”“写得怎样”。若想要进一步讨论“为何会这么写”“其意义及问题在于何处”，就不能仅仅仰赖于单一的文本，更应将文学、文化现象等因素综合纳入

[1] 对于“feminism”是“女性主义”还是“女权主义”，鲍晓兰在其主编的《西方女性主义研究评介》后记中较为详细、系统地对二者做出了区分：为强调女性的视角，突出“feminism”文化政治的丰富内涵，并避免女权（women's rights）与史学概念上的女权运动（Women's Suffrage Movement / Women's Rights Movement）相混淆，遂采用“女性主义”作为“feminism”的译名。可参见鲍晓兰. 西方女性主义研究评介［M］. 北京：生活·读书·新知三联书店，1995：298-299.

[2] Écriture féminine 英译为 female writing 或 feminine writing；中译多为“女性写作”，亦有林幸谦等港台学者将其译为“阴性书写”。

[3] Cixous，Hélène. *The Feminist Reader*［M］. London：Macmillan Press，1997：103.

[4] ［法］埃莱娜·西苏. 美杜莎的笑声［M］//张京媛. 当代女性主义文学批评. 北京：北京大学出版社，1992：188.

考察的范围中来。其次，“女性书写”这一概念的接受在很大程度上还是得益于戴锦华的，她在代表作《涉渡之舟：新时期中国女性写作与女性文化》的绪论中提出，“女性写作”标志着对女性创作的作品及女性写作行为的特殊关注，旨在发现未死方生中的女性文化的浮现与困境，发现女作家作品中时隐时现的女性视点与立场的流露，寻找女性写作者在男权文化及其文本中间或显露或刻蚀出的女性印痕，发觉女性体验在有意无意间撕裂男权文化的华衣美服的时刻或瞬间。[1] 戴锦华延续了西苏的思路，从“女性视点与立场”“女性印痕”出发，将女性书写不同于男性和常规文学写作之处作为“女性写作”的核心。考虑到中国特定的性别历史以及理论架构初期的困难，对“女性意识”（femininity）的强调确能造成强有力的破冰效应，有效地解构定型化了的男权文化视阈。但问题在于，随着西苏和戴锦华研究的逐渐“经典化”，挖掘被遮蔽的女作家、分析其创作中的“女性意识”已经被滥用为不加内省的理论惯性，成了单一的审视维度。在当今“女性文学”已成为社会热点，大众传媒与商业化浪潮深入参与的背景下，除了挖掘女性书写偏离“菲勒斯中心主义”（phallocentricism）、阐发在“阳性论述”（masculine discourse）中被边缘化、缄默化的女性气质，更需要探讨性别主体思考的可能与限度，以及在特定历史文化背景中的问题与意义。

二、对研究现状的反思

女性文学研究自20世纪80年代后期滥觞以来，已逐渐发展成一个经久不衰的热门领域，相关著述十分丰富。对女性文学的整体性研究中，典型的思维就是在“西学东渐”的路径中展开：从解析女性主义文化思潮在中国的译介与传播开始，进而将理论方法实践到本土的文本细读中。虽然这一路径发展到新世纪后，在对“中西对接模式”普遍反省

---

[1] 戴锦华. 涉渡之舟：新时期中国女性写作与女性文化［M］. 西安：陕西教育出版社，2002：16.

的气氛中，许多研究往往通过增添“变异及本土化”这一尾巴来矫枉过正[1]，但将女性主义文化思潮作为本土女作家崛起的源头和解读的标准，显然是有所失当的。首先，如前所述，女性主义文化理论自20世纪80年代初期进入中国，直至20世纪八九十年代之交才引起学界的普遍关注和系统讨论，且国内女作家对其的认知大多始于1995年世界妇女大会前后，其与新时期初期就已崛起的女作家创作之间存在着双重的“时间差”与“视界差”。新时期“女性文学”在20世纪80年代中期的最初提出是针对20世纪50—70年代妇女解放理论的性别观念及其历史实践的后果，并在20世纪80年代人道主义的话语脉络中逐步深入，而西方理论的介入尚在其后。而且，在女性主义文化理论进入本土之前，女作家并没有因性别身份而被视为一个群体或者流派，而是被混同在“伤痕文学”“反思文学”“寻根文学”“先锋文学”“新写实小说”等范畴之内被讨论。因为一种方法论的兴起，她们被从中剥离、以性别这一集体身份重新聚合并被加以讨论，从中自然可以呈现出崭新的学术景观，进而丰富研究的视角，但这一思路逐步走向了一种固化模式：通过详尽而细致地爬梳出理论传播的路径，同时描绘出女作家创作逐渐繁荣的文坛景观，将二者对举，得出“女作家创作随着女性主义文化理论传播的深入而繁荣”的结论。这种线性的、基于单一无缝隙的时代精神的历史描述能有多真实？答案是显而易见的，而在此基础上所构建的“当代女性文学史”以女作家作品的拼接史呈现出女性意识“一浪高过一浪”“一代胜过一代”的景象，忽略了历史发展内部的多样性和复杂性，其本身就是反历史的。

对女性文学内部各类问题的研究，相关论著汗牛充栋，硕士、博士论文至今也层出不穷，主要热点集中在两方面：一方面，对“个人化”“私人化”“身体写作”等当下写作热点的关注；另一方面，对女性文学

[1] 相关研究中的代表作有杨莉馨．异域性与本土化：女性主义诗学在中国的流变与影响[M]．北京：北京大学出版社，2005．王艳芳．身体认同模式下的文化建构——论90年代女性写作[J]．浙江学刊，2004（2）．

题材的归纳研究。前者往往引入文化研究的视角，兼及消费时代背景和大众文化语境，以即时性和生动性的“文化观察”见长[1]。其问题在于，不少文章虽是关注文坛前沿，却常以陈旧的意识形态批评立场来介入文本，在道德的制高点上批评这类书写囿于封闭个体空间、缺乏人文深度，不愿也无法理解文学策略与审美向度的多样性，显示出批评价值观的滞后。而且，研究在痛心批判“个人化写作”“私人化写作”“身体写作”等现象的堕落之余，对这些概念本身却并没有做出厘清。比如，20世纪八九十年代之交的“个人化写作”除了女性文学之外还被用来探讨一种诗歌写作以及小说中的“晚生代写作”，但大多数研究并没有将这三者置入同一语境进行讨论[2]，这本身就是值得玩味的现象。后者则直接借鉴了女性主义文化理论的经典批评方法，通过文本细读，或归类出女性文学中“姐妹情谊”“母女关系”等题材[3]，或总结出文本中“地母”“妖女”“疯女人”等原型。其代表即为林幸谦对张爱玲文本的重读[4]，但目前在对当代女性文本的解读中鲜能发现达到类似高度的佳作，在套用上总不免让人产生牵强附会、削足适履之感。究其原因，许多研究将题材书写与文本策略混为一谈，比如，作为文本策略的“姐妹情谊”和作为题材的女同性恋书写究竟有何区别？该如何界定？同为所谓“姐妹情谊”的文本，林白的《一个人的战争》借其表达对男

---

[1] 相关研究中的代表作有吴亮．论私人化写作［J］．上海文学，2005（8）．王又平．自传体和90年代女性写作［J］．华中师范大学学报，2000，39（5）．郭冰茹．个人、身体与个人化写作［J］．中国现代文学研究丛刊，2012（12）．

[2] 目前仅见一例将三者同时纳入“个人化写作”并讨论其相互间关联性的研究，为上海大学2008年博士论文：吕永林．个人化及其反动——1990年代小说中之部分“个人化写作”重读［D］．上海大学，2008．后出版，吕永林．个人化及其反动：穿刺“个人化写作”与1990年代［M］．上海：东方出版中心，2010．

[3] 相关研究中的代表作有高小弘．成长如蜕——二十世纪九十年代女性成长小说研究［M］．北京：人民出版社，2011．周莹．“家”神话的坍塌——论90年代女性写作中的反家庭叙事［J］．文艺评论，2004（2）．赵树勤．快乐原则与主体地位的确立——论当代女性文学的性爱主题［J］．文艺争鸣，2002（5）．

[4] 林幸谦．历史、女性与性别政治：重读张爱玲［M］．台北：麦田出版股份有限公司，2000．后在大陆出版，略有改动．林幸谦．荒野中的女体：张爱玲女性主义批评Ⅰ［M］．桂林：广西师范大学出版社，2003．林幸谦．女性主体的祭奠：张爱玲女性主义批评Ⅱ［M］．桂林：广西师范大学出版社，2003．

性世界的失望，严歌苓的《白蛇》则描写了在非人时代中聊以抚慰的人性微火，而陈丹燕的《百合深渊》较为清晰地描写了几段同性情愫，等等。作为文本策略和作为题材书写所产生的差异由此可窥一斑。而且，题材研究本身往往需要引入精神分析法来阐释文本细节，尤其是其中的心理描写，如潜意识与人格结构、俄狄浦斯情结与童年经验、性本能等，但需要注意的是，精神分析本身就是典型的男性话语，基于女性主义立场的研究应在对其的运用中审慎变通。作为一种方法，精神分析尽管可以有效地挖掘出书写者的潜台词和无意识，但也只能止步于此，从更宽泛的视角来看，女性文学并不仅仅等同于女性写自己，它们是自我的载体，但更是历史文化记忆的载体，对精神分析法的过分依赖无疑损失了文本的内在丰富性。

相比较而言，在论述的系统和严谨、观点的新颖、材料的扎实和全面等方面，本领域有两位学者的研究较为突出，她们及其代表作为：戴锦华的论著《涉渡之舟：新时期中国女性写作与女性文化》[1]，贺桂梅的论文《当代女性文学批评的三种资源》[2]与《90年代的“女性文学”与女作家出版物》[3]。

戴锦华是本领域中较早开风气者，自20世纪80年代后期就开始在台湾地区印行的《中国时报》的副刊《开卷》上撰文论述大陆的女性文学创作[4]，她与孟悦合著的《浮出历史地表——现代妇女文学研究》于1989年出版，是本土首部在女性主义立场上研究女性书写的专著。在2002年出版的《涉渡之舟：新时期中国女性写作与女性文化》中，她延续了一贯的女性主义维度，以新时期女作家论为框架，反思20世

[1] 戴锦华. 涉渡之舟：新时期中国女性写作与女性文化 [M]. 西安：陕西教育出版社，2002.

[2] 该文原为作者在2003年上海“女性文学与学科建设”国际学术研讨会时发言的论文，2009年修订后以《当代女性文学批评的一个历史轮廓》为题发表在《解放军艺术学院学报》2009年第2期上。

[3] 贺桂梅. 90年代的“女性文学”与女作家出版物 [M] //陈平原，[日] 山口守. 大众传媒与现代文学. 北京：新世界出版社，2003.

[4] 徐坤. 初识戴锦华 [J]. 当代作家评论，1996 (4).

纪 80 年代以来的历史文化转型。现在看来，这本著作依然代表了迄今为止在新时期女性文学研究领域内的较高水准。该书提出了很多至今仍值得再思考的问题，比如，“无法告别的 19 世纪”使得中国文化内部存在着一个世纪的“时间差”，导致女性主义及其性别立场在新时期文化结构内缺席，在此背景下，该如何指认新时期迅速崛起并不断更新的女作家群？又如，新时期初年的女性书写通过拒斥反/非道德话语来剔除性爱关系中的权力关系模式及菲勒斯象征意义，但放逐了身体与欲望的书写也同时削弱了女性主体的性别身份与自我表达的书写空间，该如何看待这种文化妥协姿态及其在 20 世纪 90 年代的转型？等等。

值得指出的是，戴锦华虽是一向擅长从理论方法出发来进行语境分析和文本细读，但在这部著作中，她对西方理论的应用有着相当强烈的内省性和选择性，反而极力突出本土的历史文化背景。这与国内一些学者胡乱套用西方理论来阐释中国文本的做法有着根本性的差别，也显示出她本人在《浮出历史地表：现代妇女文学研究》一书之后的反思与进步。例如，她在讨论新时期女性成长故事书写的发展时参照了欧美文学中的流浪汉小说与英雄故事，指出在世界文学的视野中，女性的成长往往为父权/男权文化所遮蔽，成为文化、心理意义上的匮乏与绝对的缺席，所以女性形象几乎局限在四种基本类型及其变奏：贞女/少女/纯洁的献祭、地母、巫女/歇斯底里的邪恶女人、荡妇，这也可以用来解释中国新时期女性书写中时时出现的“滞留的少女”（如王安忆的《雨，沙沙沙》）。然而，在毛泽东时代“男女都一样”的社会文化语境的发生与延续中，文本中的女性成长以负载着社会、政治象征意义的“空洞的能指”出现，新时期的女性书写则是从对这个“无性别”时代的反叛开始，进而尝试勾勒女性自我的主体线索，这与西方社会经由女权主义革命而产生女性文化思潮的路径完全不同。这种内省的比较视野有助于在中西参照中理解本土女性书写，但又能将其区别于西方的语境。

更值得注意的是，女性主义之于戴锦华，与其说是一种理论，不如说是生命体验的一部分。她本人也多次提及，“生为女人，是一个不容片刻逃离的事实”“男人的目光、女人间的反馈，路人肆无忌惮的评论，堂而皇之的对女人生活的监督与窥视，无时无刻不在提醒着你的‘身份’”[1]。这份对性别身份与生存经验之间抵牾的深切体会渗透到了其研究中，在华丽的行文中形成了浓郁而强势的个人风格，比如，她在分析张辛欣《我在哪儿错过了你》中写道，“只有男人赞美的目光，才是唯一的、绝对的女性之镜”，但是“如果你不想在历史、现实场景中被逐出，那么，你便可能成为性别场景中的被逐者”，所以“双重标准，却都是以男性为准绳的标准”[2]。又如，她剖析王安忆的《神圣祭坛》中的主人公，“在精神、心理意义上为两性所尊重并需要”“又同时被两性拒绝”，没有人关注“作为一个有性别的，‘正常’的人”。[3] 当“生为女人”的体验受到理论的烛照，她摩挲出文本中的别样意味，这也是许多同类研究看似路径相仿，但所做出的解读始终隔靴搔痒、难以引起共鸣的原因所在。

与戴锦华不同的是，贺桂梅并不把性别问题单独提出来进行考察，而是努力在总体性的问题场域中纳入性别视角。所以，尽管贺桂梅对女性文学与性别文化研究的持续关注已有近 20 年，但其成果均以单篇文章出现，并无专门著作，直至 2014 年，她才将 16 篇有关性别问题的文章结集出版[4]。总体而言，贺桂梅的学术考察范式经历了文学史、思想史、文学批评与大众文化研究四个阶段，其中最值得注意的是在两个向度上的努力。其一为“对批评的批评”，代表作即为写于 2002 年的《当代女性文学批评的三种资源》。作者自陈，这篇论文的写作缘起于对“有关 90 年代女性文学的研究感到某种不满与匮乏”[5]，着手对批评话语本身做一种“知识考古学”式的厘清，以期了解这些批评实践的来龙

[1] 戴锦华. 生为女人［M］//戴锦华. 拼图游戏. 济南：泰山出版社，1999：32.

[2] 戴锦华. 涉渡之舟：新时期中国女性写作与女性文化［M］. 西安：陕西人民教育出版社，2002：225.

[3] 戴锦华. 涉渡之舟：新时期中国女性写作与女性文化［M］. 西安：陕西人民教育出版社，2002：319.

[4] 贺桂梅. 女性文学与性别政治的变迁［M］. 北京：北京大学出版社，2014.

[5] 贺桂梅. “个人的”如何是“政治的”——我的性别研究反思［J］. 南开学报（哲学社会科学版），2014（2）.

去脉、关键分歧以及相互间的历史关系。彼时，女性主义文化理论终于在20世纪80年代末迎来了迟到的关注，又乘着1995年联合国第四次世界妇女大会的东风，在学界中呈现出如火如荼的发展态势。但贺桂梅却另辟蹊径，对基本的批评理念和理论资源做出检视，其中，她对“女性文学”这一范畴所兴起的20世纪80年代初期新启蒙主义与马克思主义话语背景做了精准而细致的考察，纠偏了“唯当代女性主义理论说”的研究思路。她提出，20世纪50—70年代的妇女解放理论以“阶级”议题取代了“性别”议题，20世纪80年代以来的批评也始终强调阶级话语与女性话语的分离；而新时期对“女性”的讨论又是在“人性”的人道主义话语中展开，从而将性别差异导向为生理、心理而非文化层面上的理解。由此，这篇不长的文章为女性文学研究中的许多难解问题做出了启示，比如，为什么在林林总总的女性主义文化理论中，本土批评界选择了以本质主义为核心的“性别差异论”？为什么对父权制、男权文化的批判性书写和解读直到20世纪80年代才开始出现？为什么20世纪90年代“个人化写作”始终对女性主体的阶级身份采取盲视态度？等等。

其二则是引入文化研究的方法，代表作即为发表于2003年的《90年代的“女性文学”与女作家出版物》。该文完全抛开了传统的文学批评式的文本分析，引入“文化场域”的概念，将女性作家及其文本视为一种文化产品和文化媒介，考察其被符号化的过程。这一类研究方法的兴起，尤其是将皮埃尔·布迪厄（Pierre Bourdieu，1930—2002）的“文学场域”理论运用到对“美女作家”“畅销书”“女作家出版热”的考察上，是当时的研究热点，邵燕君的《倾斜的文学场——当代文学生产机制的市场化转型》[1]，即以卫慧、棉棉为例，通过对文化市场运作方式的全方位整理来勾连其背后繁复的文化内涵。而贺桂梅的特殊之处在于，她从中解读出了“美女作家”背后由文化市场所创造出来的一种

[1] 邵燕君. 倾斜的文学场——当代文学生产机制的市场化转型［M］. 南京：江苏人民出版社，2003.

新型的定型化女性想象，它既有别于柔弱、被动的传统女性，也抗拒着1995年前后文学所呈现出的幽闭型知识女性，由此解释了20世纪90年代以来女作家作品中性别政治立场和意识形态感召力消解的现象。

然而，戴锦华与贺桂梅的研究仍暴露出许多问题，首先，根本性的问题在于男性/女性二元对立的思维框架。由前文戴锦华对“女性写作”这一概念的提出和界定就可以看出，研究预设了女性在男性话语霸权下受到压抑与遮蔽的本质化想象，并认为女性写作的意义就在于通过对这种真相的呈现来批判男权话语、颠覆父权结构。但是，不论是在中国古代文学中占有一席之地的闺阁才女，还是五四时期“浮出历史地表”的女作家群体，“女性文学”的产生是始于女性参与了原先主要由男性从事生产的文学活动，并进而为人类文学提供了一种新的文学范式与书写空间，这种“分一杯羹”的尝试在主观意图和客观结果上都不具备反对“男性文学”或其霸权的攻击性，所以，“女性文学”与“男性文学”从一开始就不存在对立的立场。其次，话语本身并不构成霸权，只有当主流意识形态强行介入解读、形成某种程度上的“典范”后，话语才具备了所谓“霸权性”。如果说女性书写要有所否定的话，其对象并不是男权话语，而是由男权话语的无限性所造成的“霸权性”。“女性文学”及其批评应是努力剥离这类性别话语对权力关系的依附，从而消解话语的霸权性；而非打败男性话语，再造一个神话。换言之，即应通过打破男权话语的一元视野来丰富话语的表达方式和世界的呈现方式。贺桂梅对此虽然有着清醒的认知[1]，但从其对陈染、林白等一批女作家的评论[2]来看，其批评的落脚点仍是突出文本中的女性经验，

---

[1] 贺桂梅曾在《当代女性文学批评的一个历史轮廓》中明确指出了戴锦华《浮出历史地表——现代妇女文学研究》的问题之一即在于“简单地设立了男性/女性这样一个二元对立项，并将之解释为社会结构性因素的全部。”“女性和现代民族国家的关系远不止‘二元对立’式关系，而有着更复杂的关联。”

[2] 贺桂梅. 性别的神话与陷落：关于九十年代女性文学和女性话语的表达 [J]. 东方杂志，1995 (4). 贺桂梅. 有性别的文学——90年代女性话语的诗学实践 [J]. 北京文学，1996 (11). 贺桂梅. 个体的生存经验与写作——陈染创作特点评析 [J]. 当代作家评论，1996 (3).

强调女性主体性书写的意义，这也是女性主义研究中的一大迷思：理论批评上十分清醒，实践操演上却依旧脱不开这些桎梏。

在这种二元对立思维框架的预设下，对女性主体性的过分突出和对作品反叛意识的过分拔高等问题也就随之而来。尽管戴锦华、贺桂梅对于陷入女性主义文化理论的泥潭有着充分的警惕，但基于女性主义立场上的讨论仍不可避免地强调女作家的性别身份。问题在于，无论具体的文本解读如何细致生动，其方法不外乎是对女性心理与生存经验的挖掘，其结论也始终是程度不一的"女性主体性"的彰显，即只能显示出女作家作品的共性，而无法呈现出其区分度，给人以"女作家都一样、都在写女性意识"的错觉。事实上，主体性本身并不只在性别维度中存在，其本身也不是一个自足的封闭空间，而是在与社会的互动中产生并发展。同时，为了支撑这类论题，文本中的反叛意识，包括性、暴力等元素被无限肯定与放大。这种做法的危险性在于，论者没有意识到，作为一种解构的表现形式，反叛本身虽然可能是主体性发生的前奏，但也有可能是一种变形的适应，离经叛道并非就一定伴随着独立的主体意识。由此，许多问题也值得被进一步追问，比如，在悲泣、怒吼与宣言之外，女性的主体性还能在什么层面上被指认？当文学中主体性的历史被勾勒得足够清晰之后，女性文学还能在怎样的范畴中被考察？基于性别视野的研究是否只能呈现出性别景观？如果只在单纯的性别语境中讨论女性作家，是否有可能呈现出她们之间的个体差异、历史关联与逻辑联系？

而且，由于戴锦华与贺桂梅的研究在一定程度上已成为本领域的研究"经典"，特别是戴锦华的"强势"风格——立场坚定、行文华丽、理论繁复，使得后学者从研究选题、论述方法到文字风格，全方位地展开了对其的学习与借鉴。一方面，正如洪子诚所言，这种模仿"既让他们迅速直接受益，也可能因此让'个性'受到压抑"[1]；另一方面，知识谱系与理论系统上的差异使得大多数研究只能在不断扩大的研究范围

---

[1] 洪子诚. 在不确定中寻找位置——"我的阅读史"之戴锦华 [J]. 文艺争鸣，2008（12）.

中邯郸学步，而无法在理论的纵深度上与之匹及。作为戴锦华的后学者之一[1]，贺桂梅能够独树一帜的原因不仅在于她能够如戴锦华一般将女性主义视为生命体验，将“生为女性”这一身份和经验纳入“个人”“自我”认知的一部分，更重要的是，她们都在学术研究中选择并完成了“语言学转型”，即将语言或是宽泛意义上的文化看作一切社会存在的根本，而社会存在则是由语言或文化规则组成的整体，在此前提下，所有的文本和文化现象都是社会文化结构的一个“寓言”或“症候”。由于这种研究范式与传统的学术批评方法大为不同，也始终没有成为学术研究的主流，所以，后学者若在自身理论素养上没能达到对这一研究范式足够深刻的理解与认同，就只能末学肤受，落入画虎不成反类犬的尴尬境地。其中所产生的问题包括：不加反思地“继承”以性别差异论为核心的女性主义立场，一味寻求文本中女性主体性的线索，但又无力将其与文化背景整合，呈现出单薄而重复的女性意识碎片拼图；在技术层面上，又多以文本中的女性心理描写为论据，热衷于在文本字里行间中挖掘“无意识”中的女性意识，直接导致了将主人公心理直接等同于作家心理的逻辑错误；在研究策略上，只注重阐发女性文学的思想、文化意义，而忽略了作为审美经验载体的文学文本，在生存经验之外还有着情与理激荡的审美张力。

事实上，在戴锦华、贺桂梅基于“语言学转型”的女性主义研究之外，还有几部优秀的著作可资参考，它们从不同的视角展现了女性文学研究新向度的可能性。其一为张京媛的《裂开：1980 年代后期与 1990 年代的女性书写》（*Breaking Open: Chinese Women's Writing in the Late 1980s and 1990s*）[2]，作为较早一批求学海外的女性主义研究者，

---

［1］贺桂梅坦言其对性别问题的关注直接受到了戴锦华的启发与影响，贺桂梅.“个人的”如何是“政治的”——我的性别研究反思［J］. 南开学报（哲学社会科学版），2014（2）. 贺桂梅.“没有屋顶的房间”——读解戴锦华［J］. 南方文坛，2000（5）.

［2］Pang-Yuan，Chi.，David Der-Wei，Wang. *Chinese Literature in the Second Half of A Modern Century*［M］. Bloomington：Indiana University Press，2000：161-179.

她对女性主义文化理论在本土传播与运用中发挥了重要的作用[1]。在这篇文章中，张京媛以女性书写的三大主题——两性关系、同性爱与女性主体性为线索，串联起20世纪八九十年代女性书写的变迁历程，展现出其与同时代男性书写的不同面貌。其二为王宇的《性别表述与现代认同——索解20世纪后半叶中国的叙事文本》[2]，该著聚焦于性别话语而非性别本身，通过讨论20世纪后半叶的中国大陆叙事文本对性别的表述，来探究性别的文化意义是如何被纳入现代认同的框架中去的，这种超越性别的开阔视野反思了一个世纪以来中国文学、文化的现代性，呈现出现代性诉求与性别政治之间的关联性。其三为陈顺馨的《中国当代文学的叙事与性别》[3]，小说以女性主义的批评方法介入了“男女都一样”的“十七年”文学，通过对叙述者位置、叙事语调、叙述权威、叙事观点的探讨，解析了男女作家作品中潜藏的性别倾向与性别痕迹，在看似女性主义毫无用武之地的历史时期中挖掘出了性别间的权力关系。在目前学界唯理论是从的研究状况下，这些著作为纠偏女性主义文化理论的滥用提供了新颖有益的补充和可资参考的典范。

三、本文的研究方法

重新审视女性文学的起点，我们可以发现，尽管西方女性主义理论对本土的女性文学存在着不容置疑的刺激与催化作用，但并不是中国女性文学产生的源泉，也不是其发展至今的唯一动力。从文学史的角度来看，女性书写现象在古代即随“才女文化”出现，并形成了集文学作品

[1] 张京媛曾主编《当代女性主义文学批评》，该书收录了20世纪七八十年代女性主义文学批评中英美学派和法国学派的重要文章，是国内较早一批系统介绍女性主义文化理论的著作之一。

[2] 王宇. 性别表述与现代认同——索解20世纪后半叶中国的叙事文本［M］. 上海：三联书店，2006. 由其博士毕业论文（2004年，南京大学）扩写修改而成。

[3] 陈顺馨. 中国当代文学的叙事与性别［M］. 北京：北京大学出版社，1995.

创作、鉴赏和普及为一体的女性文化[1]。至五四时期，受新文化运动和女学思潮的推动，以冰心、丁玲、庐隐等人为代表的女性创作登上了历史舞台。如果说，现代女性文学的源头可以追溯到这一群体的话[2]，那么这些文本中若隐若现的性别意识正是在“人的文学”的背景中产生的，是以“易卜生主义”为名的个人主义思潮的产物，并随后被纳入了民族主义的语境。即使以“女性意识”（femininity）为衡量标准，那么，既有研究也已表明，在20世纪80年代初期“花木兰写作”的女性书写主流之下，以性别差异为表现的女性主体性即已“浮出历史地表”[3]，而这恰恰是伴随着20世纪80年代对“人”的重新发现而出现的，并随着其与“人”的纠葛而不断变化、发展。

所以，本论题以“个人”与“女性”为研究切入点，通过二者的范畴及互动关系的演变来重新进入中西文化碰撞达到高潮、女性主义批评日益成熟的当代语境，探讨这一时期多元发展的女性文学。值得注意的是，“个人”或“女性”的概念并不是在社会的真空中固定不变的，也不能将其视为受意识形态支配的工具，而应将“个人”与“女性”话语及其互动视作一种“表演行为”（a performative act）[4]——范畴的内涵与外延始终在变化，并且在不同的文化和历史语境中不断更新着相互关系。例如，五四时期，“个人”从“家族”的概念中被解放出来，但

---

[1] ［美］高彦颐. 闺塾师：明末清初江南的才女文化［M］. 李志生，译. 南京：江苏人民出版社，2005.

[2] 自孟悦、戴锦华将五四视为现代妇女文学的起点后，不少研究均持相似论点，代表性研究著述有杨联芬. 20世纪初中国的女权话语与文学中的女性想象［J］. 海南师范学院学报，2004（2）. 张春田. 思想史视野中的“娜拉”——五四前后的女性解放话语［M］. 台北：秀威资讯科技股份有限公司，2013.

[3] 此类研究的同质化倾向十分严重，代表性研究著述有戴锦华. 涉渡之舟：新时期中国女性写作与女性文化［M］. 西安：陕西人民教育出版社，2002. 徐珊. 娜拉：何处是归程——论新时期女性文学创作中女性意识的发展流变［J］. 文艺评论，1999（1）.

[4] 奥斯汀（J. L. Austin）认为陈述愿望的说法可能是真的，也可能是假的，而表演性的说法则既不是真的也不是假的，只是为表演其所描述的行为。德里达（Jacques Derrida）对其进行了解构性的阅读，更强调语境而不是意义本身。［英］奥斯汀. 如何以言行事：1955年哈佛大学威廉·詹姆斯讲座［M］. 杨玉成，赵京超，译. 北京：商务印书馆，2017. Culler，Jonathan. *On Deconstruction: Theory and Criticism after Structuralism*［M］. New York：Cornell University Press，1983.

同时被置于“国家”“民族”的框架之下，“个人解放”“妇女解放”被纳入民族解放的框架内；而自革命文学时期以来，在“救亡”压倒“启蒙”的背景下，随着左翼文学的不断强化，“个人”逐渐消隐，“女性”更被压抑为无声的存在，文学书写仅剩下国家、民族的寓言书写。及至20世纪80年代，“个人”被捆绑在伦理原则、道德规范之上，以“大写的人”的男性精英面目出现，对女性的书写集中在其社会功能和生理功能（作为妻子、母亲、女儿等）之上，即女性往往作为政治书写的反抗性力量出现。20世纪90年代后，以差异性为核心的“个人”被置于“个人/世界”的框架中被重新书写，以性别差异为核心的“女性”从表现“个人”的个体化、个性化走向了与“个人”的分离，更进而发展到颠覆“个人”的地步，呈现出鲜明的性别意识。所以，由“个人”与“女性”话语及其相互关系来进入当代女性文学，不但可以反思女性主义文化理论与本土民族语境所产生的共鸣与分歧，更重要的是可以从历史化的角度来探讨女性文学流变的原因、语境和意义增殖的过程，避免某一理论或价值标准的固定化、模式化，保持论题的弹性与开放性。

在研究对象的选择上，正是基于对目前女性文学研究对“女性主义执迷”的反思，本文并没有将论题定为“当代女性主义文学研究”，而是在广义上将这一时期相关的文本、文化现象作为综合论述对象。这主要有两方面的考虑：一方面，如前所述，“女性主义”在文学研究中的运用是混乱而模糊的；另一方面，若把论题定为“女性主义”，则又不可避免地回到了以女性主义文化理论为阐释依据与框架脉络的老路上。但问题在于，当代女作家的书写虽然或多或少地都受到了女性主义文化理论的影响，但她们对其拒斥或赞同、背叛或暗合的态度之暧昧，在具体文本中对其接受和运用的情况之复杂，远非是靠挪用某些理论就可以概括的。所以，本文将以文本与作家研究为基础，探究作为一股潮流的女性文学是如何在当代中国成为显流，及其与现代女性文学的承继、演变关系。而且，论述并不仅仅着眼于文本，更关注其与文学、文化现象之间的动态关系。因此，本文先交代文化背景，再综合考察相关的作家言论、文学论争、文化事件，以期在新文学史的整体脉络和当代文化生态中来把握女性文学的景观与走向。

在研究方法上，首先，以问题为中心，以问题推动论证。这是本文的基本研究方法，论题的核心问题就在于“个人”与“女性”的范畴及相互关系在当代发生了怎样的变化，围绕着这一核心问题引发了一些次生问题，如“个人”与“女性”的线索是如何从现代绵延至当下的？在此视野下的当代女性文学呈现出怎样的整体态势与具体分化？更重要的是这一问题背后的社会文化机制，即官方意识形态与社会文化氛围是通过怎样的方式参与到了女性文学的变化之中？其逻辑是什么？这些次生问题，每一个又带出一些更具体的小问题。

其次，以历史线索为参照，形成史学与文学的相互观照。本文从女性文学的历史线索展开讨论，希望通过文史互证的研究方法来获得研究的历史纵深感，以避免在论述当代女性文学时陷入一种静止的思考，希望能够以史带论，力图论从史出。正如王汎森所说，“我的史学观念是这样的：就思想论思想是思想史的根本工作，但同时思想史应该广泛地与许多领域相结合”[1]。

除绪论和结论外，本文的正文部分共有五章，前三章为历史化的系统探索，后两章则通过具体问题进行散点透视：

第一章从发生学的角度来考察女性文学这一书写群体是如何从现代发生、发展至今的，通过展现“个人”与“女性”范畴及关系的变化，阐释“女性文学”形成的历史文化语境，并为它在当代所呈现出的种种形态找出历史的伏笔。

第二章从20世纪80年代女性书写中的“人性”主题出发，通过讨论其所分化出的两类书写倾向，构拟出“女性”与“个人”从同构走向“有限的拆解”，进而开始定位与叙述性别身份合法性的书写路径。

第三章从20世纪90年代中国文学的“个人化”倾向入手，考察此时期女性文学中“性别溢出个人”的新现象，分析其内部所呈现出的两个分支，并指出其所面临的困境及背后的复杂成因。

---

[1] 王汎森. 晚明清初思想十论［M］. 上海：复旦大学出版社，2004：1.

第四章聚焦作家的性别身份问题，通过挖掘写作者在性别身份认知与文本无意识之间的悖论，来阐释性别污名的形成原因；并通过讨论女作家们所采用的两种文本策略，来分析“我不是女作家”背后的身份策略。

第五章讨论作品的性别表述问题，通过对比分析男、女作家在异质书写上所呈现出的不同文本策略与审美视角，探寻到背后所隐含的性别政治与文化症候，发掘出干预文本审美选择的意义生产和文化价值系统。

由此，本文从“个人”与“女性”话语进入当代女性文学，纵向上追溯这一线索的缘起和流变，理出一条符合逻辑、内涵丰富的清晰脉络；横向上围绕“个人”与“女性”的关系，着意于分析当代女性文学中的种种问题，并探究其背后的社会文化原因与逻辑。在这样的讨论中，本文希望能纠正前人研究的几个弊病：一是对“西方影响论”的崇拜与滥用；二是对女性主义文学批评方法的套用；三是对历史线索的忽略与对文化背景的忽视。

第一章　历史的伏笔：现代女性文学

20世纪初，辛亥革命、新文化运动的兴起首次撼动了千百年来的父系秩序，20世纪80年代以来，西方女权运动及相关理论的传入迅速更新了妇女对性别意义上的个体的认知与颠覆。可以说，在这短短的一个世纪中，妇女命运的变化之大，是许多其他社会群体所无法企及的。正如种种“浮出历史地表”的宣言所言，相较于西方女权运动受资本主义文明的孵化、在自然科学与社会科学都具备了相应条件的基础上才蔚然成风，中国的男女平等出现在了中国社会步入工业文明之前，这实在是中国妇女的骄傲与幸运。[1]

如果对这一个世纪以来女性文学的形成做一个鸟瞰式的考察，可以发现，所谓女性文学，不论是第一个真正具有“女性写作”意义的五四女作家群，在20世纪80年代迅速崛起的女作家群，还是在20世纪90年代蔚然成风并引起文坛乃至社会争议的新生代女作家群，她们从来都不是一个自发聚合的群体——非但不具备一个流派意义上的刊物、活动、组织，甚至都谈不上有什么共同的理念与追求。女性文学被黏合为一个文学群体，并在不断的聚散中始终扭结成一股书写潮流，主要是受大时代氛围的牵引：在革命时代的民族国家话语里，它作为反抗旧秩序的一股新生力量而出现；在自我逐渐消隐的集体话语中，它被纳入抵制资本主义文明侵蚀的团结力量；在一切皆可消费的商业逻辑中，它又变

[1] 孟悦，戴锦华. 浮出历史地表——现代妇女文学研究［M］. 北京：中国人民大学出版社，2004：25.

为抵抗与迎合欲望窥视的矛盾综合体。换言之，女性文学虽然在学术研究中被视为一个独立的对象，但作为一种写作现象，各种非文学因素对其的左右和遮蔽远远超过了其本身在“女性主体性”上的发展。究其原因，不仅仅是由于中国文学在整体上始终难以实现对政治依附的彻底剥离，更是因为，当女性的种种政治、社会问题已逐渐不再是什么问题时，她们在个体意义上的性别经验却因女性文化革命的迟迟未来而始终没能登上历史舞台。于是，在不同的时代困境下，女性如何体认个体与时代间的不断龃龉，又将性别意义上的自我置身何处，这些千差万别的个人经验被诉诸笔端，埋下了女性文学形成与发展的一系列伏笔。

正是因为女性文学是这样“历史”地形成的，而并不能单凭性别属性将其粗暴归类，更不是一个“女性主义”的舶来概念所能简单概括的。所以，本章试图从发生学的角度来看这一书写群体是如何在现代产生的，并为它在当代所呈现出的种种形态找出历史的伏笔。可以看到，“个人”与“女性”的概念在晚清时即已石破天惊地出现，并随着五四“人的发现”的潮流而被普遍接受，但当它们还未来得及进一步被阐发，就已被意识形态悄然收编，在民族话语的裹挟中消泯了自己的声音。从这一角度出发，可以理解女性文学是如何凝成一股书写潮流，又是如何延续、演变至今的。

第一节 “个人”与“女性”：被解放后的失落

对于现代中国而言，“破家立国”是建设一个现代民族国家构想的第一步，也是横亘于整个现代革命的漫长命题。从晚清开始，随着救亡情绪的高涨和民族主义的兴起，启蒙运动在社会各阶层中大规模地展开，“国家”“公民”等概念的建立成了思想革命中紧迫的任务，传统的家族、宗族思想也随之被视为亟待砸碎的绊脚石，“个人”随之兴起。

同是出于民族层面上的考量，“废缠足”和“兴女学”也开始在舆论中出现，以期实现塑造“女国民”的使用目的。于是，通过附着于民族解放工程，男女平权思潮被广泛展开，直至五四时期，对传统贞操观的批判，对恋爱婚姻自由的讨论，使得女性解放乘着个性解放思潮的东风，得到了前所未有的大幅推进。一方面，女性作为一个现实的社会群体被首次剥离出历史；而另一方面，女性出现的这一现象本身就宣告了对传统父系秩序的颠覆。但是，女性话语并没有打破对民族体系的依附，相反，这种依赖关系随着新文化运动的展开而日益牢固。

一、"女性"的诞生：从"强母"到"强国"

尽管家族制度的瓦解使得几千年来困守其中的"个人"破茧而出，但同属于对家族制度破坏与批判力量的"个人"与"民族"却并不是对等的关系。梁漱溟曾在《中国文化要义》中指出："在个人、家庭、国家（或团体）和天下这四个层次上，西方人更重个人和国家，中国人更重家庭和天下。"[1] 孙中山在《三民主义》中提出民族主义时也指出，民族主义的启蒙必须以打破家族崇拜为前提，"中国人最崇拜的是家族主义和宗族主义，没有国族主义，外国旁观的人说中国是一盘散沙，这个原因在什么地方呢？就是因为一般人民只有家族主义和宗族主义，而没有国族主义。""中国人的团结力，只能及于宗族而止，还没有扩张到国族。"[2] 而梁启超更以"新民说"奠定了中国现代民族主义的基础，他提出，国家由国民构成，国民的文明程度决定着国家的强弱，所以，现代中国应以民族主义立国，靠自己的民族主义去抵抗西方的民族帝国主义。"非合吾民族全体之能力，必无从抵制也。""故今日欲抵挡列强之民族帝国主义，以挽浩劫而拯生灵，惟有我行我民族主义之一策，而欲实行民族主义于中国，舍新民未由。"[3]

在 20 世纪 80 年代新启蒙话语的讨论中，现代时期的"个人"与"民族"往往被视为一对对立的概念。这主要来源于李泽厚的经典论述，

---

[1] 梁漱溟. 梁漱溟学术论著自选集［M］. 北京：北京师范大学出版社，1992：331-332.
[2] 孙中山. 孙中山选集［M］. 北京：人民出版社，1981：617.
[3] 梁启超. 梁启超全集（第二册）［M］. 北京：北京出版社，1999：657.

他认为，“反封建”的文化启蒙任务在五四后被民族救亡主题所打断，此后，革命和救亡运动不仅没有继续推进文化启蒙的发展，反而被“传统的旧意识形态”“改头换面地悄悄深入”，“把中国意识推到封建传统全面复活的绝境”[1]。1989 年，他进一步明确指出，20 世纪中国现代史的走向是“救亡压倒启蒙，农民革命压倒了现代化”[2]。事实上，现代中国的“个人”与“民族”有着深刻的内在联系，它们不但同以摧毁家族制度为终极目的，个人主义更是附属于民族主义目标而存在。梁启超在提出“新民”的概念后，随即指出“人者固非可孤立生存于世界也，必有群然后人格始能立”[3]。即民族主义并不是个人的行为，个人只能立足于现代民族国家的结构之内，而不应脱离社会控制而存在。及至五四以后，“个人/家族”的血脉联系被置换为“个人/国家”的同构关系，即“个人”被从家族中解放出来之后，尚未来得及开始对自我本体发觉与阐述，就旋即被置入了民族话语的框架，如同郁达夫在《沉沦》中将“我”的沉浮与国家的荣辱联系在一起，发出了意味深长的怒吼：

“祖国呀祖国！我的死是你害我的!”

“你快富起来，强起来罢!”

“你还有许多儿女在那里受苦呢!”[4]

“女性”的兴起也不外如是。中国的女性解放思潮最早始于晚清，以“废缠足”与“兴女学”为开端，而这两项破天荒的举措最初均是出于民族层面上的考量，以期实现将女性培养成“国民之母”与“女国民”的国家实用主义目的。“废缠足”的呼吁在晚清舆论中首先出现，《万国公报》刊登了不少文章，抨击了缠足对女性的束缚，“观缠足之时，紧扎呼痛，母即酷打其女，强使之痛楚难堪，旁观之人每为伤心，

[1] 李泽厚. 中国现代思想史论［M］. 北京：东方出版社，1987：7.

[2] 李泽厚. 李泽厚十年集（增订本）［M］. 合肥：安徽文艺出版社，1994：10.

[3] 梁启超. 饮冰室文集之十四［M］. 北京：中华书局，1932：11.

[4] 郁达夫. 郁达夫文集第 1 卷［M］. 广州：花城出版社，1982：53.

其父母反铁石心肠，绝无恻隐。呜呼！残忍若是”[1]。虽然社会各界对缠足戕害女性生理、小脚并不意味着女性美、释放缠足有益于男女平等话题展开了广泛的讨论，但真正使得“废缠足”上升到朝政政策的，是“缠足有损于国族脸面”的民族问题。1898 年，康有为上奏光绪帝，要求废缠足，其原因在于“吾中国蓬荜比户，蓝缕相望，加复鸦片熏缠，乞丐接道，外人拍影传笑，讥为野蛮久矣。而最骇笑取辱者，莫如妇女裹足一事，臣窃深耻之”[2]。当晚清已痛感天朝“落后”之时，作为一种落后表征的缠足在“文明”的西方世界中成了被讥笑的对象，刺痛了民族主义的社会情绪，才使得这个原发于女性解放需求的行为获得了制度性的保障。

与此同时，国家层面上的“兴女学”也明确以“强母”为直接目标。1907 年，清政府学部奏定《女子小学堂章程》与《女子师范学堂章程》，中国女子教育在制度上确立了自己的合法性。在“强国保种”的危机下，“女性之弱”被视为“民族之弱”的隐喻，所以，“欲强国必由女学”。梁启超在《论女学》中提出“天下积弱之本，则必自妇人不学始”[3]，他批判了“女子无才便是德”的千年传统：“人有恒言曰，妇人无才即是德，此瞽言也。世之瞀儒执此言也，务欲令天下女子，不识一字，不读一书，然后为贤淑之正宗，此实祸天下之道也。”但是，将女性一并动员到民族振兴的事业中，与其说是为了使其变身为现代国家的“女国民”，不如说，作为“国民教育之根基”的女子教育是为了使女性能培育出健康启智的下一代，成为“国民之母”。如金一在《女界钟》里说道：“国于天地，必有与立。与立者，国民之谓也；而女子者，国民之母也。”[4]《顺天时报》更是直接登出一篇题名为《女性为国民之母》的文章；又如《女子小学堂章程》中“总要”的第一条便规定：“中国女德，历代崇重，今教育女儿，首当注重于此，总期不悖中

---

[1] 抱拙子. 劝戒缠足［N］. 万国公报，1882-10-14（4）.
[2] 康有为. 康有为全集第 4 集［M］. 北京：中国人民大学出版社，2007：381.
[3] 梁启超. 饮冰室合集：专集之一［M］. 北京：中华书局，1989：38.
[4] 爱自由者金一. 女界钟［M］. 北京：大同书局，1903：8.

国懿嫩之礼教，不染末俗放纵之僻习。”[1] 显然，在延续传统“男主外、女主内”的框架下，女学的目的仍在于培养勤勉持家的“贤妻”和科学教子的“良母”，女性的价值被定位在母性的角色上，而又将国家民族的内涵赋予在这基本的人类关系之上。换言之，在这民族危亡的时刻，只有为男性生育出健康的子嗣，为国家培养出现代的国民儿女，女性才能在民族国家的话语体系中确立自身的合法性。值得注意的是，“国民之母”的概念并不是现代中国的首创，而是来自中日甲午战争时期的日本维新派，彼时，“良妻贤母”的概念在明治时期的日本得到了迅速发展，这一概念通过将料理家务和服务国家、家务劳动和女性教育联系在一起来构建起女性与国家的关联。[2] 不仅是在东亚，法国和美国也曾出现类似的“共和母亲”，这一发端于斯巴达母亲的概念将母性定义在共和制的需要上，女子只有私下保证了她们的政治就是为家里的男子服务，才能宣称她们参与了政治。[3] 可见，在民族主义为首要目标的情况下，不论是东亚国家，还是西方世界，女性都被民族话语以“母职”的名义统摄其中，通过“强母”来实现“强子”，最终达成“强国”的目的。

二、“个人”、“女性”与“民族”的同构

无论如何，男女平权的思潮终于通过附着于民族解放工程的方式而兴起了。直至五四时期，对传统贞操观的批判，对恋爱婚姻自由的讨论，使得女性解放乘着个性解放思潮的东风，得到了前所未有的大幅

[1] 舒新城. 中国近代教育史资料・下册［M］. 北京：人民教育出版社，1981：793.

[2] 日本“良妻贤母”概念的产生、演变与传入中国，可参见［日］须藤瑞代. 中国“女权”概念的变迁：清末民初的人权和社会性别［M］. 须藤瑞代，姚毅，译. 北京：社会科学文献出版社，2009.［美］季家珍. 历史宝筏：过去、西方与中国妇女问题［M］. 杨可，译. 南京：江苏人民出版社，2011.

[3] Kerber，Linda. The Paradox of Women's Citizenship in the Early Republic：The Case of Martin vs. Massachusetts，1805［M］//In *Toward an Intellectual History of Women: Essays by Linda Kerber*. Chapel Hill：University of North Carolina Press，1997：261-302.

推进。一方面，女性作为一个现实的社会群体被首次剥离出历史；而另一方面，女性出现的这一现象本身就宣告了对传统父系秩序的颠覆。但是，女性话语并没有打破对民族体系的依附，相反，这种依赖关系随着新文化运动的展开而日益牢固。

1918年，《新青年》第4卷第6号刊发“易卜生专号”，三幕剧《娜拉》以“我不管旁人说什么，我只知道我该这样做”的个人主义宣言而备受五四青年的推崇。在剧中，娜拉不甘于做父亲和丈夫的“小鸟儿”，而想要争取人格的平等与尊重，她意识到“务必做一个人”，而世间最需要实现的则是“我对我自己的责任”[1]。娜拉的出走，不但意味着个性主义者对传统观念和家族制度的挑战，她对女性家庭地位与职责的颠覆更表现出强烈的女性主义意味，她对丈夫之爱的拒绝，以“告别玩偶”的方式宣告了对男权秩序的挑战与批判。

1919年，作为对《娜拉》的仿作，胡适的独幕剧《终身大事》在《新青年》第6卷第3号上发表。中国的“娜拉”田亚梅与同学陈先生相爱，但由于她的母亲听信算命先生，父亲又固守宗祠规矩，两人的恋爱受到了挫折，最终，她如娜拉般出走家庭，与陈先生私奔。从表面上看，《终身大事》不过是通过封建迷信、宗族家规而将娜拉的故事“中国化”了，但事实上，《终身大事》改变的是《娜拉》中对“父权制度绝对权威、女性沦为家庭玩偶”这一性别关系的揭示，并将矛盾冲突从夫妻关系挪移到父子关系之上，转而批判传统家庭结构对青年的束缚与窒息。正如杨联芬所言：“《娜拉》中的个性主义旅行到了中国，便改变了它的基本矛盾关系，性别的矛盾被代际冲突所取代，而后者又代表着‘传统’和‘现代’的矛盾。”[2]

可以看到，尽管五四时期所兴起的反抗包办婚姻、提倡恋爱自由，极大地促成了个性主义潮流的接受，在清末民初的“国民”基础上进一步发展到“个人”的解放，但这些以反抗家族镣铐为形式的个人解放，

[1] 胡适. 娜拉第三幕［J］. 新青年，1918，4（6）.

[2] 杨联芬. 个人主义与性别权力：胡适、鲁迅与五四女性解放叙述的两个维度［J］. 中山大学学报（社会科学版），2009（4）.

其终极目标仍是对“旧时代”的批判和对新的民族国家的呼吁，而女性的自由则被附加到个人的自由之上，被一并代表，也一笔忽略了。女性的解放与个人的解放，是局部与整体的关系，它们被集中为瓦解家族制度、颠覆封建礼教的反抗力量，而不再细究具体的女性处境与性别权力，正如白露（Tani Barlow）所言，“中国五四时期的文化反叛者利用另一种策略把妇女纳入了现代民族国家之中，这些激进分子试图把妇女直接吸收为国民，从而在实质上拒绝了建立在家庭亲属关系基础上的性别角色”（由笔者翻译）[1]。

所以，自晚清至五四，“个人”与“女性”随着“破家立国”的民族需求应运而生，并通过对旧时代的撼动赢得了存在的合法性。但也可以看到，一方面，“女性”的身份始终附属于“个人”，女性解放仍完全依赖于个性解放的深度与广度。对于“女性”而言，辛亥革命对帝制的终结使得父系秩序从根本上被动摇，新文化运动对封建礼教的颠覆又使得她们成功走出家庭，但当“女性”附属于“个人”而存在时，她们的疑虑和反抗就被大而化之为“人”的问题，并随着民族话语的统摄而被逐渐削弱，最终陷入“拔剑四顾心茫然”的境地。另一方面，“个人”与“女性”从私领域中解放出来后，始终未能进入公共领域，反而被民族国家话语的主流意识形态所收编。自鸦片战争使得国门被迫打开以后，东、西方文化的碰撞带来了文明与落后的忧思，在某种意义上，“个人”“女性”，连同当时的“民主”“科学”等理念与口号，都是为了缓解民族国家对自身政治前途的巨大焦虑，这些现代性进程的产物以“除旧迎新”的姿态象征性地满足了这种政治愿望，也由此成为主流意识形态中的一个符码。

由此我们也就不难理解，为什么直至20世纪80年代以前，五四时期是个性解放，乃至女性解放所能达到的最高峰。因为以“易卜生主

[1] Barlow, Tani E., Bjorge, Gary J., et al. *I Myself am Woman: Selected Writings of Ding Ling* [M]. Boston: Beacon Press. 1989: 3.

义”为开端的个人主义并没有在现代中国寻找到支持这种资产阶级反抗方式的基础，新生的“个人”连带着“女性”陷入了被解放后的失落。对于被解放了的人而言，只有当他们被投到一种新的意识形态之中，并使之顺应中国社会，才能摆脱无处释放的可能，而民族主义恰恰成了“个人”与“女性”的救命稻草。于是，五四以降，随着20世纪三四十年代民族处境的日益急迫，1949年后政治话语的逐渐收紧，“女性”与“个人”的话语空间愈发逼仄，直至“文革”时期，几乎到了消隐的地步。

第二节 精神/生活二元对立的性别模式

在民族话语的阴影乃至统摄下，女性书写从内容到风格都为之一变，延续了千百年的“才女”标准也随之颠覆。明末清初，“响应时代潮流，告别风花雪月”的号召即已出现。五四时期，精神/生活二元对立的性别模式预设了“启蒙思想”和“日常生活”与男性和女性的对应关系，内化于新文学的创作中，并在随后的“革命加恋爱”的左翼革命小说中上升为固定模式。直至20世纪80年代，父权制二分文化规则仍以各种方式被反复摹刻在文学书写之中，对其的突破仍有待20世纪90年代对“个人”与“女性”及其关系的更新与突破。

一、启蒙书写与父权制二分文化规则

晚清时期，对才女的批判通过三个阶段在知识阶层中展开：维新派发表了一系列政论文章后，一些日本女留学生与编写女学教材的作者也一同加入了阵营，最后，激进民族主义者们接过了大旗[1]，彻底更新

[1] [美] 季家珍. 历史宝筏：过去、西方与中国妇女问题 [M]. 杨可，译. 南京：江苏人民出版社，2011：107.

了女性文化的主旨要义与审美取向。梁启超在《论女学》中反对传统的女才施用，他认为这些所谓的才女终日沉湎于伤春悲秋、一己风月，实为下等风格，“古之号称才女者，则披风抹月，沾花弄草，能为伤春惜别之语，成诗词集数卷，斯为至矣”。随后，康有为的女儿、同属维新派人物的康同薇也对以诗词歌赋、小说弹词为主的女性书写进行了批判，在《女学利弊说》中，她指出，西方人之所以文明，是因为他们“昌明女学”，使得女性也能够“深通古义”，反观中国的传统女性，她们却是“学非所用，用非所学，虽男子亦知其无益也，而奚论妇人耶”，她所提倡的理想女学，应当是女性走出闺阁，学习有益于解救民族危机的文学典范，“观古之贤女，类能引经据义，以决祸难，苟非读书，谁复能此”[1]！对女性作品沉迷情感、无利国是做出猛烈的抨击的是“共爱会”，这个由海外女留学生成立的民族主义妇女组织在其刊物《江苏》上陆续刊发了不少文章，其中最为著名的即为何香凝的《敬告我同胞姊妹》。在这篇短短700字的文章里，何香凝慷慨激昂地号召女性“勿仍以玩物自待，急宜破女子数千年之黑暗地狱，共谋社会之幸福，以光复我古国之声名”[2]，而想要达到这个目标，则必须走出多愁善感、言之无物的传统才女取向，将满腔才情投入爱国精神中去。“共爱会”的其他成员积极响应了这一主张，认为吟风弄月、不问世事的唯美主义文学书写应当被励精图治、胸怀世界的国家实用主义所取代，其终极目的是培养出具有现代理念、爱国精神的新女性。[3]

1925年，鲁迅完成了短篇小说《伤逝》。子君有着强烈的个性解放要求，发出了“我是我自己的，他们谁也没有干涉我的权利”这一典型的五四出走宣言，为了爱情和自由而毅然决然与家庭决裂。但是，即使是这样一位典型的“新女性”，也很快在婚姻生活中沦为终日沉溺于“‘川流不息’的吃饭”、喂阿随、饲油鸡的庸常生活。对于涓生而言，虽然他也坦言两人关系的变化是由于激情褪去后的乏味，他很快“读遍

[1] 康同薇. 女学利弊说 [N]. 知新报，1898-05-11（2）.
[2] 何香凝. 敬告我同胞姊妹 [J]. 江苏，1903（4）.
[3] 佚名. 共爱会同人劝留学启 [J]. 江苏，1903（6）.

了她的身体，她的灵魂”，但归根结底，他认为造成两人婚姻破裂的根本原因在于精神世界上的差异：在日常生活的消磨下，涓生觉得“子君的识见却似乎只是浅薄起来”，而为了“免得一同灭亡”，他提出“新的希望就只在我们的分离”。小说中，尽管涓生是间接造成子君之死的负心者，但相较于终日埋首家务、对生活渐感麻木的子君，他的形象似乎因通篇的理性思辨而显得更高一筹。一方面，他对子君所奉上的家庭温暖并不领情，“吃我残饭的便只有油鸡们。这是我积久才看出来的，但同时也如赫胥黎的论定‘人类在宇宙间的位置’一般，自觉了我在这里的位置：不过是叭儿狗和油鸡之间”[1]。而另一方面，他在困苦的生活中却仍能坚忍而清醒地面对现实，不断追求更高层次的精神默契。

《伤逝》是鲁迅用小说来对“娜拉走后怎样”的问题做出回答。两年前，为了劝诫沉浸于“出走风”的青年们，他给出了“不是堕落，就是回来”的当头棒喝。两年后，他更以子君来警示人们，当女性尚无法被社会生活所接纳时，所谓的“出走”不过是从一个“家”走到了另一个“家”，而家庭的日常生活终将磨损个人的精神世界。如同西方现代文化所确立的女性激情、男性理性的父权制二分文化规则，《伤逝》也在揭示个性解放、女性解放的困境之余，预设了“思想观念”与“日常生活”的二元对立关系，并将其同男性与女性的性别二元对立相对应，于是，女性成了琐碎日常生活的代表，而男性才是有能力进行理性思考的性别主体，“日常生活被视为再生产与生计维持的领域，一个预先制度化的分区，在其中大部分是由女性来完成那些支撑其他世界的基础性行为”[2]。这一精神/生活二元对立的性别模式预设了“启蒙思想”和“日常生活”与男性和女性的对应关系，内化于新文学的创作中，并在随后的“革命加恋爱”的左翼革命小说中上升为固定模式：女性是耽于日常生活而落后于男性的负担，而男性唯有走出儿女情长的羁绊，才能投入广阔的革命事业中去。

---

[1] 鲁迅. 鲁迅全集第2卷［M］. 北京：人民文学出版社，2005：122.

[2] ［英］迈克·费瑟斯通. 消解文化：全球化、后现代主义与认同［M］. 杨渝东，译. 北京：北京大学出版社，2009：77.

1930年，《小说月报》开始连载丁玲的小说《韦护》。韦护与丽嘉本是一对璧人，但在短暂的甜蜜之后，韦护还是选择了抽身爱河——不同于涓生是因为现实的经济压力逼迫和抽象的精神世界追求，韦护的选择是为了社会责任与政治使命。从表面上看，《韦护》是另一个《伤逝》故事，出自男性之手的《伤逝》为新文学的书写埋下了男性代表思想、女性代表生活的书写线索，而女性笔下的《韦护》则更进一步、鲜明地显示出精神/生活二元对立的性别模式。但是，不同于其他左翼革命小说不假思索的套用，丁玲本人在对这一模式的探讨时是心存疑虑的，她并不认为两人分手的原因可以被简单概括为女性耽于恋爱生活，而男性为了革命忍痛告别爱人。在小说中，韦护决定离开丽嘉时，他并不将责任完全归诿于丽嘉，“但是这能怪她吗？她没有一次有妨害他工作的动机。虽说她舍不得他，她怕那分离的痛苦，但是她不会要求他留在家里的”。而丽嘉虽然在痛不欲生的别离中认可了韦护的选择，表示“我们好好做点事业出来吧”，但作者却借旁观者珊珊之口表达了她的怀疑，“她希望有一点什么强暴的力，将这可怜的人麻醉去，免得看这惨剧”[1]。革命是否一定与恋爱相冲突？女性是否一定是男性前行道路上的羁绊？丁玲在此是不置可否的。

事实上，小说《韦护》是丁玲对瞿秋白、王剑虹感情生活的感念与探讨。自20年代中期起，丁玲与瞿、王二人多有交往，她不但见证了两人爱情的开始，更是目睹了他们的分离与王剑虹的死亡。在晚年抱病之时，丁玲再次写出长文，重申了《韦护》一文的创作缘由，“我想写秋白、写剑虹，已有许久了。他的矛盾究竟在哪里，我模模糊糊地感觉一些。但我却只写了他的革命工作与恋爱的矛盾。当时，我并不认为秋白就是那样，但要写得更深刻一些却是我力量所达不到的”[2]。这些想要“更深刻一些”的努力可以在小说的多处细节中找到，比如两人不食人间烟火的炽烈爱情背后，是有着优渥的物质生活为基础的，而且，韦

[1] 丁玲．丁玲全集第1集［M］．石家庄：河北人民出版社，2001：110.
[2] 丁玲．丁玲选集第3集［M］．成都：四川人民出版社，1984：259.

护那充满小资情调的住处和浪漫化的生活方式，与其所宣称的无产阶级追求也存在着深刻的矛盾；更何况，尽管韦护担当着学校的工作，但他更乐意独处家中，而非如革命同侪一般互相结交抱团……可以说，韦护的个人气质更接近中国传统的士大夫文人，而不是热血沸腾的现代革命青年，所以，他的骤然告别爱情、投身革命显得多少有些突兀牵强，其背后原因远非精神/生活二元对立的性别模式所可以解释的，个中缘由，恰恰是丁玲深刻感知却又无力回答的。

二、二元对立模式的延续与变形

1957 年，小说《红豆》问世，宗璞以她温情脉脉的人性关怀写出了一段坎坷的往事：青春少女江玫本与齐虹相爱，但在地下工作者肖素的感染下，她选择了投身革命洪流，与恋人分道扬镳。小说的本意是想要表现一代青年在人生十字路口的艰难选择和不断成长，但这个以“革命加恋爱”为题材的新故事却暗藏了许多值得咂摸的空间。小说的核心是江玫的两难选择，一边是情投意合的“个性主义者”男友，一边是慷慨激昂的女革命家舍友，他们所代表的个性解放与阶级革命产生了强烈的冲突，逼迫着江玫站队选择。可以看到，五四时期所提倡的个性解放，以及紧随其后的“将解放了的个性投入到革命中去”的号召已严重变形，个性解放与阶级革命成了对立的矛盾两端：从家庭中走出的个人若不选择参与阶级革命，仍坚持走个人主义的道路，那便是步入歧途、自绝于人民，即“阶级革命”已成了个性解放的唯一出路。

在这样的逻辑下，精神/生活二元对立的性别模式被一再强化，甚至出现了一系列变形。在作者笔下，齐虹虽然身为男性，但其形象是缺乏男子气概的：“清秀的象牙色的脸”“有一种迷惘的做梦的神气”。这大抵是因为他没有做出“正确”的政治选择，在个人主义的道路上越走越远的缘故；而肖素则恰恰相反，她的“去性化”（castration）成了阶级革命的一种标志，区分于前期江玫“一听朗诵诗就浑身起鸡皮疙瘩”

的青春少女，而更接近于后期江玫“懂得了大伙儿在一起的意思”[1]的无产阶级战士。换言之，阶级革命是时代洪流中的唯一正确选择与先进方向，而它是以集体、无私、壮阔的男性气质为特征的。对于现代青年而言，性别气质的判定标准并不在于其本身的性别属性，而在于是否选择了革命——即便齐虹是一个身材高大、充满激情的男子，他背弃了革命就意味着男性气质的丧失；而肖素虽然是女性，但她能够通过跻身革命而赢得高于女性气质的“男子气”，抑或是反过来，她能够通过对男权话语的认同而进入权力语境。所以，在两人对江玫的争夺中，恰恰是学起物理毫不费力、不屑于花布旗袍的肖素代表了追求思想进步的男性，而爱好浪漫主义文学、古典音乐的齐虹象征了沉溺个人生活的女性，处于漩涡中心的江玫也正是因为洗去了少女的粉色情怀，追随了大队伍，才从原先被物化了的“小鸟儿”变身为有着崇高共产主义信仰的党委会干部。

1981年，《收获》刊发了张抗抗的短篇小说《北极光》，随后，这部小说被归入“新时期争议作品”之列[2]。当时不少评论认为，陆芩芩徘徊在三个男性之间，其行为是不道德的，是“爱情至上主义”“朝三暮四的杯水主义”[3]。然而，小说中的三位男性，不论是“庸俗”的未婚夫傅云祥、提倡“合理的利己主义原则”的大学生费渊，还是重视“人的社会性”的电暖工曾储，都并没有与陆芩芩产生多少情爱瓜葛，而是纷纷以她的“人生导师”面目出现。三个男主人公展现出不同的人生选择，对“人活着究竟是为什么”的终极问题展开了探讨，陆芩芩在三位男性中的徘徊与选择都带有明显的指认人生观、价值观的意味，即“迷茫的少女”是亟待被启蒙的对象，抑或是言启蒙话语的接受者，她通过男性的选择与认同来寻找“真理”。

---

[1] 宗璞．红豆［J］．人民文学，1957（7）．

[2]《北极光》发表后引起了评论界的争论，随后被收入中国作家协会创作研究部选编的《新时期争议作品集·公开的“内参”》。

[3] 曹里平．陆芩芩的追求值得赞美吗？［N］．文汇报，1981-09-22．陈文锦．创作意图与作品实际倾向的矛盾：评《北极光》［N］．光明日报，1981-11-26．曾镇南．爱的追求为什么缥缈：也谈《北极光》［N］．光明日报，1981-12-24．

傅云祥虽然不会数出“馄饨少一只”，但也会关心“白菜多少钱一斤”，他对“四人帮”的痛恨源于极左政治损害了他的个人前途，于是他缩进市侩的人生享受中，认为“人活着总不能像虫子似的过活”，追求现世的物质生活。费渊是一个被严酷的现实扭曲变形的虚无主义者，他感兴趣的是“今天这个时代必然要产生的一种崭新的人生观！一种真正的自我发现，对‘人’的价值和地位的重新认识”，认为“个人的利益是世界的基础和柱石”。曾储则是一个类似“高大全”的理想存在，即便生活百般磨难，他依然有着“仙人掌”般顽强的生命，他认为“人生意义的讨论应当同社会实际和人们的具体行动结合起来”，有着一颗急切地想要投身时代浪潮、对未来充满信心与希望的心。曾储的形象之所以理想化得有失真实，是因为其所承载的是主流话语在人们遭遇新时期初期的理想失落时所给出的导向与规约。张抗抗曾自述：“我在京参加授奖大会期间，接到了上海的长途电话，他们（《收获》编辑部）希望我把曾储改得更真实可信些。同每次一样，我完全同意编辑部的意见，却是‘心有余而力不足’。”[1]

值得注意的是，在20世纪80年代初的第二次启蒙思潮下，小说的本意是想通过陆芩芩的思考与选择来追问爱情与人生两大命题，陆芩芩以当时典型的理想主义者的面目出现，她苦苦地追问爱情与人生两大命题，“爱情是什么？结婚是什么？”“人活着到底是为什么呢？人生的意义到底是什么呢？”然而，陆芩芩的思考自始至终都是在“破”的层面上展开，并没有得出任何有所“立”的结论。她不知道什么叫“爱”，但她很清楚自己不愿意同傅云祥结婚；她不知道生活究竟该是个什么样子，但她相信“总不是现在这样子”。即使无所依凭，也执着地坚持“宁可死在回来了的爱情的怀抱中，而不活在那种正在死去的生活里”。但是，在充溢着大段思辨与独白的文本中，作为核心主人公的她却正是一个几近“失语”的存在，完全由陆芩芩本人的内心体验展开思考与追问，“没有爱情的人生是不完整的，而爱情就是在对象中找到‘自我’，

[1] 张抗抗. 塔：张抗抗中篇小说集［M］. 成都：四川文艺出版社，1985：359.

是对自己一种更高的要求、更好的向往和归宿。建立家庭是容易的，而爱，却是难以寻觅的，因此，它又是无限的”。这些纤敏独特的女性经验构建起了陆芩芩形象的动人之处，即她感伤而又真诚、无解却又执着地不断叩问，她以个性化的女性经验展现了少女特有的迷茫与执拗，触动着读者内心的柔软一角。

但是，围绕着婚恋问题的性别经验却被文本“人生主题”的理性思考大幅挤压，陆芩芩的种种感性追问不但得不到呼应，更被男性话语的教诲所悄然覆盖。正如她在费渊和曾储的辩论中的感受，“他们交谈、争论的时候，似乎根本就忘了她的存在。是呀，她对于他们算得了什么呢？无论是‘自我’，还是‘社会性’，她都没法子插得进嘴。她只是非常愿意帮他们做一点事，也许她心里会舒坦一些……”理性思辨始终是男性的领域，而女性只能充当接受者的角色，或者，在他们思想交锋之余，做一些“力所能及”的生活琐事，以辅助他们的精神世界。于是，陆芩芩发出了能且仅能发出的声音——“我帮你钉上扣子吧！”[1] 这种被客观遮蔽的性别经验令人惋惜。如戴锦华所言，“张抗抗显然不是一个女性主义作家。与其说她毕竟以其作品表现某种女性意识，不如说她的作品所呈现的正是关于女性的主流话语对不期然间流露的女性体验的潜抑，是 80 年代女性文化的困境之一”[2]。陆芩芩对傅云祥的“悔婚”本身已然触碰到了女性对于男权的反抗和对自我的确立，但是，文本的立意在于“更高层次”的“大写的‘人’”，而将这些朦胧而宝贵的性别经验强行遮蔽了，这也必然导致了陆芩芩所期待的以“北极光”为喻的救赎注定是无望的。

小说以“北极光”为名，通篇贯穿着陆芩芩对这一自然奇景的向往与追寻。据说“谁要是能见到它，谁就能得到幸福”的北极光不但是她童年时代的美好记忆，更象征着她所憧憬的人生与爱情理想，以及四处寻觅的救赎力量。通过陆芩芩孩子气般的执拗反复强调，“这样一种瑰

---

[1] 张抗抗. 北极光［J］. 收获，1981（3）.
[2] 戴锦华. 涉渡之舟：新时期中国女性写作与女性文化［M］. 西安：陕西人民教育出版社，2002：201.

丽的天空奇观是罕见的，但它是确实存在的呀。存在的东西就一定可以见到”。“失去它便失去了真正的生活和希望”。然而，陆芩芩所期待的“北极光”式的救赎不仅未曾找到，反而被曾储成功引导为“暖气管”式的奉献现实。他告诉陆芩芩，自己虽然仍相信北极光的存在，但已经放弃了对它的追寻，因为他发现在电暖工的工作中，暖气管“虽然不发光，但也发热呵”，指向了将自我人生投入社会建设这一高尚而实际的选择。

可见，即便是在宏大叙事得到重新审视、女性书写开始再度大规模出现的情况下，高人一等的思想观念属于男性，而琐碎庸常的日常生活关乎女性的模式依然被堂而皇之地预设在文学书写中。女性难免重回五四文学时期的命运——男性有意无意地充当了这些女性的拯救者，而女性则沦为痴痴等待的客体，只是不同于“被侮辱的祥林嫂”式的旧社会女性，她们披上了一层“有自我追求的新时代女性”的外衣，但其内核依然是对精神/生活二元对立的性别模式的默认，甚至都不曾提出丁玲式的怀疑，对其的突破仍有待 20 世纪 90 年代对自我概念的阐释与颠覆。

第二章 生与成：20 世纪 80 年代女性文学

虽然女性文学随着现代性的进程由暗及明地进入了历史，但在种种"划时代意义"的褒扬背后，也必须注意到，在这段直至 20 世纪 80 年代前的漫长岁月里，星星之火始终未能绵延成燎原之势，甚至在 1949 年后愈发微弱，几乎到了偃旗息鼓的地步。"女性"的这一境遇与有着同样命运的"个人"不无关系，二者的互相缠绕、纠葛，更为女性文学的形成、发展奠定了潜藏的线索。大半个世纪后，"怀疑一切""解构一切"的浪潮使得人们重新检视集体话语、宏大叙事，"大写的人"发出了强有力的号叫，而"个体"又旋即取而代之，"女性"在与"个人"的艰难拆解中深刻体会到了分裂的苦痛。

自 20 世纪 80 年代前后起，女性书写不但重现了 20 世纪初的繁盛景象，更开始深入时代叩问与主体探询之中。张洁的《爱，是不能忘记的》走入了曾被极左政治路线所禁足的区域，呼唤人的心灵的自由驰骋；王安忆的《小城之恋》《荒山之恋》《锦绣谷之恋》以前卫的姿态率先涉足了"性力量的巨大"，展现出人性幽微处的罅隙；刘索拉的《你别无选择》通过呈现青年的资本主义生活方式，试探在新时期接受西方价值的可能性。

相较于她们的五四前辈，20 世纪 80 年代的女作家要幸运得多，也成熟得多。一方面，五四女作家迫于生活阅历和所处文化圈的限制，其书写大多简单且同质：或是如陈衡哲、凌叔华等在切身经验和周遭人事的描绘中打转，或是如冰心一般以"女学生生活"的方式讨论人生、爱、友谊之类的抽象概念，相形之下，20 世纪 80 年代女作家无论在深度还是广度上都更胜一筹。另一方面，新时期的女性书写打破了五四时期浪漫、理智、情感等一般化的人性概念，逐渐形成了一套自身的性别语言，女性视点或女性立场的灵光一现带来了包括故事情节、叙述方式和文本策略在内的整个语言系统的更新，而这对于女性书写的确立有着里程碑式的意义。

第一节 20 世纪 80 年代女性文学与“人性”

1978 年 5 月 11 日，《实践是检验真理的唯一标准》在《光明日报》上刊登[1]，以“重回五四起跑线”的方式宣告了新时期的到来。随后，尽管“新时期”与五四间勾连的建立仍存有很大的疑问，但“‘新时期’与‘五四’的历史同构，显然必须被视为一种意识形态叙述而非历史分析。甚至可以说，将‘新时期’叙述为‘第二个五四时代’，乃是 80 年代知识界所构造的最大‘神话’之一”[2]。但“新时期”与五四间被指认的承继关系是确乎建立在启蒙和人道主义的话语之上的。新时期初期所兴起的“伤痕文学”“反思文学”正是通过声讨与追问被戕害的人性，来回到五四的“立人”传统，以期重建人性价值与人的尊严。

对于 20 世纪 80 年代的文学创作而言，虽然在一定程度上恢复了对日常生活的感性书写，以此反抗公共话语无处不在的规约，但其所触及的个人经验仍是十分有限的。“个人”与“女性”尚且被统摄在“大写的‘人’”中的前提下，遑论性别身份的表达与彰显。这不但是由于写作行为本身面临着严苛的意识形态禁区，更是由于在“大写的‘人’”的预设空间中，女性书写即便自发地向主流文学创作靠拢，努力与“伤痕文学”“反思文学”同步，这其中自觉或不自觉所流露出的性别经验

---

[1] 特约评论员. 实践是检验真理的唯一标准 [N]. 光明日报，1978-05-11 (1).
[2] 贺桂梅. “新启蒙”知识档案：80 年代中国文化研究 [M]. 北京：北京大学出版社，2010：18.

痕迹，也会被大而化之为“人”的声音，被敦促其向主流书写价值取向回归。

一、“个人”与“女性”：有限的拆解

在20世纪80年代的语境中，主体意义上的“个人”并不存在，人道主义和启蒙话语所呼唤的“人”依旧是一个被预设的群体性概念，是集结了所有不满于极左路线、阶级话语声音的“大写的‘人’”。自新文化运动诞生了个人话语后，“个人”在革命时期被民族话语所收编；随着民族革命的深入、阶级革命的兴起，乃至1942年毛泽东发表《在延安文艺座谈会上的讲话》，个人话语又被纳入阶级话语；此后，宏大叙事与集体话语不断加强，直至“文革”十年达到了顶峰。20世纪80年代起，文学书写开始大规模反弹公共话语空间的禁锢和压抑，通过“去中心化”的私人空间书写来展现“解放的叙事”[1]。从这个意义上发轫的“伤痕文学”“反思文学”的初衷即在于“反思封建法西斯文化专制的因果关系，从而找回失落的人性基点”[2]。所以，20世纪80年代的文学创作虽然在一定程度上恢复了对日常生活的感性书写，以此反抗公共话语无处不在的规约，但其所触及的个人经验仍是十分有限的。正如詹明信所言，在西方发达国家的资本主义文化中，个体与社会是分裂的，本文不断重申分裂的存在及其对个人和集体生活的影响，而第三世界的本文则总是以政治寓言或民族寓言的形式出现，通过将问题提升到“人民”的高度而将个人的命运包容在大众文化之中。[3]

在个体的“人”被统摄在“大写的‘人’”中的前提下，性别身份的表达与彰显也就自然成了奢望。对于女性书写而言，从宗璞的《我是谁?》到戴厚英的《人啊，人!》、韦君宜的《洗礼》，文本或着力刻画政

---

[1] 南帆. 八十年代：话语场域与叙事的转换 [J]. 文学评论，2011 (2).

[2] 丁帆. 八十年代：文学思潮中启蒙与反启蒙的再思考 [J]. 当代作家评论，2010 (1).

[3] [美] 弗雷德里克·杰姆逊. 处于跨国资本主义时代中的第三世界文学 [J]. 张京媛，译. 当代电影，1989 (6).

治斗争下精神不堪重负的个人命运，或描写被阶级话语挤压到丧失斗争勇气的家庭悲剧，或呼唤“人人相亲相爱”的人道主义，或揭示知识分子在社会革命中的矛盾心境……女作家努力把握“伤痕文学”“反思文学”的时代脉搏，试图将她们对“大写的‘人’”的呐喊汇入时代的滚滚洪流之中。“对妇女的压迫一直受到现代理论及其本质主义、基础主义以及普遍主义哲学的支持和辩护。尤其是人本主义话语中的大写的‘人’（MAN）字直接掩盖了男女之间的差别，暗中支持了男性对女性的统治。”[1] 一方面，这是由于女性写作行为本身面临着严苛的意识形态禁区。自 1949 年以来，从宗璞的《红豆》、茹志鹃的《百合花》到杨沫的《青春之歌》，这些女性写作的文本均因涉足在性别意义上的男女情爱或个人经验而被定性为政治乃至文化上的“反动”。另一方面，在“大写的‘人’”的预设空间中，女性书写自发地向主流文学创作靠拢，努力与“伤痕文学”“反思文学”同步，他们自觉或不自觉地抗拒性别身份的指认，投身到对法西斯专政的抗议中。其中，即使女性写作自觉或不自觉地流露出性别差异的痕迹，这些女性的苦难与挣扎、反抗与内省也会被大而化之为人性的声音，促成其向主流书写价值取向的归队。

这一时期中“个人”与“女性”的关系可以在遇罗锦的小说及其遭遇中得到充分体现。1980 年，遇罗锦的《一个冬天的童话》在《当代》上刊出，两年后，姊妹篇《春天的童话》问世，这两部看上去“换汤不换药”的作品却遭受了不同的命运。

《一个冬天的童话》[2] 以哥哥遇罗克的光辉指引作为贯穿全文的主线，用 7 节的篇幅讲述了“我”和“我的家庭”在阶级斗争中所受到的非人迫害，作为文本次要内容的“我”的婚恋故事只占到了后 4 节的较小篇幅。这两条主次分明的叙事线索引起了泾渭分明的褒贬评价：前者备受同情与赞誉，后者则被认为是“思想不健康的”，总体而言，由于

[1] ［美］斯蒂文・贝斯特，道格拉斯・凯尔纳. 后现代理论：批判性的质疑［M］. 2 版. 张志斌，译. 北京：中央编译出版社，2006：238.

[2] 遇罗锦. 一个冬天的童话［J］. 当代，1980（3）.

叙事主线并没有脱离阶级斗争的边界，文本还是获得了较高的肯定。而《春天的童话》[1]却受到了几乎是“一边倒”的猛烈攻击。《文艺报》《文汇报》《中国青年报》《南方日报》《新观察》等报纸、期刊纷纷发表相关评论，指责其是一篇有严重错误、发泄个人不满情绪且趣味低劣的作品。刊发该作品的《花城》编辑部立刻做出自我批评，并取消了准备颁给遇罗锦的奖项。[2]

二者最大、抑或是唯一的区别在于，《一个冬天的童话》是以“哥哥”及“我的家庭”的遭遇为主要叙事内容，“我”的婚恋故事仅作为其“注解”而存在。而《春天的童话》则基本删去了对遇罗克经历及他对“我”的影响的描写与渲染，而大幅增加了“羽珊”（即“我”）在婚恋上的坎坷经历。换言之，在《春天的童话》中，群体性概念的“人”被置换为个体意义上的“我”，一己的私人空间被无限放大，“社会主义人道主义”的公共空间则被大大挤压。

于是，在对两个文本的定性上，就出现了从“实话文学”到“阴私文学”的悄然转换。《一个冬天的童话》曾被定义为“把家庭的命运、个人的悲欢离合巧妙地融汇在历史潮流中”的“实话文学”[3]，而由于《春天的童话》将“隐私性”进一步膨胀，并进而压倒了公共话语的空间，其书写定性也随之变成了“揭露他人阴私、发泄个人不满情绪”的“阴私文学”[4]。一些评论认为，文本所表达的对“脱俗爱情”的不顾一切的追求，实际上是为了满足不断膨胀起来的个人欲望，[5]这种把社会主义社会当成控诉对象的书写方法是资产阶级自由化的突出反映，换言之，其对个体需求与生命自由的大声呼唤违背了无产阶级对集体主义的倡导，落入了被明令禁止的“利己主义”。可见，在 20 世纪 80 年代初期的天空下，“求自由”的呼声一旦脱离了预设的群体性概念的

---

[1] 遇罗锦. 春天的童话 [J]. 花城，1982（1）.

[2] 本刊记者. 关于《一个冬天的童话》[J]. 当代，1999（3）.

[3] 郑定. 这是“实话文学”——评《一个冬天的童话》[J]. 作品与争鸣，1981（1）.

[4] 佚名. 一些报刊批评小说《春天的童话》[J]. 当代文坛，1982（7）.

[5] 佚名. 一些报刊批评小说《春天的童话》[J]. 当代文坛，1982（7）.

“人”，就会被迅速指认为“为私欲”的个人主义。在“社会主义人道主义”与“集体主义”的双重制约下，个人话语始终面临着“不可见”的命运，而女性若想要从个人话语中寻求突破的可能性，更会被视为“双料的反动”。总而言之，“个人”的空间仍极为有限，而“女性”始终脱不开对其的依附。

1985 年后，“大写的‘人’”与“小写的‘人’”之间的区别——对伦理原则和道德规范的绑定遭到了拆解，主体意义上的“个人”开始浮现。一方面，宏大叙事被进一步解构，集体话语也遭到了史无前例的厌弃，书写者纷纷放弃了长久以来对社会、历史题材的迷恋，也避开矫情、浪漫风格的审美取向，开始挖掘“个人”的主体意识与个性要求。另一方面，作为“个人/意识形态”话语框架中的抵抗性力量，新时期初期的“大写的‘人’”往往以男性精英的面目出现，所以，对其的颠覆也必然带来了性别身份的凸显，并由此开始与“个人”的分离。于是，在 20 世纪 80 年代后期的整体性反思氛围中，花木兰式的女性标准开始受到质疑，而人道主义和异化问题的讨论更使得人们认识到，中华人民共和国成立以来的妇女解放运动抹杀了男女的天然差异，女性气质应当被呼唤回归。

需要指出的是，在 20 世纪 80 年代后期，“女性”对“个人”的拆解是极为有限的。其一，性别的浮现，乃至与主体的分离是“发现个人”的副产品，对于书写者而言，他们是通过书写个体才附带着触及性别的维度。例如王安忆在“三恋”中对性爱禁区的涉足，其实是想借此来呼唤个人被规训已久的原始本能状态，《锦绣谷之恋》中女编辑的婚外恋不过是她人生中的一段小小插曲，她所追求的是自我意识的觉醒，而非只是爱情的滋润，正如王安忆对其做出的解释：“其实她并不真爱后来那个男子，她只爱恋爱中的自己，她感到在他的面前自己是全新的，连自己也感到陌生。”她更进一步对“三恋”解释道：“有人说我写性，这一点我不否认；还有人说我是女权主义者，我在这里要解释我写‘三恋’根本不是以女性为中心，也根本不是对男人有什么失望”，“我的第一主题肯定是表现自我”。[1] 其二，在出自女性之手的作品中，对女性气质的彰显并没有成为书写主流，而是与传统的社会历史刻画平分秋色。以 1988 年所诞生的女性作品为例，张洁的长篇小说《只有一个太阳》以中国人的“西土之行”来书写记忆、历史与生命的主题，直指国人内心的创伤时刻；方方的《黑洞》聚焦社会热点——住房回迁问题，刻画了社会底层小人物的灰色生存现实。与此同时，铁凝推出了她的第一部长篇小说《玫瑰门》，被视为当代女性意识觉醒的先声；迟子建的《鱼骨》描写了古老小镇的人情冷暖和人心喜乐，以及女性在传统观念下的纤敏脆弱。其三，尽管 20 世纪 80 年代在总体上呈现出自由与开放的走势，但仍经历了数次政治运动：1983 年“清除精神污染”“反自由化”运动向先前在伤痕文学中高歌猛进的知识分子提出了严正警告，直接导致了文学的“向内转”；1985 年关于现代派与伪现代派的讨论否定了资本主义的价值观念与生活方式，发出了重回“黄色文明”的号召；乃至 1988 年对“文化寻根”的反思，通过对五四的重新定位与探讨，文化界显示出对传统文化的深刻眷恋。在这样的背景下，作为文本策略的个人书写就很难达到颠覆意识形态的力量，遑论性别身份与其的彻底拆解。

残雪在 1988 年发表了长篇处女作《突围表演》，“个人”与“女性”努力拆解，但分化有限的态势在文本中得以体现。小说讲述了五香街上由一场莫须有的奸情所引发的人性表演，抽象冗长的语言、大段大段的议论、无处不在的精神分析显示出残雪小说的转型趋势，在《黄泥街》《苍老的浮云》等早期作品的“无意识梦呓”后，《突围表演》走向了类化思考的“哲学隐喻”。

对女性问题的阐释与讨论是小说的一大亮点。X 女士、寡妇、同性女士、B 女士等女性人物虽然没有姓名，仅以代号为标记，其言行却甚是惊世骇俗，五香街的精英们围绕着她们，对女性、性爱、婚姻、伦理等问题展开了热烈讨论，呈现出清晰的性别意识。在小说“故事”的第

---

[1] 王安忆，陈思和．两个 69 届初中生的即兴对话［J］．上海文学，1988（3）．

六部分，关于 X 女士和她的情人 Q 男士“谁先发起攻势”的这个章节中，作者通过“书记员”所“忠实再现”了黑屋会议的精彩争论，几乎可以被看作一场女性主义理论的大辩论。A 博士发表了较为传统的看法，认为女人们表面上的咄咄逼人是为了“创造一种良好的自我感觉”，但其骨子里还是被动的、依赖的，“女人终究是女人，花样搞得再多也不能变成男人”。B 博士的想法比较大胆前卫，认为“90%以上的女人都是主动的”，“男人们获得成功的原因只在于他掌握了舆论。任何社会，意识形态领域的事是最要紧的”，所以，妇女们必须团结起来搞“黑板报”，通过掌握舆论武器来对社会进行改造。C 博士持中立态度，指出男人和女人在本性上都是主动的，“谁又不想表现自己的活泼和勇敢呢”[1]。残雪虽然在文中并没有对这三种看法做出明确的选择，但她通过“第一种看法统治了五香街的舆论界”，以反讽的方式表达了心中天平向 A 博士的倾斜。这表明，尽管作者本人已经自觉产生了女性意识，但对此尚存疑虑，最终还是选择了较为保守的态度。

需要指出的是，小说虽然相当超前地触及了女性问题，但这恰恰是在讨论“人”的问题时所产生的。《突围表演》的核心隐喻即在于主人公 X 女士——她在旁人窥视的目光中我行我素，还主动邀请少男少女到她的黑屋子里“搞迷信”，通过长时间地拿着一面镜子照眼睛来“认识自我形象”；而所谓的“突围”，就是在这个荒诞的奸情故事中，她通过行为艺术式的表演性个人姿态突破了由社会窥视所造成的困境。而且，自《突围表演》后，残雪仍旧回到了对个人问题的书写，甚少再涉足女性问题，如评论指出，被收入“红罂粟”丛书的小说集《辉煌的日子》“表现一个人的自我人格的各种分裂形态，以反现代哲学意义上的人在命运面前的无能渺小引起虚空和荒诞”[2]，残雪创作的母题始终是“个人面对中国社会、心理、文化所具有的社会化的压力”[3]。

---

[1] 残雪. 突围表演 [M]. 上海：上海文艺出版社，1990：227.

[2] 姜云飞. 突围表演——论残雪、伊蕾作品中的“困兽”意识 [J]. 当代作家评论，1998 (4).

[3] [丹麦] 魏安娜. 模棱两可的主观性——读残雪小说 [J]. 留滞，译. 小说界，1996 (3).

二、“人性”的困境

在20世纪80年代前后的文坛，解放了的叙事是如此的欢欣鼓舞，人性书写成了不可逆转的潮流。卢新华的《伤痕》、刘心武的《班主任》、冯骥才的《铺花的歧路》、王蒙的《蝴蝶》等作品共同发出了对“人”的大声绝叫，于是，“新时期文学从‘无情文学’（既不敢写爱情，又不敢写感情）的死胡同里走出来，敢于描写包括爱情、婚姻、家庭在内的人的七情六欲，是文学向革命现实主义跨出的重要一步”[1]。这种书写不但赢得了评论界的高度赞誉，更得到了主流意识形态的点头认可。如中国文联与中国作家协会在讨论人道主义和异化问题的座谈会上总结，过去文坛上发生过把人的社会关系简单化的错误，把人的社会关系看成只是阶级关系和政治关系。周扬在《发扬十二大精神》中也指出：“唯物主义的人性论、无产阶级的人道主义总不应该不讲。而且要尊重人、尊重人的尊严。”[2]

然而，人性书写的限度被过于乐观地高估了。“人”的呐喊虽然叫好，但并不意味着可以横扫所有羁绊，主流话语的规约仍无处不在。文学创作不但应该，且仅能在马克思主义的世界观和历史观中展开，更应争取“一致”“同归”，即“同归于社会主义，在大的方向上，在根本利益上一致起来”[3]。一旦走到了“社会主义”对人性的圈地之外，就会落入截然不同的命运。

1979年，张洁发表了中篇小说《爱，是不能忘记的》，小说中钟雨与老干部之间坚贞不渝的爱情在很大程度上成为抚慰当时“文革”创伤的感情载体，因此，这篇并没有直接涉及“伤痕”主题的小说，成为“伤痕文学”的代表作品。一方面，其在爱情题材上的大胆开拓顺应了张扬人性的时代潮流，启迪读者去思考“为什么我们的道德、法律、舆

[1] 刘锡诚. 谈新时期文学中的人道主义问题 [J]. 文学评论，1982（4）.
[2] 周扬. 发扬十二大精神 [N]. 人民日报，1983-01-05（1）.
[3] 周扬. 发扬十二大精神 [N]. 人民日报，1983-01-05（1）.

论、社会风气……加于我们身上和心灵上的精神枷锁是那么多，把我们自己束缚得那么痛苦？而这当中又究竟有多少合理的成分？等到什么时候，人们才能按照自己的理想和意愿去安排自己的生活呢？”[1] 另一方面，小说走入了曾被极左政治路线所禁足的区域，揭示了“陈旧的伦理观念对于人的尊严的蔑视，对于人的价值的否定以及对于人的发展的限制”[2]，将矛头指向以“四人帮”为代表的政治话语控制，呼唤人的心灵的自由驰骋，其所揭示的爱情与婚姻分离的不合理现象正是以人性所受到的外界束缚为终极所指的。

但好景不长，《爱，是不能忘记的》所引起的争议声迅速盖过了这些赞誉。表面看来，文本所引起的非议是因为钟雨与老干部的爱情涉及道德敏感的“婚外恋”问题，但真正阻碍他们这段“镂骨铭心”的爱情的，却是“老干部的妻子”所代表的、建立在革命情谊上的婚姻关系。有人发出反问，“老干部是出于阶级情谊和妻子结合的。他们基于斗争生活的婚姻有何市侩气息？有何庸俗？又在哪里镌刻着私有制度的烙印呢？”[3] 这些质问进一步升温，认为小说对两人爱情的渲染“背弃革命的道德、革命的情谊”[4]。如果说，钟雨与老干部的爱情多少触犯了道德的禁区，那么，这种禁区正是由“社会主义”的意识形态所划定的。“每个阶级都有自己的道德标准、法律规定。无产阶级的历史使命和最终奋斗目标决定了它的基本道德标准就是先利人后利己，在任何问题上不能干损人利己的事，这当然也包括爱情与婚姻在内。”[5]

于是，看似在伦理道德层面上的争议实则是关于人性与阶级性如何摆正位置的问题。换言之，在主流意识形态的话语中，人性必须在“社会主义”的规约下展开，作为普遍伦理层面的人性是不存在的。1984 年，胡乔木在中共中央党校的讲话中曾指出，人道主义有两种解释，

---

[1] 黄秋耘．关于张洁作品的随想［J］．文艺报，1980（1）．

[2] 薛晨曦．张洁小说的道德感探讨［J］．文艺评论，1986（4）．

[3] 肖林．试谈《爱，是不能忘记的》的格调问题［N］．光明日报，1980-05-14（8）．

[4] 李希凡．“倘若真有所谓天国……”——阅读琐记［J］．文艺报，1980（5）．

[5] 李小微．爱情题材的深层开掘——试论张洁的《爱，是不能忘记的》［J］．语文学刊，1986（4）．

“一个是作为世界观和历史观，一个是作为伦理原则和道德规范”，他明确批判了其中“把人道主义作为解释历史、指导现实的世界观和历史观来理解和宣传”的观点。[1] 所以，文学艺术虽可以触及“文革”时期无人敢问津的爱情题材，但必须被纳入“人民”“社会主义”“无产阶级”的话语之中。

> 我们艺术文学要为人民服务，为社会主义服务。描写爱情就要从这根本立场出发，摆正爱情与人民伟大事业的关系的位置，给人们以健康的高尚的精神食粮。不然，作品写的爱情，于社会与人民毫无益处，甚至还有害，这样做，难道不会问心有愧么?!
>
> …………
>
> 如果要讲人道主义的话，我们讲的是革命的人道主义。[2]

值得注意的是，《爱，是不能忘记的》所引起的争议基本围绕着“道德”“人性”“阶级性”等所谓“思想性”问题而展开，作为文学文本的特质——技巧、语言等“艺术性”问题却鲜少被论及。而且，这些为数不多、被附带“补充”的“艺术性”评述基本集中在对钟雨与老干部的爱情“不现实”“理想化”的批评之上。有的评论认为作品对爱情的理解和描写过于理想化，“老干部和他的妻子可以说是患难夫妻了，这中间就没有一丁点儿可以称之为‘爱情’的感情吗?”[3] 并对此深感惋惜，“钟雨对那个老干部的爱情缺乏一段密切的接触或者是共同的生活作为基础。没有这段经历的交代，使得这个爱情故事虚幻的色彩过重，这是很可惜的”[4]。而这些“缺憾”之所以为“缺憾”，是因为其最终损害了文本的“思想性”，“把高尚的爱情看成纯精神的活动，这就

---

[1] 胡乔木. 关于人道主义和异化问题［M］. 北京：人民出版社，1984：47.

[2] 黄药眠. 人性、爱情、人道主义与当前文学创作倾向［J］. 文艺研究，1981（6）.

[3] 杨桂欣. 论张洁的创作［J］. 当代作家评论，1984（3）.

[4] 俞建章. 论当代文学创作中的人道主义潮流（对三年文学创作的回顾与思考）［J］. 文学评论，1981（6）.

不能不削弱作品的思想性”[1]，“它离现实生活的距离毕竟太远，因而作品的社会意义也就非常有限”[2]。这些论点的潜台词即为，在“人性”的话语中，“思想性”的重要度远远高于“艺术性”，文本在“艺术性”上的成功最终仍是为“思想性”所服务的。

仅有少数几位评论者意识到文学创作的想象性本质，通过强调艺术的“幻想性”来对此做出反驳。耐人寻味的是，这种辩驳以“想象而非现实”为立足点，恰恰否定了文本的价值观和逻辑合理性，形成了自身的悖论。如王蒙认为，“有时真诚就是真实。比如幻想，是最不真实的，但是他要是诚心诚意在那里幻想，写到作品里就是真实的、感人的”，“至少张洁本人在写这篇小说时是相信有一个超出时间和空间的爱的”[3]。又如曾镇南认为，“这是不能从普通常见的婚姻生活形态和道德尺度去评价的幻想的爱情”[4]。换言之，钟雨与老干部的爱情是因为其“只存在于想象的世界”而具有合法性，这就无异于承认了其对人性的抒发确实是突破了“社会主义人道主义”的规约、不容于“现实”的伦理道德观。于是，文本的艺术美感就在于两人欲爱不能、在婚姻与道德之间痛苦徘徊的“悲剧感”。再如薛晨曦认为，因为主人公在感情与道德的临界点上保持了平衡，“这个爱情悲剧才获得了崇高的美感”[5]。又或是“作品之所以感人至深，主要在于双方对爱情的执着追求和坚定的道德操守的斗争”[6]。可见，在“社会主义人道主义”的规约下，即使是在“文学的想象世界”里，钟雨与老干部也决不能突破“无产阶级婚姻”的枷锁而大胆地追求人性的尊严与自由，否则，他们的动人爱情就会沦为一场彻头彻尾的“不道德”，此间的痛苦与绝望也不再能为读

[1] 禾子. 爱情、婚姻及其它：谈小说《爱，是不能忘记的》的思想意义 [J]. 读书，1980 (8).
[2] 杨桂欣. 论张洁的创作 [J]. 当代作家评论，1984 (6).
[3] 王蒙. 漫话小说创作 [M]. 上海：上海文艺出版社，1983：61.
[4] 曾镇南. 王蒙与《爱，是不能忘记的》引起的争鸣 [J]. 文艺争鸣，1987 (1).
[5] 薛晨曦. 张洁小说的道德感探讨 [J]. 文艺评论，1986 (4).
[6] 李小微. 爱情题材的深层开掘——试论张洁的《爱，是不能忘记的》 [J]. 语文学刊，1986 (4).

者所同情与理解，文本的“艺术美”也随着“思想性”骤然消解、不复存在。

第二节 20 世纪 80 年代女性文学的两个立场

在 20 世纪 80 年代，尽管“人”已经从阶级斗争的压抑空间中被解放出来，但作为个体的、有性别的“人”仍面临着“不可见”的无言命运。《爱，是不能忘记的》与《一个冬天的童话》所引起的争议表明，对于人性的书写仅是打破政治话语束缚的手段，一旦脱离了无产阶级的道德范畴与集体主义的话语空间，便会遭遇文化乃至政治反动的非难。

于是，在有限的人性书写中，20 世纪 80 年代女性文学的内部分化出两大价值立场：道德判断与时代控诉。前者烙印着刻骨铭心的道德焦虑感，性别经验与“我有罪”的羞愧感如影随形；后者则离不开“暴力来自被少数坏人把持的国家政权，手无寸铁的无辜受害人悲惨哭泣”的时代主题，在一番弱势话语的控诉之后陷入主题虚无的尴尬境地。女性文学是否有可能摆脱乐于审判的“法官姿态”，寻找到一块“道德审判被悬置的疆域”？是否有可能将性别书写推向一个更具审美化生存的意义空间？20 世纪 80 年代“女知青回城”题材的流变为女性书写提供了一个可资借鉴的新路径。

一、道德判断与时代控诉

在 30 余年后的今天看来，《一个冬天的童话》与《爱，是不能忘记的》的主旨并不复杂，即通过简单的婚恋故事阐述了“爱情是婚姻的基础”这一主题。遇罗锦曾在文本中引用恩格斯的名言，“只有以爱情为基础的婚姻才是合乎道德的”，张洁本人也曾在采访中明确表示，《爱，是不能忘记的》的创作缘起就是“想用文艺形式写出我读恩格斯的著作——《家庭、私有制和国家的起源》一书的体会”[1]。但在当时，大部分评论都越过了这一层面，而直接升华到“人性”的意义，作为叙事目的之一的“爱情”被或多或少地遗忘了。

《爱，是不能忘记的》的结构简单而清晰，开篇就展现了“我”对恋爱、婚姻的迷茫，苦苦追寻婚姻中“比法律和道义更坚实的东西”，然后通过母亲钟雨与老干部镂骨铭心却相望一生的悲剧阐述了爱情是“不能忘记的”，是“婚姻的实质”这一主题。在整个文本中，张洁用感人至深的笔触写出了占据着彼此全部的情感却得不到对方的两颗“灼人的、充满爱情和痛苦的心”。文本对爱情的肯定与追求是如此的坚定与恳切，以至于发出了振聋发聩的呐喊：“没有你！于是什么都显得是有缺陷的，不完满的，而且是没有任何东西可以弥补的”，“她真正地爱过，她没有半点遗憾”。故事的最后，作者对日后引起的种种非议已经做出了预见性的回应：“我已经不能从普通意义上的道德观念去谴责他们应该或是不应该相爱。我要谴责的却是：为什么当初他们没有等待着那个呼唤着自己的灵魂？”说明了两条彼此呼应的灵魂是无比可贵的，他们“曾经沧海难为水，除却巫山不是云”的爱情超越了“普通意义”上的道德观念。

《一个冬天的童话》则通过一段痛苦的“三角关系”阐释了“心灵中要求的精神生活是抹不掉的”的爱情主题。在文本中，丈夫赵志国于“我”“是好人，不是爱人”，“我们”之间 3 年多的婚姻关系形同行尸走肉，原因是“我”有追求爱情的愿望而“他懂得什么是爱情？什么也不懂！”爱情之于“我”是如此的重要，以至于遇到维盈并相爱后，“仿佛我有了第二次生命，第一次觉得我是活着，第一次觉得我是个有血有肉有感情的人”。“我”为这段大胆的“婚外恋”做出了“爱情至上”的辩解：“我怎么舍得扔掉快乐，却自愿捡起尼姑式的生活呢？人所应当享受的我都想享受，这本来无可非议。”对于结束与赵志国的婚姻关系，“我”十分理直气壮，即使在维盈退却后也绝不后悔。在通篇“自述”

[1] 孙五三. 一个普通的人——记女作家张洁同志［J］. 青春，1980（7）.

中，“我”虽然饱受身体的毒打与心灵的挣扎，却始终把“爱情”置于至高无上的“神坛”位置，认为它能使“每一根毛细血管都充满着无限的幸福和满足”，“把我那‘再也不会干净’的泥人完全冲洗干净了”。即便被抛弃、谩骂和鄙视，“有感情的生活”仍是“我”的毕生追求。

然而，这些对“爱的权力”的大声疾呼往往被“反抗陈腐的社会伦理观念、要求健全合理的人生”与“反抗血统论和极左政治”的另一重主题所淹没，进而引发道德层面的判断与讨论。这种错位固然与主流话语所倡导的“社会主义人道主义”、集体主义以及无产阶级的道德立场有着不容忽视的联系，但不可否认的是，这些文本对爱情的大胆追求也并非遗世独立般的高蹈与决绝，文本在婚恋书写中的道德焦虑感始终如阴影般挥之不去。

这种道德焦虑感首先表现在主人公对其爱情合法性的确立途径之上。尽管两个文本中的爱情都深深打动了万千读者，但其“婚外恋”的实质也是难以回避的不争事实。对此，作者并没有因“爱情是婚姻的基础”这一无产阶级导师名言而理直气壮，而是采用了一种十分微妙的方式为爱情找到了存在的合理性。

在《爱，是不能忘记的》中，作者用大段的日记摘录、心理描写渲染了两人爱情之真挚与深沉，但对于钟雨与老干部之间一往情深的源头并没有做出交代，可谓“情不知所起”，仅在“老干部之死”的片段中留下一截线索。在政治斗争如火如荼的岁月里，老干部因对一位“红极一世、权倾一时的人物”“提出了异议”而遭难，钟雨“一下子头发全白了”，在追忆中深情地写道：“我从不相信你是什么反革命，你是被杀害的、最优秀中间的一个，假如不是这样，我怎么会爱上你?”寥寥数语勾勒出了钟雨爱情的起点，因为老干部的“优秀”，即对革命事业的忠诚信仰，“我”才会“爱上你”，这种“优秀”不仅仅是人格上的刚正不阿、铮铮傲骨，更是在政治意义上的忠于党、忠于革命。同时，作为文本的男主人公，老干部却始终无名无姓，以“老干部”这一政治身份代替，文本对其政治性的强调可窥见一斑。所以，钟雨对他的爱情是建立在“政治正确”的基础之上的，这也为他们越过了“无产阶级道德”

边界的爱情找到了绝妙的立足点。

同样的，在《一个冬天的童话》中，“我”对维盈的爱情起点也颇具深意。文本以“哥哥的灵魂”统领全文，“我”与维盈的相遇也没能跳出“哥哥”的影子。故事一开始，“我”就对维盈一见钟情，“这是一张多么温柔、聪敏和安静的脸呵。好像在一间烟气弥漫的屋子里，你突然推开窗户，一眼看见深蓝澄净的天幕中挂着一弯银月，伴随而来的是凉爽沁人的空气——这就是我看到他相貌时的心情”。对于这种好感，“我”解释道：“是否他那甲字形的脸和白框眼镜使我想起了哥哥？还是他白净的肤色和五官透出的宁静气质像哥哥？我说不清。”维盈于“我”最初的吸引并非其“温柔、聪敏和安静”，还包括这“温柔、聪敏与安静”和哥哥极为相似。同时，维盈也是由崇拜和同情“我”这个“遇罗克之妹”而萌发了爱意，在两人最初的交往中，遇罗克的事迹几乎是他们之间唯一的话题。由此，文本将这段婚姻关系外的感情与以遇罗克为化身的“正义”“真理”产生了勾连，获得了存在的合法性。

尽管两个文本都通过将婚外恋情与政治话语相连获得了爱情的合法性，但此间的道德焦虑感并未因此烟消云散，女主人公的“罪恶感”依然根深蒂固。在《爱，是不能忘记的》中，钟雨与老干部因不忍破坏那段“出于道义、责任、阶级情谊和对死者的感念”的婚姻而饱受折磨。对此，老干部曾做出“自我表白”式的说明，“其实，那男主人公对她也是有感情的，不过为了另一个人的快乐，他们不得不割舍自己的爱情”，钟雨在行将就木之时也感到了深深的平静，因为她相信，在天国“再也不必怕影响另一个人的生活，而割舍我们自己”。这种因“影响另一个人的生活”而良心不安的焦虑感与钟雨的生活如影相随，以致连独自一人的回忆与幻想都会觉得不安。当她被撞见对着两人的爱情信物——一套契诃夫小说集出神时，“她便会显得慌乱不安，不是把茶水泼了自己一身，便是像初恋的女孩子，头一次和情人约会便让人撞见似的羞红了脸”。在深夜回忆过去时，“我常会羞愧地用被单蒙上自己的脸，好像黑暗中也有许多人在盯着我瞧似的。不过这种不愉快的感觉里倒也有一种赎罪似的快乐”。文本默认了钟雨在道德上“有罪”，并展现了因“被看”而“羞愧”，进而感到“赎罪”的释然心态。

在《一个冬天的童话》中，“我”在追寻“婚姻是什么”“爱情是什么”的过程中始终伴随着一句无处不在的潜台词——“我不配”。在工艺美校读书时，“我”曾爱上一个同学，但因为“政治问题，户口问题，工作问题”，“我”自认早已失去了和他恋爱的条件。为了减轻家里的负担，“我”决心去做“落户姑娘”，认为爱情“等于0”、结婚“无非就是和男方一家人和睦相处罢了”。“我”尽管感到屈辱，但也只能自认不配追求合理的婚姻，“只知道为了生活，必须要这样做”。当“我”遇见维盈并互证心意后，虽幻想能摆脱婚姻关系的束缚，与维盈一起生活，“但我从没认为能成为真的，因为我不配”。最后，两人的恋情因维盈的胆怯而告终，但对此做出自责式坦白的却是“我”，“我结过婚，有过孩子，我不配你”。同样的，“我”的罪恶感也在“被看”中因感到“羞愧”，进而“赎罪”，“是的，我曾以为自己的故事是见不得人的，总为自己的经历感到羞耻”，“如今，我只想把它全部亮出来——让人了解我。我只想在人们无私的批评中受到洗礼，我只想在诚实和勇敢中得到安宁！”可见，这种“我有罪”的羞愧感在20世纪80年代的女性书写中几乎是预设性地存在，文本自身所烙印着的刻骨铭心的道德焦虑感为其后引发的道德判断与争议提供了一个天然的泥潭。

1884年，弗里德里希·恩格斯（Friedrich Engels，1820—1895）在《家庭、私有制和国家的起源》一文中将现代婚恋的道德评价标准定义为两重，其一为双方是否具有合法的婚姻关系，其二则在于两人是否存在爱情基础。婚姻外的恋情固然不容于道德，但没有爱情的婚姻也同样是可耻的。

> 现代的性爱，同古代人的单纯的性要求，同厄洛斯“情欲”，是根本不同的。第一，性爱是以所爱者的对应的爱为前提的；从这方面说，妇女处于同男子平等的地位，而在古代的厄洛斯时代，绝不是一向都征求妇女同意的。第二，性爱常常达到这样强烈和持久的程度，如果不能结合而彼此分离，对双方来说即使不是一个最大

的不幸，也是一个大不幸；为了能彼此结合，双方甘冒很大的危险，直至拿生命孤注一掷，而这种事情在古代充其量只是在通奸的场合才会发生。最后，对于性关系的评价，产生了一种新的道德标准，人们不仅要问：它是婚姻的还是私通的，而且要问：是不是由于爱和对应的爱而发生的？[1]

然而，对于《爱，是不能忘记的》与《一个冬天的童话》而言，尽管它们大声呼喊“爱情是婚姻的基础”，但灵魂深处的道德焦虑感仍始终挥之不去，形成了极为复杂的矛盾心理和弱者心态。一方面，文本认为爱是人性的天然需求，在对人道主义话语的依傍中坚决捍卫自己“爱的权力”；另一方面，文本对“婚外恋”不由自主地产生“罪恶感”，试图从政治话语中寻求其合法性并通过“被看”来宣泄羞愧心理。于是，这些女性写作中的婚恋书写转而大力渲染爱情本身的纯真与深沉，通过将“欲爱不能”描绘得无望而沉痛来增加文本的感染力。在卫道士们的一片道德指责声中，它们凭借着这种感染力及其背后通过“被看”而铭记的“赎罪”成为“无辜的弱者”。文本的书写策略即在于，“我”是拥有正当“爱的权力”的“人”，只是因为“社会主义人道主义”、集体主义以及无产阶级道德的时代规约而止步于合法婚姻关系之外，成为阴影般的存在，由此，将“我”在婚恋中的无力感渲染到了极致。

这种不深入反映、挖掘个人或女性在时代中的文化困境，而采用两相对比，以“镂骨铭心”的爱情自身之美来反衬“面目不清”的阻挠力量之大的书写方法实则仍是“十七年”乃至“文革”期间“样板戏”文艺思路的延续，虽能以创伤性的疾痛力量给读者以强烈的情感冲击，但也不出意料地落入“少数坏人迫害好人”、契合大众审美趣味与宣泄需求的窠臼。也正是由于文本的道德焦虑感与评论的道德判断所共同构成的这一片道德泥地，这两个文本的婚恋书写最终都落入了“我是弱者，我受迫害，但不知该谴责谁”的虚无境地。

---

[1] ［德］恩格斯. 家庭、私有制和国家的起源［M］. 北京：人民出版社，1972：73.

在《爱，是不能忘记的》中，“我”虽然谴责母亲和老干部“为什么当初他们没有等待着那个呼唤着自己的灵魂?”但作者也陷入了深深的矛盾之中，“别管它多么美丽动人，我也不愿意重复它”，因为“这要不是大悲剧，就是大笑话”。“我”避而不谈“爱情至上”的合理性，转而通过对契诃夫小说集的珍视、柏油小路上的散步、爱情日记中的片段一遍又一遍地反复渲染这段爱情之感人至深，以至于这种感情成为“一种疾痛，或是比死亡更强大的力量”。换言之，它已经超越了爱情的苦痛，而成为“弱者受迫害”的创伤隐喻。文本通过对这个创伤的一再强调，引起了读者的“疼痛”感觉，却不谈其恋情是否可以或可能超越“社会主义人道主义”的规约，成为一个耐人寻味的戛然而止。这种在道德话语中停滞不前并茫然无措的书写使得文本只能停留在“伤痕文学”的层面中，无法上升到反思的高度。

《一个冬天的童话》同样以虚无结局而告终。文本中的“我”虽然坚信自己所要求的“有感情的生活”并没有错，但在遭遇维盈的退却之后，竟也开始怀疑“那是否是爱”，怀疑维盈更爱的是“我”还是他自己，并由此产生了一连串的疑问：“究竟他有多少优点？有什么值得钦佩和学习的长处？如果我们真的在一起生活会幸福吗？以前我从未想过，从未怀疑过。我为如今的怀疑感到吃惊。那么，我在他身上寻求的是爱情吗？究竟是什么呢？……我说不清。”作者已隐隐感觉到，将一切罪责都推给极左政治与血统论显然已经不能充分解释“我”的悲剧，但这些疑问的答案也终究无处寻觅。在心灰意冷、迷茫困顿之际，她将一切的无解化为大声哭泣，试图从哥哥遇罗克那里寻求人生存在的意义，“原谅我吧，哥哥!”“必须为哥哥、为那本书活下去!”而事实上，文本中无处不在、象征着最高真理与正义的“哥哥”是一个被“我”建构起来的、在云影中出现的近乎“神”的形象，而“‘我’只是匍匐在‘哥哥’道德神坛下的一个可怜虫而已”[1]。所以，结局中“我”对

---

[1] 杨庆祥. 论《一个冬天的童话》——“冲突”的转换和“自我”的重建 [J]. 文艺争鸣，2008 (4).

“哥哥”的信念——“哥哥，春天会来的！只有你是最可爱的，哥哥！”只是一声空洞的呼喊，而难以转入心灵的审视。

对于 20 世纪 80 年代的女性文学而言，这种停留在道德泥地的“伤痕文学”创作与整个社会在婚姻问题上的价值观紧密相连。1980 年，五届全国人大三次会议正式通过了《中华人民共和国婚姻法》，其特色主要有两处，其一是首次将计划生育原则写入法律；其二是对离婚的法定理由做了实体性规定：如果夫妻感情破裂，调解无效，应准予离婚。尽管，由于应对家庭伦理关系形势变化的需要，离婚首次具有了硬性标准，但整个社会和大众思想的彻底扭转仍需要漫长的时间，正常的婚恋观迟迟没有被扭转过来。在新时期初期，“离婚”“婚外恋”仍是不可触碰的道德禁忌，甚至有不少观众写信给播放电视剧《安娜·卡列尼娜》的电视台，指责他们提倡“有夫之妇轧姘头”[1]。在彼时的社会氛围中，个人的离婚将被扣上“资产阶级腐朽思想”的标签，不但影响自己的前途，还会牵连家人，尤其是孩子的未来。人们只能以放弃撞开离婚的大门为代价，认同并维护主流价值所提倡的“社会主义的爱”，同时期的女性创作固然也难以超越社会风气的无形规约。

尽管，“一个追求道德而违反了道德的人，比另外一个生来和死去一直合乎道德的人，更道德一些”[2]。但包括女性书写在内的 20 世纪 80 年代文学整体也并没有脱离道德的泥潭，而普遍采用了弱势话语控诉的文本策略。“大多数作品也都只是站在人道主义的道德与伦理层面来提出问题的，像从维熙的《大墙下的红玉兰》、萧平的《墓场与鲜花》，这些都只停留在对一个封建法西斯时代的声讨与控诉中，连人道主义的答案也表现得不够清晰和充分。”[3] 其原因之一就在于“伤痕文学”在人道主义话语之下对“个人”的忽视：

[1] 转引自《遇罗锦：“一个堕落女人”的离婚案》，“共和国辞典”第 24 期，腾讯网历史频道，https://news.qq.com/zt2011/ghgcd024/.

[2] 陈小初. 思想是生活的灵魂——《空地》创作意识片断 [J]. 文艺报，1985（30）.

[3] 丁帆. 八十年代：文学思潮中的启蒙与反启蒙的再思考 [J]. 当代作家评论，2010（1）.

> 《伤痕》及其为代表的文学潮流，在对历史进行审判的时候，过多地关注于经验的切肤之痛，它忽略了人经过危机之后内心的荒芜和无动于衷，而仍以不可扼制的澎湃激情兴致盎然地倾诉苦难，使这一文学潮流显现了不大的文化气象和胸襟，它更像是一种带有“报复”意味的“清算”。[1]

事实上，写作之所以在世界范围内遭遇普遍困境，很大程度上就在于解构总是比建构容易，而社会的批判能力又往往比书写能力提高得更快。对于新时期初期那些刚被解放的叙事而言，这个问题显得尤为突出，“伤痕文学”不高的格调也正是来源于此。如雷蒙·阿隆（Raymond Aron，1905—1983）曾援引安德烈·马尔罗（André Malraux，1901—1976）的格言“思想最根本的尊严就存在于对生活的指责之中，所有实际上想把世界理想化的思想，一旦不再是一种希望，便毫无价值”。阐述了“在 20 世纪，谴责这一世界肯定比美化这一世界更容易”。然而，这种谴责虽然将矛头指向了一个平庸、可憎的世界，但也极有可能落入历史的圈套。

“‘反抗’对‘如是的’社会或现存社会进行了谴责。‘如是的’社会经常会通向现存的社会，但两者都没有不可避免地通向革命，或通向企图代表革命事业的价值观念。”[2]

在这一时代背景中，一旦书写触及“人性”“人道主义”的主题潮流时，文本会不约而同地将其设定为极左政治对无辜个人的伤害，即便不可避免地触及“个人”与“女性”的话语，但最终还是回到了“暴力来自被少数坏人把持的国家政权，手无寸铁的无辜受害人悲惨哭泣”的时代书写主题，落入弱势话语控诉的窠臼之中。

---

[1] 孟繁华. 1978：激情岁月［M］. 济南：山东教育出版社，1998：52.

[2] ［法］雷蒙·阿隆. 知识分子的鸦片［M］. 吕一民，顾杭，译. 南京：译林出版社，2005：48-49.

二、悬置疆域的可能性：以“女知青回城”题材为例

在 20 世纪 80 年代的女性书写脉络中，十年“文革”是最直接也最重要的文本素材。其中，知青题材不仅涉及以“五七作家群”为代表的一大批作家的身份认同与个体经历，更触及“青年”这一书写母题，成为 20 世纪 80 年代文学中的一大书写景观。

及至“文革”后期，当年热烈响应毛泽东“广阔天地，大有作为”[1] 的一大批下乡知青已被残酷的现实和渺茫的前途惊醒，满腔热血化作昂首盼回城的煎熬与苦涩。于是，围绕着“知青回城”展现了几个书写方向。有的着力表现等待回城的辛酸与无奈，营造出为时代民族牺牲青春的自我崇高感，如徐乃建《杨柏的“污染”》和叶辛《我们这一代年轻人》；有的则剥去知青的华丽外衣，揭露了他们为回城不择手段、尔虞我诈的丑陋面目，如王明皓《快刀》和刘醒龙《大树还小》；还有大量的“伤痕文学”作品以触目惊心、痛心疾首的姿态书写了手无缚鸡之力、家无半点关系的女知青为回城而被迫“献身”的苦难故事，其中，竹林发表于 1979 年的《生活的路》可谓代表之作。

小说中的女知青娟娟在大队党支书崔海瀛的威逼利诱下，背叛了善良正直的老支书，卷入了偷换公有财产的阴谋中，并进而为回城而委身于崔海瀛。故事的最后，以身体换来招生登记表的娟娟因怀孕而丧失了回城机会，在重重打击下走上了绝路。展现女性无奈辛酸的心路历程，刻画胁迫方道貌岸然嘴脸下的险恶用心……《生活的路》从故事情节到思想内涵都代表了当时这一题材普遍的书写模式与思考深度。

突出男性的伪善与胁迫，渲染女性的幼稚与软弱是这一类文本普遍采用的书写策略。正如当时一篇对《生活的路》的代表性研究论文所指出的，“娟娟的年轻而短促的一生是一场悲剧。不用讳言，她是一个被邪恶势力迫害致死的悲剧人物”。而悲剧原因在于“娟娟那么年青，纯

---

[1] 社论［N］. 人民日报，1968-12-22（1）.

真，缺乏生活经验和斗争阅历，很缺乏对付这种邪恶势力的防御能力和清醒头脑”。以及崔海瀛这个“戴着伪善的面具的两面派”“革命队伍里的蛀虫”。[1] 这种采用两相对比，以男性之恶与强反衬女性之善与弱的“脸谱化”书写方法实则仍是“样板戏”文艺思路的延续，虽能以字字血泪、凄惨悲怆的力量给读者以强烈的情感冲击，但也不出意料地落入“少数坏人迫害好人”、契合大众审美趣味与宣泄需求[2]的窠臼。

这一自 1942 年《在延安文艺座谈会上的讲话》奠定的延安文艺模式延续至“女知青回城”书写，已逐步走向极端。反面人物往往甫一出场，其丑恶本性就已昭然若揭。如在《飞天》中，谢政委初遇飞天就“边说边打量飞天”，“两眼还是盯着飞天，又问出了什么事”，并忙不迭地伸出魔爪，表示“要是回家确实有困难，可以到部队当兵嘛”[3]，而正面人物则愈发孱弱无力、渺小可怜，个人的有限性和无奈感被渲染得无以复加。如在《生活的路》中，娟娟对崔海瀛的屈从不单是因为“招生登记表还在崔海瀛的手里，怎么能就这样得罪了他啊！”，而且“生活教会了她，使她认识到，无论是谁，纵有天大的本事，就是想在这偏僻的小山沟里，掀起一个浪头的话，不借助社会上的风，也是无济于事的”[4]。

然而，女知青何以回不了城？为回城而献身的逻辑从何而来？如果说，这种权色交易确是通往回城的有效路径，那么，受过良好教育的知识女青年们又是如何体认乃至认同这一逻辑的存在？以《生活的路》为代表的一大批“伤痕文学”作品都没有做出进一步思考与探寻。

这些作品中的男主人公不但都形容猥琐、无耻狡诈，他们往往还有另一重共同身份——“干部”。无论是《飞天》中的“政委”、《生活的路》中的“大队党支部书记”，还是《天浴》中的“场部的人”、《岗上

[1] 王云缦. 知识青年问题应该得到真实反映 [J]. 读书，1980 (1)：81-83.
[2] 许子东. 为了忘却的集体记忆：解读 50 篇文革小说 [M]. 北京：生活·读书·新知三联书店，2000：168.
[3] 刘克. 飞天 [J]. 十月，1979 (3).
[4] 竹林. 生活的路 [M]. 北京：人民文学出版社，1979：31.

的世纪》中的“小队长”，男主人公都纷纷利用主流意识形态所赋予自己的官方身份（及所代表的特权），在知青返城的浪潮中换取垂涎已久的女性身体，满足以肉欲为旨归的男权需求。

在这一场场权色交易中，男权话语体系如何与主流话语体系合谋并攫取利益？而女性又如何对此产生认同？作者们往往视而不见或避而不谈，似乎这一逻辑是与生俱来、不证自明的。他们有意无意地放弃了拷问与探寻，将这一题材置于“少数坏人迫害好人”的二元对立道德逻辑下，以突出个人道德善恶的策略掩盖其背后深重的政治话语乃至社会现实问题。所以，这也从一个侧面说明了尽管伤痕文学具有动人心弦的力量，使人读之潸然泪下，但也仅能止步于此。这种停留在对“革命队伍”中的“个别坏分子”做出控诉与批判的思维使作者往往囿于对具体个人的道德审判，落脚在一己的情感宣泄上，因此缺乏对“人”的深层反思，遑论女性视角的开拓与挖掘、对社会政治的反思与质疑。如果说，这些文本以切肤之痛所揭示出的女知青凄惨遭遇多少触到了五四“发现人”“尊重人”的“人的文学”精神传统，那么，其反思力量与问题意识的缺失也决定了其难以回到五四的起跑线上。于是，对于这些“失足女性”何去何从、她们的救赎如何可能，这些“伤痕文学”作品也就往往给不出一个答案。若干年后，一些作品开始走出这一思维困境，尝试着做出探索与解答，典型的代表作即严歌苓的《天浴》与王安忆的《岗上的世纪》，尽管二者的路径与指向截然不同。

因怀孕而回城无望的娟娟失去了人生的方向，“她在心里大声责问：起伏的丘陵呀，绿色的青纱帐呀，我的路在哪里呢？生活为什么这样的不公道呢？”一步步走向了河流深处。从表面上看，女知青回城心切，在献身干部后仍夙愿难偿，继而自绝于世，《天浴》中的文秀仿佛是草原上的另一个娟娟。然而，严歌苓摒弃了对女知青挣扎心路的渲染和对男干部以权相逼的批判，转而着眼于展现文秀对权色交易逻辑的认同过程，从而挣脱了对个人进行道德审判的枷锁，进入了对大时代背景的揭露与反思。

对于推动自己命运前行的真正原因是什么，文秀经历了一个从蒙昧到认知，乃至觉醒的过程。起初，她将这原因归结于老金个人——他对她的偶然选择，“文秀仍是仇恨老金。不是老金捡上她，她就伙着几百知青留在奶粉加工厂了”。她一片赤诚地相信着场部对她的允诺：“六个月了嘛，说好六个月我就能回场部的！今天刚好一百八十天——我数到过的！”“你说他们今天会不会来接我回场部？”场部来接她的人久候不至，却等来了真相，“从半年前，军马场的知青就开始返城了”——她被主流意识形态有意无意地欺骗或遗忘了。供销员的出现助推了文秀的“觉醒”，她意识到自己被主流话语欺骗了的命运。1968 年 12 月 22 日，毛泽东发出“知识青年上山下乡”的号召，原因是“接受贫下中农再教育很有必要”[1]。

当然，对这一事实的认知与反思并不在严歌苓的书写范围内，但《天浴》至少已经跳出了对供销员、场部干部的个人道德审判。意识到被主流意识形态欺骗、遗忘的文秀开始奋起反抗她逐步滑向边缘的命运。“逛过天下”的转业军人带来了真相（尽管这真相同样值得怀疑），“先走的是家里有靠山的，后走的是在场部人缘好的，女知青走得差不多了，女知青们个个都有个好人缘在场部”。文秀自知“娘老子帮不上她”，所以“只有靠她自己打门路”。在这个“关系”社会里，没有天然的家庭关系，则唯有靠创造肉体关系——身体是唯一的资本。至此，文本逻辑被完整清晰地展现出来，这是一场以男权话语的牺牲品换取主流意识形态关注与垂青的权色交易。

与大量伤痕文学作品反复渲染女知青献身时踟蹰、苦痛的心理不同，《天浴》中的文秀对“靠身体回城”这一潜规则并没有表现出太多抵触情绪。对于性，她似乎有着天然的淡化态度，持有一种十分奇特的“还原”思维。“到马场没多久，几个人在她身上摸过，都是学上马下马的时候。过后文秀自己也悄悄摸一下，好像自己这一来，东西便还了原。”这种“还原”思维一直延伸到她进入权色交易之后。在主流话语的背叛和无情现实的挤压之下，她几乎是逆来顺受，甚或心甘情愿地投

[1] 社论 [N]. 人民日报，1968-12-22 (1).

身其中。在第一次被供销员引诱后，她的反应是掏出获赠的苹果，“她笑一下。她开始‘咔嚓咔嚓’啃那只苹果”，进而感叹“‘我太晚了——那些女知青几年前就这样在场部打开门路，现在她们在成都工作都找到了。想想嘛，一个女娃儿，莫得钱，莫得势，还不就剩这点老本?’她说着两只眼皮往上一撩，天经地义得很”。文秀的特殊之处只在于她坚持“洗”，从第一次被玷污后“她不洗过不得，尤其今天”，并“走得很远，把那盆水泼出去”，到最后遗体被老金放进水池中，“她合着眼，身体在浓白的水雾中像寺庙壁画中的仙子”。研究者普遍认为，“水”被严歌苓赋予了荡涤罪恶、漂洗灵魂的救赎意味。[1] 确实，于文秀而言，“洗”或“水”是另一种“还原”的方式，她相信水能使自己的身体乃至灵魂从肮脏的权色交易中“还原”。

与其说作者试图以“水”为救赎途径，荡涤时代的罪恶，不如说，严歌苓将希望寄托在了以“水”为象征的自然力量上。而这自然不但蕴含了“水”所象征的原始、纯粹与生生不息的坚韧，更直接以游牧文明为具体指向。在已有的研究论述中，老金往往是一个被忽略的人物。其实，不论是在文本的着墨篇幅，还是在推进故事逻辑的前进力量中，老金都是一个与文秀不分伯仲的重要存在。他的善良、敦厚、粗犷、纯真反衬了现实政治世界的丑恶、污浊、矫饰、龌龊，表现了作者对游牧文明的向往与寄托。小说中，文秀虽然痛恨老金，但很爱他的歌声。“有时她恨起来：恨跟老金同放马，同住一个帐篷，她就巴望老金死，歌别死。实在不死，她就走；老金别跟她走，光歌跟她走。”老金在这个大草原上用“有时像马哭，有时像羊笑”的声音浑然天成、发乎真心地“唱他自己的心事和梦”，文秀觉得这没有丝毫目的性的歌唱远甚于锣鼓喧天的政治话语宣传，“比场部大喇叭里唱得好过两条街去!”从千方百计、不辞辛苦地从远方为文秀弄水洗澡，到最后在文秀的要求下开枪打死了她，老金始终以“文秀的帮助者”这一身份存在，作者企图依赖他所代表的游牧文明，以其纯净、本真的原始力量为浊世中的文秀们寻找

[1] 胡辙. 撕裂与重构——严歌苓《天浴》解析 [J]. 江西广播电视大学学报，2007 (2).

一条救赎之路。只不过，如同老金被阉割的身体所隐喻的，作者自己都已意识到，她所向往的游牧文明早已是一个失根的时代，它于丑陋肮脏的时代环境早已回天乏术。文秀的“还原”法很快就不管用了，断水数天后，“老金见她两眼红艳艳的，眼珠上是血团网。他还嗅到她身上一股不可思议的气味。如此的断水使她没了最后的尊严和理性”。

事实上，以“水”“歌声”所代表的游牧文明为救赎途径非但注定是无效的，其对“尊严”“理性”这些现代文明所倡导的价值（虽则在那个年代早已被压抑为无声的存在）的救赎本身就是一个大大的悖谬。严歌苓在对山林草原的想象中构筑起一个文字的乌托邦，企图凭借原始之力荡涤现代文明的罪恶，同时保留其所倡导的“理性”“尊严”等“进步”价值观念，这样的愿景显然只是一场痴人说梦。

意识到此路不通的作者进退维谷，只能重回道德审判的旧地。在文本之初的文秀看来，老金不过是一头牲畜，他会“低低地吼”“还有种牲畜般的温存”。很快，这一根据文明程度区分“牲畜”与“人”的标准随着文秀的献身而急转直下，“文秀‘忽’地一下蹲到他面前，大衣下摆被架空，能露不能露的都露出来。似乎在牲口面前，人没什么不能露的，人的廉耻是多余的”。“廉耻”成为新的判断标准，因主动献身而失去廉耻的文秀才更像是一头牲畜。在文本结束的高潮部分，开枪打死文秀的老金将脱净了的文秀放进水池，然后选择了自尽。此时，他“仔细看一眼不齐全的自己，又看看安静的文秀”，“老金感到自己是齐全的”。通过救赎文秀、坚守人性美而在自己不齐全的身体中感到了齐全的老金进一步将作者的道德判断立场揭示得淋漓尽致。对于文秀与老金的双双死去，现有对《天浴》的解读基本将其视作“在死亡中获得重生与超越”。[1] 其实，与其说寻找不到出路的文秀选择了死亡，不如说，找不到救赎力量的严歌苓只能让这一切走向毁灭。这一场无出路救赎的毁灭看似悲壮而唯美，实则隐含了作者给不出答案的无奈，落入了在道德控诉后“白茫茫一片真干净”的虚无之中。至此，曾想以展现权色交

---

[1] 王君. 论严歌苓小说中的女性生命创伤主题［D］. 扬州：扬州大学硕士学位论文，2007.

易逻辑、将救赎之路寄希望于游牧文明的严歌苓不但重回道德评判的泥地，更使整个文本落入了虚无之中，尽管这比控诉个人道德败坏的“伤痕文学”作品已高明不少。

同样是重生，严歌苓借“旧皮褪去，新肉长出”反讽了文秀“由人转向牲畜”的堕落；而在王安忆的《岗上的世纪》中，同为回城而献身的女知青李小琴则获得了“创世纪”般的真正新生。《天浴》中的文秀对造成自己“有城回不得”的原因有一个由懵懂逐渐清醒的过程，李小琴则是自文本伊始就意识到自己正被主流意识形态逐步边缘化的境地。第一次招工挨不上她，眼见着第二次招工依然很可能又没有自己的份，在此情形下，尽管“李小琴有些着急”，但她自始至终都不曾相信过主流意识形态那些冠冕堂皇的话语。即便她劳动好，“做什么事都有个利索劲”，比姓杨的学生更得全村乡亲们的赏识，但她深知这并不能成为赢得招工名额的理由，要想回城，只能另辟蹊径。她想：“她没有姓王的后台和能量，也没有姓杨的权宜之计，可是她想：我比她俩长得都好。这使她很骄傲。”既然没有后台，也想不出别人的权宜之计，那只有靠自己的身体。李小琴对权色交易逻辑的体认与认同一览无遗。

相较于文秀的“还原”思维，李小琴对“性”的淡化态度则更为彻底，大有颠覆“伤痕文学”女主人公的态势。于她而言，性就是回城的筹码，且现实情况愈是紧迫，她对自己身体的利用意图就愈发强烈。权色交易的逻辑在招工日期的日益逼近下被逐渐强化。在她最初与杨绪国你来我往的调情挑逗中，目的性已十分明确，“李小琴想：可别弄巧成拙了”。“不料杨绪国心里也在想同样的话，不过换了一种说法，叫作：可别吃不着羊肉，反惹一身膻。”一个想得到回城的“巧”，一个不想惹付出代价的“膻”，两人虚虚实实、你进我退地展开了一场围绕回城和情欲的拉锯赛。她很明确，这个小乡村“再好我也不稀罕”，于是，被几番挑逗后仍按兵不动的杨绪国使得“她心里十分发愁，不知道下一步该怎么办。该做的她都已经做到，如今已黔驴技穷了”。在某日回城探亲时，“李小琴看见城里一片热腾腾的气象，又敏感地发现城里女孩的穿戴又有了微妙的变化，心里窝了一团火似的，很焦急又很兴奋”。联想到即将与杨绪国一起返回大杨庄，“她隐隐地感觉到这是一个很好又很难得的机会，如果错过就不会再有了”。而当她终于成功献身后，面对杨绪国闪烁其词的“我们研究研究”，“李小琴心想，‘不能叫他那么便宜了！’”。王安忆将性与回城等价交换的过程交代得清晰明朗。

对于权色交易中的李小琴，王安忆不但不渲染暗示其所受的身心巨创，更反其道而行之，写出了一个在努力利用身体中享受此过程，甚至欢乐地将这“身体经济学”抛诸脑后的“异类”女性。李小琴与杨绪国抱着互相利用的功利目的走到了一起，却在性与回城的较量中升华出一个美丽新世界。在两人逐步深入的性关系中，王安忆渐渐抹去了“小队长”“学生”的称呼，而只以“男人”“女人”代之。作者不仅以两人纯粹的性爱洗去了权色交易的肮脏丑陋，回击了对其做出道德判断的文本策略[1]，更将其作为一条救赎道路，指向了对个体人生自我意义的追寻和发现。当娟娟还在思索、犹疑这样的付出是否正确时，李小琴反复思考着的却是“人活着有什么意思”这一终极问题。

第一次思考发生在她得知招工快要开始之时，想到自己对杨绪国的征服尚未成功，“她心里如一团乱麻似的，无头无绪地站在桥头。日头斜斜地照了桥下，金黄金黄的一条干河，车马在金光里游动，她不由颓唐地想道：一切都没有什么意思”。彼时的她认为，招工、回城才是人生的意义所在，即使以身体交换，她也在所不惜。然而最终还是“弄巧成拙”了的她既没有将错就错地就此利用回城的机会，也没有进入道德层面的悔恨与反思。而是以自我放逐的方式，在偏远贫穷的小岗上重新思考起人生的意义。

> 她直愣愣地望着井底下的自己，又想哭，又想笑。她对自己说“喂”，声音就轻轻地在井壁上碰出回声。“你这是在哪呀?”她心里问道，就好像有回声从井下传上来：“你这是在哪呀!”她静静地望了半天，才叹了口气，直起身子，满满地将一挑水挑了回去。

---

[1] 张雅秋. 都市时代的乡村记忆——从王安忆近作再看知青文学［J］. 小说评论，1999(6).

> 等她慢慢地睁开眼睛，屋里已经黑了，一滴眼泪从她的眼角慢慢地流下，她想：我从此就在这地方了。心里静静地，却没有半点悲哀。她又想：人活着，算个什么事呢？……她忘了那小孩的腮帮一鼓一鼓，断然想道：人活着，是没有一点意思的。[1]

她的反思以无所谓回城、无所谓道德姿态越过了对权色交易道德与否的无止境纠缠，直抵“性”所指向的个体存在意义。通过性，她摸索到了真实存在的自我，找到了救赎的不二法门。

1989 年的王安忆通过李小琴反问人生的意义，李小琴的迷茫使人联想到始于 9 年前的“潘晓来信”事件。时维 1980 年，《中国青年》发表了署名潘晓的《人生的路啊，怎么越走越窄……》，“为了寻求人生意义的答案，我观察着人们”，“可没有一个答案使我满意。有许多人劝我何必苦思冥想，说，活着就是活着，许多人不明白它，不照样活得挺好吗？”[2] 这封诉说人生苦难、无路可走的来信引发了对“人生的意义究竟是什么”的全国性大讨论。有的人认为“人活着是为了使别人更美好”，有的人主张“主观为社会，客观成就我”，作者之一的黄晓菊则认为“我们不能因为社会上存在着垃圾就像苍蝇那样活着”。在主流意识形态的压力下，《中国青年》编辑部匆匆偃旗息鼓，以“人生的真谛在于创造”“人应该在实现整体中去实现个体”[3] 宣布讨论就此结束。王安忆笔下的李小琴却选择了背道而驰的道路，她在潘晓认为走不出的死胡同——“思想长河起于无私的念头而终以自我为归宿”里发现了出口。她对身体的体认和感觉是如此真切而强烈，以至于甩开了“回城”“前途”等政治包袱，在自我放逐中走向了自我放纵，寻找到了“人活着的意思”。

> 她是那么无忧无虑，似乎从来不曾发生过什么，将来也不会再

[1] 王安忆. 岗上的世纪 [J]. 钟山，1989（1）.
[2] 潘晓. 人生的路啊，怎么越走越窄 [J]. 中国青年，1980（5）.
[3] 本刊编辑部. 六万颗心的回响 [J]. 中国青年，1981（3）.

> 发生什么。她的生命变成了没有过去也没有将来的一个瞬间。……她心里没有爱也没有恨，恨和爱变得那样的无聊，早被她远远地抛掷一边。

同样走出“性关系捆绑权力关系”的杨绪国也重获了新生。

> 她就像他的活命草似的，和她经历了那么些个夜晚以后，他的肋骨间竟然滋长了新肉，他的焦枯的皮肤有了润滑的光泽，他的坏血牙龈渐渐转成了健康的肉色，甚至他嘴里那股腐臭也逐渐地消失了。他觉得自己重新地活了一次人似的。
>
> 他的身体在刹那间“滋滋”地长出了坚韧的肌肉，肌肉在皮肤底下轰隆隆地雷声般地滚动。他的皮肤渐渐明亮，茁壮的汗珠闪烁着纯洁的光芒。[1]

他们逃离了性关系与权力关系捆绑的羁绊，通过性的救赎道路发现了自我个体的生命本真，生命只存在于自我体认的那一“瞬间”，“这快乐抵过了一切对生的渴望与对死的畏惧”，“在那涌澎湃的一刹那间，他们开创了一个极乐的世纪”。李小琴与杨绪国开创的七天七夜不但戏仿了《圣经》中的“创世纪”，更以一种看似情何以堪的方式找到了双方获得救赎的有效途径。同为七天七夜的极致欢乐，阎连科的《为人民服务》[2] 以个体“人”的发现颠覆了“集体”话语的规训，以性关系的反讽解构了看似冠冕堂皇的权力关系。王安忆则打破了“性权力常常是政治权力的隐喻”[3] 的惯例，从根本上放弃了性关系与权力关系相连的预设，在性关系中发现自我，凸现了大写的“人”的存在。至于李小琴何去何从，这场不成功的交易如何收场，王安忆并没有给出答案，但也早已不需要答案。李小琴已然找到了“自我”这个新天地，这也就是王安忆的书写目的所在。正如周介人对王安忆的评价，“她对重大的社

---

[1] 王安忆. 岗上的世纪 [J]. 钟山，1989（1）.
[2] 阎连科. 为人民服务 [J]. 花城，2005（1）.
[3] 李杨. 重返“新时期文学”的意义 [J]. 文艺研究，2005（1）.

会政治、经济问题或许还无力去把握，然而，她不遗余力地探求着人的价值、人的追求、人的心灵美等一些为当代青年所共同关心的问题”[1]。

同为女知青回城，竹林选择了评判个人道德的立足点，以涕泪俱下的方式使读者为之动容。严歌苓在游牧文明价值取向的失败后，重新回到了道德评判的领域，如她本人坦言，写作《天浴》的时候“仍有控诉的力量”[2]。王安忆选择了关注个体存在意义与审美生存方式，关注曾经“被艰难的生计掩住了”的具有艺术特质的“形式”[3]，进入纯粹的自我世界。尽管，“文人只须老老实实生活着，然后，如果他是个文人，他自然会把他想到的一切写出来。他写所能够写的，无所谓应当”[4]。但竹林、严歌苓、王安忆在“女知青回城”题材上所呈现出的不同书写景观还是让人联想起米兰·昆德拉所谓“道德审判被悬置的疆域”。

> 悬置道德审判并非小说的不道德，而是它的道德。这道德与那种从一开始就审判，没完没了地审判，对所有人全都审判，不分青红皂白地先审判了再说的难以根除的人类实践是泾渭分明的。如此热衷于审判的随意应用，从小说智慧的角度来看是最可憎的愚蠢，是流毒最广的毛病。这并不是说，小说家绝对的否认道德审判的合法性，他只是把它推到小说之外的疆域。

这种乐于审判的毛病在涉及“文革”题材的作品中流毒甚广。无论是为了赞颂还是批判，作者们居高临下的“法官”姿态总是不改本色。相较于竹林与严歌苓，王安忆似乎更能发掘出一个更有意义的层面。

> 创造一个道德审判被悬置的疆域，是一项巨大的伟绩：那里，唯有小说人物才能茁壮成长，要知道，一个个人物个性的构思孕育

---

[1] 周介人. 失落与追寻——读王安忆短篇小说集《雨，沙沙沙》札记［J］. 文艺报，1982（6）.

[2] 严歌苓. 小说源于我创伤性的记忆［N］. 新京报，2006-04-29.

[3] 王安忆. 生活的形式［J］. 上海文学，1999（5）.

[4] 张爱玲. 论写作［M］//张爱玲文集·流言. 北京：北京十月文艺出版社，2006：67.

> 并不是按照某种作为善或恶的样板，或者作为客观规律的代表的先已存在的真理，而是按照他们自己的道德体系、他们自己的规律法则，建立在他们自己的道德体系、他们自己的规律法则之上的一个个自治的个体。[1]

王安忆曾在1982年创作属于“雯雯系列”的《广阔天地的一角》[2]，小说中天真的雯雯在权色交易面前茫然失措，而另一位被村支书逼迫献身的女知青朱敏更可被视作文秀的翻版。7年后的王安忆以另类的李小琴走进了“道德审判被悬置的疆域”，寻找到了一个更审美化生存的意义空间，也为“女知青回城”的书写开垦到了另一番可资借鉴的新天地。

第三节 迂回前进的女性文学

1979年春天，邓小平代表中共中央和国务院在中国文学艺术工作者第四次代表大会上发表了激动人心的祝词，他将“四人帮”否定为“破坏了党对文艺工作的领导”，提出了“要尊重文学艺术的特征和发展规律”以及“个人的创造精神”，对文艺创作“不要横加干涉”的新观点。对此，作家们在齐声欢呼之外，表达了这样的决心：“横下了心，为了国家，为了人民，为了社会主义事业，为了这次思想解放运动不致半途而废，除了坚决战斗，别无出路。”[3] 可见，20世纪80年代文坛的解放与复苏从一开始就是在政治话语的预设下展开的，对于作家们而言，松动的政策所拓展出的是政治层面上的新空间，他们可以自由、大声地表达对“四人帮”、极左政治的不满，但并没有跳出“宏大叙事”

[1] [捷克] 米兰·昆德拉. 被背叛的遗嘱 [M]. 余中先，译. 上海：上海译文出版社，2003：6.

[2] 王安忆. 广阔天地的一角 [J]. 收获，1980（4）.

[3] 中国文学艺术联合会研究资料部. 开辟社会主义文艺繁荣的新时期 [M]. 成都：四川人民出版社，1980：79.

的框架，投身到更广阔的、对终极命题的书写天地之中，从某种意义上说，新时期初期的文学创作在根本上仍没有摆脱 1942 年《讲话》的阴影。正如季红真所言："文学复苏开始，小说分担着整个民族批判极左政治的重大使命，作家们的思想随着政治批判的轨迹作惯性运动。"[1]

此时期的女性文学也没有离开政治话语的轨道，它们紧随着时代的潮流，对"干预生活"的创作抱有巨大的热情。从谌容的《人到中年》、张抗抗的《淡淡的晨雾》到戴厚英的《人啊，人!》、韦君宜的《洗礼》，女性的声音大多自觉采用"自我雄化"的策略，和男性一起介入政治话语的公共空间，努力跻身时代的弄潮儿。"作品的意义的深层支点则主要集中在'国家''民族'之类语义的介入。于是有关内容可以毫不费力地转化为明确的社会批判意识。"[2] 对于女性文学而言，一方面，文本可以在表面上展现出一定的女性或个人经验，比如用复杂的情爱纠葛和大段的心理独白来探究爱情究竟是什么，如何去追求和维系个体的爱情，怎样才能觅得一段有爱情基础的婚姻，等等，但作者的立足点必须不脱离"为政治""为人生"的范畴，否则就是将重心放在自我满足而非对他人奉献之上的"资产阶级自由化"的错误思想。另一方面，由于 20 世纪 80 年代的女性书写已逐渐通过对"私领域"的描写触摸到了一个在"大写的'人'"之外的、身为"女性"的"个人"，于是这类写作在干预生活的努力之外发掘出了女性的分裂自我，即在"社会人"与"家庭女"、"女性"与"男性化、无性化"的矛盾中所切身体会到的迷茫、困惑与苦痛，进而开启了对所谓"时代责任""革命要求"的质疑，以螺旋式上升的迂回道路开启了当代女性文学的历史。

一、爱情"向内转"的失败

1986 年，一场长达五年的、关于"文学向内转"的论争悄然拉开

[1] 季红真. 文明与愚昧的冲突——论新时期小说的基本主题 [M] //甘阳. 八十年代文化意识. 上海：上海人民出版社，2006：135.

[2] 乔以钢. 新时期女性文学与现代国家意识 [J]. 天津社会科学，2006 (3).

帷幕。鲁枢元首先提出，20 世纪 80 年代的文学正在逐渐“向内转”，其特点为“题材的心灵化、语言的情绪化、主题的繁复化、情节的淡化、描述的意象化、结构的音乐化”[1]，他高度肯定了这种文学创作的审美视角由外部世界向主体内心转移的创作倾向，认为其“是对多年来极左文艺路线的一次反拨”[2]。在评论界的争鸣中，“向内转”被逐渐定义为“从政治等非文学领域转向文学的自身领域”和“从物质世界（‘外宇宙’）转向心理世界（‘内宇宙’）”。[3] 即文学的书写已经开始从人道主义与启蒙话语的阵营中剥离开来，转向了对内心世界的探索和主体个性的追求。

对于女性文学而言，“向内转”首先表现在爱情开始摆脱“附丽”的命运，离开了“为社会”“为政治”的附属地位，而进入更深层次的思辨之中。不少文本开始用复杂的情爱纠葛和大段的心理独白来探究爱情究竟是什么，如何去追求和维系个体的爱情，怎样才能觅得一段有爱情基础的婚姻，等等。

张洁的《祖母绿》用一段坎坷动人的三角恋关系阐述了“无穷思爱”的爱情理想，她认为，只要得到有呼应的爱情，“哪怕只有一天，已经足够”。评论认为，“作品没有从多种角度，也没有在广阔的时代背景上赋予爱情以深刻的社会意义，写的就是爱情”，“作为现实问题的爱情往往被推向了极端，离开了社会的人，成为一种思辨哲学”。[4] 谌容的《错错错》则试图从惠莲这个反面角色说明，“不食人间烟火”的爱情是难以在现实中存活的，强调了经历风雨、同甘共苦的爱情才能结出甜美的果实。小说在这个意义上获得了称赞，“多少年来，作家们在书写道德题材时，特别注重寄寓以政治和社会内涵，至于那纯属个人的内

---

[1] 鲁枢元. 论新时期文学的“向内转”[N]. 文艺报，1986-10-18.

[2] 鲁枢元. 文学的内向型——我对“新时期文学‘向内转’讨论”的反省 [J]. 中州学刊，1997 (5).

[3] 陶东风. 80 年代中国文艺学主流话语的反思 [J]. 学习与探索，1999 (2).

[4] 黄书泉. 爱的哲学与哲学的爱——评张洁的《祖母绿》[J]. 当代作家评论，1985 (5).

心感情、性格、气质，就难以得到充分的探索”[1]。张辛欣的《我们这个年纪的梦》讲述了“我”内心深处那个以“青梅竹马”为爱情理想的“自由飞翔的梦”，以及对其苦苦寻觅而不得的现实挫败感，如作者坦言，她试图打破当代青年的“务实感”，唤醒人们对“假如你的妻子是少年时的‘初恋’会怎么样”的思考[2]。

通过对爱情“向内转”的探索，一个充溢着女性经验的个性世界被逐步打开。在这些文本中，曾令儿对爱情与同情、责任的拆解，卢北河对爱情中自我牺牲的反思，惠莲对家庭生活、婚姻责任的恐惧想象，“我”对于日常琐碎生活的烦躁与麻木……使得女性写作因这种经验性的内心挖掘构建出一个“自我”的隐秘世界，在这个完全属于她们自己的世界中，她们有望发出“个人”乃至“女性”的声音：

> 它以对身体功能的系统体验为基础，以对自己的色情质热烈而精确的质问为基础。
>
> 事实上，她通过身体将自己的想法物质化了，她用自己的肉体表达自己的思想。从某种意义上说，她在铭刻自己所说的话，因为她不否认自己的内驱力在讲话中难以驾驭并充满激情的作用。即便是在讲“理论性”或“政治性”内容的时候，她的演说也从来不是简单的，或直线的，或客观化的、笼统的；她将自己的经历写进历史。[3]

然而，这些对理想爱情范式的追寻最终往往沦为幻灭式的失败或无处寻觅的迷茫。《祖母绿》以新郎陷入“智慧的海”的涡流为喻，象征着曾令儿在心底埋葬了与左葳的纠葛，越过了“爱情”的人生高度，由于为这个世界做一些有意义的事情而获得了更广阔的人生天地。《我们

---

[1] 盛英. 别有一番滋味在心头——读《枫林晚》《祖母绿》《错错错》[J]. 小说评论，1985 (1).

[2] 张辛欣. 创作断想——关于《我们这个年纪的梦》[J]. 文艺评论，1985 (3).

[3] [法] 埃莱娜·西苏. 美杜莎的笑声 [M] //张京媛. 当代女性主义文学批评. 北京：北京大学出版社，1992：189、195.

这个年纪的梦》中的“我”因深感梦在现实中不堪一击的脆弱而扑倒在丈夫的怀中，却得不到一丝理解，只能放弃苦苦的追索，“淘米、洗菜、点上煤气，做一天三顿饭里最郑重其事的晚饭”。爱情“向内转”最终或被升华为“为四化做贡献”的社会主义话语，或被置入一个虚幻的、破灭的无言境地，对“人”和“女性”“两个世界”的期待悄然落空，“女性”的话语最终还是汇入了以男性话语为权威的“人”的书写中。

通过爱情的“向内转”，女性经验世界露出了冰山一角，然而，对理想爱情范式的“求之不得”很快掩盖了这一片亟待开垦的荒地，文学书写从“追求爱情”发展到了“超越爱情”。如《祖母绿》在文本最后总结道：“你已经超脱了，因为你不再爱了。一个人只要不再爱，他便胜利了。”“生命在更阔大的背景上，获得更大的意义。”并最终被评论界引导为“在爱情中体现人的现实性”，重回“为人生”“为政治”的窠臼。如一些研究认为，“她尽管依然珍惜青年时代对左葳的纯真爱情，但情况变了，她所要关心的事情比男女之爱伟大得多，壮观得多，于是乎她从性爱的深渊走向博爱的广阔天地。”“作为一个独立的新女性，她所神往的，当然是为社会做出创造性的贡献。”[1] 更有论者表示，“我们有理由要求作家将对爱情哲理深刻的发掘置于坚实的生活之上，将理想的爱情从哲学的人还给现实的人”[2]。

尽管经由新时期初期的思想解放与1980年《中华人民共和国婚姻法》的颁布，“恋爱自由”“婚姻自由”等曾在五四时期被高声呼喊的口号开始重新植入人们的观念之中，但是，人们对爱情的追求与思考又往往被置入“个人享受”的语境，与“公共”“集体”的利益相悖。如当时的一位作家所发出的感叹：“没有爱情的社会义务会让你觉得是遗憾的，但是没有社会义务的爱情却会使你感到空虚。”[3] 从《中国青年》《中国妇女》的专栏到一些社科类的学术杂志，主流意识形态都试图告

---

[1] 盛英. 别有一番滋味在心头——读《枫林晚》《祖母绿》《错错错》[J]. 小说评论，1985（1）.

[2] 黄书泉. 爱的哲学与哲学的爱——评张洁的《祖母绿》[J]. 当代作家评论，1985（5）.

[3] 笑冬. 爱情必须时时更新、生长、创造[J]. 中国青年，1981（10）.

诚年轻人爱情意味着共同的理想与任务，爱情必须与社会意义紧紧相连，类似于“爱情的目的是婚姻，婚姻的目的是生活”的教导屡见不鲜。

对于文学书写而言，沉迷于个人的爱情探索、一己的浪漫幻想是与主流所倡导的思想任务格格不入的。爱情虽然已经从表现“个人与党和国家之间的紧密关系”的“革命浪漫主义”中分离，但过分强调爱情的重要性，以抽象、思辨的方式将爱情提高到“至上”的地位还是会被认为是“个人化”的不端态度，是一种将重心放在自我满足而非对他人奉献之上的“资产阶级自由化”的错误思想。

> 婚姻、家庭的美德在革命的祖国受到了颂扬。虽然离婚与堕胎在某些特定的情况下仍然合法，但官方的宣传中却反对这些行为，并号召个人应当让自己的肉体享受或情欲服从于高于自身的利益，即社会本身的利益，而传统主义者们所要求的亦不过如此。[1]
>
> “资产阶级的”爱情观是将一切符合群体或集体需要和利益的态度和行为服从于个人的需要和利益，从短暂的迷恋、妒忌和敌对到对热烈爱情的浪漫幻想。无产阶级精神中崇高的道德被用来与资产阶级个人主义的堕落的欲望相比较。于是，只有在社会主义社会中才可以实现真正的爱情。[2]

在这样的创作氛围下，对爱情“向内转”的探索尽管触及了时代的禁区，但也注定了在根本上无法找到她们心中的“理想爱情范式”，类似于“无穷思爱”“自由飞翔”的梦想只能是一个美丽的幻影而已。而这种幻灭与失败也将才露出小荷尖尖角的性别意识重新遮蔽，女性写作始终离不开“大写的‘人’”。

谌容的《人到中年》通过一个为现代化建设呕心沥血的女性形象展

---

[1] [法] 雷蒙·阿隆. 知识分子的鸦片 [M]. 吕一民，顾杭，译. 南京：译林出版社，2005：45-46.

[2] [美] 艾华. 中国的女性与性向：1949 年以来的性别话语 [M]. 施施，译. 南京：江苏人民出版社，2008：86.

现了知识分子的无私奉献与困难处境。其所引起的讨论，无论是类似“对于人和人的生活环境真实的、不加粉饰的描写”[1]“成功地塑造了具有独特个性美的社会主义新人形象陆文婷”[2]的褒扬，还是“党的政策的阳光被一层可怕的阴影给遮住了”[3]的指摘，均毫无意外地从文本的社会意义、政治思想展开，其基本辩题即是陆文婷的形象是否损害、歪曲了党和国家在新时期对重新重视知识分子所做出的努力。作者在创作谈中也鲜明地展示出了其社会书写立场，陆文婷们是中华人民共和国成立后培养起来的新人，只把自己的血与力献出来，“但是，由于种种原因，他们的生活清贫，有着很多难言的困苦。我认为，他们是在做出牺牲，包括他们的丈夫或妻子，也包括他们的孩子，而这种牺牲又往往不被人重视和承认。于是，我写了陆文婷”。评论界对文本中陆文婷与傅家杰不失诗意的爱情和婚姻则往往一笔带过，认为这是增加陆文婷形象悲剧感的烘托之笔，“陆文婷在爱情与家庭生活中所表现出来的品德、情操，与她在工作上表现出来的高尚品质，负责态度，相映生辉，相得益彰，成为浑然一体的一个女性的丰满形象”[4]。

戴厚英的《人啊，人！》的际遇也并无不同。正如一篇批评文章所指出的，文本是以反右斗争所引发的孙悦与赵振环、许恒忠、何荆夫的婚恋故事为基本结构，“说明人为的阶级斗争是灭绝人性、扼杀人情的，因此必须实行‘最彻底、敢革命的人道主义’”[5]。对于文本而言，对爱情、婚姻等“个人”“女性”主题的阐发仅是表达其“人人相亲相爱”思想的工具而已。

韦君宜的《洗礼》也不外如是。文本将王辉凡个人的悲欢离合与国家、人民的前途命运结合起来，在当时受到了一致好评。文本不但使个人叙事、女性经验为政治主题服务，其对“私领域”描写的大力削减及

---

[1] 孙逊.《人到中年》的思想艺术特色［N］. 文汇报，1980-08-08.

[2] 王振复. 独特的个性美——也评小说《人到中年》［J］. 文汇报，1980（6）.

[3] 晓晨. 不要给生活蒙上一层阴影（评小说《人到中年》）［J］. 复印报刊资料（中国现代·当代文学研究），1980（21）.

[4] 朱寨. 留给读者的思考——读中篇小说《人到中年》［J］. 文学评论，1980（3）.

[5] 高林. 为“人”字号招魂（评《人啊，人!》）［J］. 作品与争鸣，1982（4）.

政治化的描写倾向甚至成为当时主流所认可的书写样板。有的评论援引鲁迅《伤逝》中的名言“人必生活着，爱才有所附丽”，认为“刘丽文是个有思想的中国妇女，是个革命的女性，她生活在中国的社会里，生活在斗争中，生活在政治中，她的思想，行动，她的爱情，怎么能脱离政治呢？怎么能不染上政治色彩呢？”《洗礼》中的爱情之所以动人，是因为它“附丽于对人民的爱，附丽于为实现共产主义理想的并肩战斗，两者互相影响，互为进退”[1]。丁玲更进一步对这种“爱情并非纯男女之爱”的书写做出引申，“的确，在一些资本主义国家，有的人认为爱情就是两性之间的性关系，他们提倡完全放任，双方都没有任何责任”，并大力赞赏了党中央和国务院取缔这些“黄祸”的举措。[2] 由此，个人叙事、女性经验的描写方法与目的被主流意识形态进一步驯化，如韦君宜对文本的经验总结，“一个现代中国有思想的女性不能有别样的爱情”。

宗璞的《三生石》则更具深意。小说回望了那段血雨腥风的岁月，感慨知识分子坎坷起伏的命运，呼唤“人”的重新觉醒，与同年的《人啊，人!》《春之声》《被爱情遗忘的角落》等作品构成同调的叹息。如一些研究指出，“小小勺院发生的生活变异和突然降临的灾祸，正是我们整个国家民族陷于空前劫难的剪影。宗璞提供给我们的，正是这样一个窥见人生激流的窗口”[3]。作为一个借女性经验表达政治、社会问题的文本，《三生石》的爱情叙事并不复杂，以罹患乳腺癌的大学女教师梅菩提接受治疗、希望“正常细胞战胜癌细胞”为线索，与善良、执拗的主治医生方知相识、相恋，被卷入政治斗争，但仍保留纯洁信仰的两个人慢慢靠拢，逐渐战胜了政治上的“恶势力”。配合着“正常细胞战胜癌细胞”所寓意的政治主题，梅菩提和方知的爱情围绕着对党和国家正常秩序的呼唤而展开。“‘方知是人，正常的、善良的人。’菩提欣慰而又有几分酸楚地想。‘我们要在一起战胜各种癌细胞。——我们的党也会战胜癌细胞的。会的，一定会的。’”“两个正常细胞的力量结合在一

[1] 东山.“牛棚”中的反思与净化——读《洗礼》[J]. 前线，1982 (9).
[2] 丁玲. 我读《洗礼》[J]. 当代，1982 (3).
[3] 陈素琰. 论宗璞 [J]. 文学评论，1984 (3).

起，不是加法，而是数字的无穷次方。"[1]

作为文本婚恋叙事的一条副线，梅菩提与"可能的爱人"韩仪通过在故事开始时的一段铺垫引出了对"人"的高声呼喊。在与韩仪的交往中，梅菩提惊觉自己得了"心硬化症"，"我和韩仪都在比条件，我的心已经太世故了，发不出光彩了。有肝硬化、也有心硬化，灵魂硬化，我便是患者"。遇到方知后，梅菩提那"硬化"了的心被慢慢融化，而这过程恰是以方知的笑容为线索的。两人初相见时，方知对她微微一笑，菩提的心立刻"颤抖了"，因为轰轰烈烈的政治运动，"七个多月来，在她的系里，从没有一个人向她露过一点笑容"，以至于她都暂时忘却了笑容的模样。"在那疯狂的日子里，绝大部分的熟人互相咬噬，互相提防，互相害怕；倒是在陌生人中，还可以感到一点人与人之间的温暖。"梅菩提在住院治疗过程中得到了方知的悉心关怀，她的爱意也由方知的笑容渐渐萌发。当方知在查房时对梅菩提点头微笑时，"这一笑，表现出他在心中汹涌着的同情，使得他脸上本来就有的善良的神情更加善良，在灯下哗然生光。菩提心中又是一震。这种善良的模样不就像正常细胞吗？正常细胞给人的感觉就是这样的"。这笑容所代表的正是血腥残酷的阶级斗争所抹杀掉的人与人之间善意、温暖的沟通。与其说方知是凭借其人格魅力吸引了梅菩提，不如说是他的笑容中所寓意的对人与人关系的反拨赢得了她的心。此外，梅菩提也正是因为方知和陶慧韵、小丁等人的关心，才觉得"我不是一个人"，坚信"正常细胞总是多的，总应该战胜癌细胞的"。于是，"她那碎作破片、没有支柱的精神世界，围绕着疾病，在慢慢凝聚起来了"。至此，文本的主旨也在"人"的层面上呼之欲出，"《三生石》中通过写人物的经历主要描写'心硬化'。这是那一时代普遍而深刻存在着的，是一种时代的痼疾，强调阶级斗争，批判人性论、人道主义的结果。我自己很喜欢我的这一发明：'心硬化'"[2]。

---

[1] 宗璞. 三生石［J］. 十月，1980（3）.

[2] 施叔青. 又古典又现代：与大陆女作家宗璞对话［J］. 人民文学，1988（10）.

事实上，方知与梅菩提的爱情之所以动人，更多的是因为他们在“暴力铭记的场所”之外的相知相守——两人具有“轮回”“传奇”色彩的二十年姻缘，以及他们沉郁爱情的古典韵味。如文本中频频以“清泉”为喻，展现了梅方二人真挚纯净的互相吸引，“是方知治疗了她的沉疴，在她僵硬的心中注入了活水。”“他们的话语像泉水般从心底涌了出来，洗涤着对方和自己涂满尘垢和血痕的灵魂。”又如文本对两人眼中彼此眼睛的反复描述，一个是“凹陷眼睛中深邃、镇定的目光”，另一个是“镜片后两条弯弯的弧线”。整个文本最为动人的一幕在于他们的第一次握手，这一刻，他们的爱情超越了与政治话语、社会意义的无限纠葛，达到了一个新的空间：

> 他们觉得自己是这样丰满，这样坚强。在这一瞬间，他们都成了金刚不坏之身，足以超凌色空，跨越生死。而这样四手相握，四目相对，便是无限，便是永恒了。[1]

梅菩提和方知的爱情故事构成了文本中颇为引人入胜的叙事线索，然而，爱情书写不但仅是作者政治、社会关怀的表达形式，甚至并非文本的唯一题材。正如篇名“三生石”的缘起是关于唐代李源和僧圆观三生有约的真挚友谊，后来被梅菩提演绎成一对年轻人生死不渝的忠贞爱情，在文本中，梅菩提与陶慧韵在困厄时期艰难互助的真挚情谊形成了另一条感人至深的叙事线索。《三生石》通过以梅菩提为核心的友谊与爱情，展现了善良的知识分子在残酷暴虐的政治运动之外，于那个“笼罩着一层温柔的诗意”的小小勺院寻找到了一叶可供“人”栖息的风雨方舟。

其实，“三生石”不但以友谊、爱情的寓意构成了叙事展开的“文眼”，更被作者赋予了“暴力铭记的场所”这一特殊意义。对于中文系教师梅菩提而言，小说《三生石》的创作是她成为“牛鬼蛇神”的主要原因，日复一日的批判、检查不但使她失去了政治话语权，饱经阶级斗

---

[1] 宗璞. 三生石 [J]. 十月，1980 (3).

争的残酷蹂躏，更让“她的心逐渐在硬化”而“不再多愁善感”。当梅菩提得知自己患了癌症之后，无亲无故的她从窗外的一块“三生石”找到了一丝慰藉的力量，“她站起身，倚在桌旁，好像要把暮色中的石头看得仔细些：‘人，应该是坚强的。’”对于医生方知而言，在他因“同情右派”而被取消预备党员资格，感到灵魂被“卷折”之际，他在香山上偶遇了“大毒草”小说《三生石》，使其“闷得发痛的心”终于遇到了一缕甘泉，“七孔玲珑，个个通畅”。至此，“三生石”的“物语”被重新强调：“不管处于何等无告的绝望中，生活也是美的。人，总是有希望的。”“人，永远不能失去希望和信心。人，应该是坚强的。”当他们在百转千回后终于走到了一起，“三生石”的意义又被再次重申，“他们一同默默地凝视窗外燃烧着的三生石。活泼的火光在秋日的晴空下显得很微弱，但在死亡的阴影里，那微弱的、然而活泼的火光，足够照亮生的道路”。所以，“三生石”不仅记录了梅菩提和方知种种“莫须有”的罪名及其带来的苦痛记忆，成为暴力铭记的场所，更耐人寻味的是，“三生石”还附带着“人，应该是坚强的”，“一切都是有希望的”的自我告慰。这个“光明的尾巴”固然与主流话语的书写规范息息相关，但也在一定程度上展现出了作者微妙的“自责”心态与历史反思。

在文本中，作者对极左政治、阶级斗争的厌恶溢于言表，几近呐喊。“她不知道人和人之间怎么会变得这样狠毒无情，而且以为这是最高的革命道德!”“这就是那时的大好革命形势：人，可不是什么崇高的字眼。一个人不过是一种生物。”对于“人”给自己带来的苦难，梅菩提声嘶力竭地反抗道：“她有什么对不起国家、人民？她触犯了哪一条刑法？她不过是一个平凡的、勤奋的人，一个正直的、没有磨去棱角的知识分子，然而便是普通的‘人’的身份，决定她要在‘炼狱’中经受煎熬。”她觉得自己的灵魂像堂吉诃德眼中的风车，被莫名其妙地打得粉碎，她感到困惑，难道每个人生来不应该“是为了活，不是为了死，是为了爱，不是为了恨”吗？但同时，梅菩提由衷地认为，知识分子确实应该接受改造。“老实说，我确实不配做一个真正的共产党员，差得远！我不过是个小资产阶级——或者说是资产阶级知识分子罢了。怎样改造都是应该的。”她所感到委屈与痛苦的，是被当作了无权再“积极”的敌人，“我从没有想到有这样一天，我会成为敌人”。更具深意的是，作者通过由魏大娘引起的联想做出了对历史个人的直接控诉，“人们常用花朵比喻女性之美”，但是，“菩提看着那嫩红的海棠花苞，默默地想着，——而就在这样伟大的中国妇女中，出现了一个败类！一个祸国殃民的败类！”更通过脸谱化的反面角色——一个为政治投机苦心钻营、甚至干出“移尸嫁祸”等耸人听闻事情的支书张咏江，以其名字的自解“歌咏的咏，江青的江”直接点明了反讽的对象。这种“知识分子有罪而‘人’无罪”“虽有罪但不至成为敌人”“历史的罪责在于孤立的个人”的自述暴露出作者有限的历史反思以及被主流话语驯化的书写心态。

所以，20 世纪 80 年代的女性文学所普遍、自觉采取的策略即将婚恋题材作为形式，实则表达了政治、社会意义上的内容，即将自我性别悄然隐藏，以主动靠拢男权话语来进入主流，获取自我声音的合法性。对于女作家而言，她们常常将这种写作归因于传统意义上的社会责任感，而拒绝指认和采用“女性主义”或“女权主义”的写作立场。如张洁曾在接受采访时表示，“我的主题不是爱情。人们常常谈论我在写爱情，而我真正要写的是爱情后面的东西”，“我不认为自己是女权主义作者。我不认为所谓女权主义在中国有任何意义。妇女真正的解放有赖于人类社会的全面进步”。[1] 又如谌容在创作谈中的动情自白，“作者无权无势，只有一颗诚实的心，一颗同人民一起跳动的心”[2]。这种依傍着“宏大叙事”、建立在人道主义与启蒙话语之上的写作姿态也受到了评论界的高度赞许。如梁晓声对张抗抗的肯定即基于其“非女权主义者”的书写立场，“曾有人对我讲——张抗抗是一个女权主义者。我一笑。如非她信仰着一种什么‘主义’，我看她首先是一个人性主义者。认为是人权主义者也未尝不可”。因为“在中国，人权尚未获得至高的尊重，女权的要求显得‘超前’”[3]。而张抗抗自身也明确表示了“大

---

[1] [美] 林达·婕雯. 与社会烙印搏斗的人 [J]. 宋德亨，译. 亚洲周刊，1984-12-09.
[2] 谌容. 从陆文婷到蒋驻英 [N]. 光明日报，1983-02-03.
[3] 梁晓声. 雾帆（张抗抗印象）[J]. 文汇，1988 (11).

写的‘人’”的书写情怀：

> 记得《读书》上有篇文章曾说，中国人首先关心的是做中国人，却不知道人首先是人，然后才是中国人。我以为极为精彩。[1]
>
> 我的作品写过许多女主人公，如果把她们改换成男性，那么作品所表达的思想感情和矛盾冲突在本质上仍然成立。
>
> 因为我写的是“人”的问题，是这个世界上男人和女人所面临的共同的生存和精神危机。十年内乱中对人性的摧残，对人的尊严的践踏，对人个性的禁锢、思想的束缚；1978 年以来新时期人的精神解放，价值观的重新确立——这关系到我们民族、国家兴亡的种种焦虑，几乎吸引了我的全部注意力。它们在我头脑中占据的位置，远远超过了对妇女命运的关心。……当人与人之间没有起码的平等关系时，还有什么男人与女人间的平等？[2]

作为典型的新时期初期的创作者，她们专注于描绘社会与人生的新思想、新事物，鞭挞生活中的丑恶与弊端，因为这一切“对于一个文学工作者来说，难道不是他或她应尽的社会责任吗?”[3] 尽管 20 世纪 80 年代的女性文学中并不缺少对女性命运与问题的书写，但其中的大多数仍将落脚点放在政治、社会乃至人性之上，绝少对女性自身的处境与发展做出独立的关注与思考，从主观上自行封闭了通往女性经验世界的可能性。

二、分裂的自我

20 世纪初，个性解放裹挟着女性解放呼啸而来，在短暂的春天后，革命洪流将所谓的“个人”“女性”都卷入集体话语之中。女性书写如

---

[1] 张抗抗. 你对命运说：不！——张抗抗随笔［M］. 北京：知识出版社，1994：92.
[2] 张抗抗. 我们需要两个世界［J］. 文艺评论，1986（1）.
[3] 谌容. 也算展望［J］. 北京文学，1982（1）.

果还在坚持挖掘主体自我与性别身份，就会发现这二者都无法与主流意识形态的方向合二为一。如果说，丁玲在 1929 年的《韦护》中已经敏锐地捕捉到了其间的缝隙，那么，她在 1941 年这一年内所连续创作出的《我在霞村的时候》《在医院中》《三八节有感》，显示出她对这一不可调和的矛盾的深刻认知。

1922 年，按照莫斯科第三国际的指示，中国共产党创建了妇女部，正式将妇女事业纳入革命事业的一部分，妇女问题的解决也就成了共产主义奋斗的目标之一。政党参与到女性解放运动中后，包括女性书写在内的各类女性活动面前就呈现出两条道路：要么或多或少地置身于政治活动和各类党派之外，以去政治化的姿态寻求自身的发展，但也注定被主流文化所抛弃；要么与这些政治话语相整合，但也随之失去自身的特殊性。在民族话语与政党规训的悬石当空下，女性深刻地感受到了自我的分裂感，“恰恰是这种割裂，以及随之而来的焦虑和她的解决焦虑的方式，使人感受到某种独特的超越或有利于主流意识形态的离心力。与男作家不同，女作家的创作除去受主流意识形态控制之外，还包含着来自女性自身的非主流乃至反主流的世界观，感受方式和符号化过程”[1]。

1949 年后，情况又变得更为复杂。新政权的建立，对神圣权威的维护成了巩固政治的必要，于是，1950 年颁布的《中华人民共和国婚姻法》主要是出于两个目标：“一要打倒旧的封建家庭；二有义务促进妇女的发展。并树立起一个新敌：‘资产阶级道德’，在这里它是指一种否定家庭稳定、否定妇女有能力完成母职与公民职责的道德。”[2] 这部道德立法的婚姻法通过将无产阶级道德话语的反面典型包装为“小资产阶级腐朽情调”，诱导女性重新背负起“为革命事业做好后勤保障”的家庭义务。换言之，女性必须一边履行“建设社会主义国家”的义务，一边以无产阶级道德来经营家庭，即女性的使命在于“社会人”与“家

[1] 孟悦，戴锦华. 浮出历史地表——现代妇女文学研究［M］. 北京：中国人民大学出版社，2004：37.

[2] ［法］朱莉娅·克里斯蒂娃. 中国妇女［M］. 赵靓，译. 上海：同济大学出版社，2009：121.

庭女”的“双肩挑”。正如陈顺馨所言：

> 主导的叙事话语只是把“女性的”变成“男性的”，貌似“无性别”的社会、文化氛围压抑着的只是“女性”，而不是性别本身，而突出的或剩下的“男性”又受到背后集“党”“父”之名于一身的更高权威所支撑，成为唯一认可的性别标签。当男性成为政治的有形标记时，具有权力的男性话语所发挥的就不仅是性别功能，也有意识形态功能。意思是说，传统的男/女的支配/从属关系其实并没有消除，而是更深层地和更广泛地与党/人民的绝对权威/服从关系互为影响和更为有效地发挥其在政治、社会、文化、心理层面上的作用。[1]

这种“双肩挑”的意识形态期待必然造就出分裂的女性：一方面，有限地发挥女性有利于政治需要的特性——作为妻子、母亲的女性社会功能，来稳固无产阶级的统治；另一方面，假解放之名要求女性放弃自我——作为身体的生理功能，通过承担起“社会主义新人”的职责一起来做“对国家有用的人”。所以，及至新时期重新呼唤“大写的‘人’”、松绑个体自由，女性书写对“公私两难”分裂感的描述随之喷薄而出，其中比较典型的代表即为谌容的《人到中年》。

在主人公陆文婷的价值观中，“眼科大夫”的社会身份无疑高于“妻子、母亲”的性别角色，即来自“社会人”的“公”的呼唤绝对优先于来自“家庭女”的“私”的要求。这位“人在家中，魂在医院”的女医生几乎是主流话语所提倡的一个标准榜样。当她面对任住院医生期间“必须二十四小时待在医院，并且不能结婚”的规定时，非但没有认为是不近人情的苛求，甚至觉得“二十四小时待在医院，这算什么？她恨不得一天有四十八小时献给医院！”“医学上有成就的人，不是晚婚就是独身，这样的范例还少吗？”她把全部的“自我”投入工作之中，只求在医学的高峰上不断攀登。当若干年后进入家庭的她面对“公”与

[1] 陈顺馨. 中国当代文学的叙事与性别 [M]. 北京：北京大学出版社，1995：87-88.

“私”的冲突时，她也毫不犹豫地选择了“宁肯牺牲自己，也要普救天下”，即便耽搁了孩子的病，也绝不会贻误自己的工作。面对同事姜亚芬的关切“你小孩的肺炎好了吗?”她却几乎有些生气，“难道她不知道一个眼科大夫上了手术台，就应该摒弃一切杂念，全神贯注于病人的眼睛，忘掉一切，包括自己，也包括自己的爱人、孩子和家庭。怎么能在这时候探问小佳佳的病呢?”作者高度认同且肯定了这样一个为社会主义建设任劳任怨、鞠躬尽瘁的高尚形象，甚至饶有意味地将陆文婷与傅家杰的爱情建立在这种“为工作献身”的社会主义美德之上。虽然两人的爱情由裴多菲的诗歌咏唱开始，颇具诗意的浪漫，但傅家杰在表白中坦陈，他对陆文婷的爱意却是由其工作开始，“你的工作就是一首最美的诗”“你使千千万万人重见光明”。换言之，正是由于陆文婷是这样一位救死扶伤、倾心奉献的好医生，傅家杰才会选择与其共度一生。

但是，这个意图歌颂社会主义新人楷模的文本却通过“对陆文婷形象的烘托”触及了对女性“公私两难”，乃至“自我分裂”境况的揭露。尽管陆文婷将工作置于绝对第一的高度，但出于“个人”和“女性”本能的“私”的要求仍不时在陆文婷的脑海中浮现，对爱情的渴望、对子女的关爱、对家庭的牵挂，这些难以阻遏的“家庭女”需求与为人民献身的“社会人”义务产生了尖锐的矛盾与搏斗。虽然工作高于家庭，但在爱情终于降临的时刻，她也曾后悔自己：“为什么不早去寻求?”在她因工作缠身而无法照顾生病的孩子时，她也曾心神不宁，“哼哼的佳佳，哭喊妈妈的佳佳，还在她脑子里转”。这些被现实所压抑的“私”的要求显然难以在“社会主义”的语境中存在，于是，文本十分巧妙地集中安排其在陆文婷病倒后的潜意识世界里重见天日。当她昏迷时，她看到了一双双纷至沓来的眼睛，而最终却不自觉地将意识停留在了丈夫傅家杰的眼睛上，“啊！这是家杰的眼睛！喜悦和忧虑，烦恼和欢欣，痛苦和希望，全在这双眼睛中闪现。不用眼底灯，不用裂隙镜，就可以看到他的眼底，看到他的心底”。在她病危弥留之际，“医生”的社会角色悄然隐去，取而代之的是她急切地想要找寻和拥抱自己的一双儿女，嘱咐丈夫“给园园……买一双白球鞋……”，“给佳佳，扎，扎小辫儿……”。

谌容以极为沉痛的笔触写出了陆文婷欲“私”而不能、内疚自责的心理，但形成错位的是，不少评论却将这忏悔式的焦虑内心解读为形象的烘托，号召全社会来学习这样一位“公而忘私”的英雄楷模。在陆文婷的世界里，“病人”所代表的社会义务与责任成了高悬在她头顶的一把利剑，使得她无法兼及家庭的园地。面对丈夫，她几乎是无地自容，“我太自私了，只顾自己的业务”，“我没有尽到做妻子的责任，也没有尽到做母亲的责任”。明明是现实社会的需求压倒了精神性别的空间，陆文婷却将此归咎为主观上的“自私”与怠惰，本该足以让造成这种分裂境况的主流意识形态汗颜。然而，这些艰难的处境、焦灼的内心却被悄然忽略，评论界转而将其引导为对“社会主义新人”崇高形象的生动注解。如有的评论认为，“这样的新人完全不是‘帮’记舞台上的那些不食人间烟火、可望而不可即的‘英雄’，令人感到她就在我们中间，是那样的可亲可敬，谁都可以、谁都应该向她学习”[1]。

在“社会人”与“家庭女”的公私两难中，陆文婷成为一个社会与家庭“双肩挑”，在这双重的责任中不堪重负、却还被推着走的“女战士”。一边被要求挑起“人”的社会担子，另一边则被要求实现在家庭中的价值。谌容所意图展现的并非只是陆文婷们的含辛茹苦、忍辱负重，而更在于这含辛茹苦、忍辱负重背后的分裂自我。在每天“放下手术刀拿起切菜刀，脱下白大褂系上蓝围裙”的往返奔波中，她终于轰然倒下，其在病中产生的幻觉充分展现了身份分裂所带来的困惑，“只觉得眼前有无数的光环，忽暗忽明，变幻无常。只觉得身子被一片浮云托起，时沉时浮，飘游不定”，“朦胧之中，陆文婷大夫觉得自己走在一条漫长的路上，没有边际，没有尽头”。

相较于“伤痕文学”在弱势话语控诉中的止步不前，《人到中年》则进一步通过设想“放下一个担子”，而对这种“双肩挑”下的分裂自我做出了反思。陆文婷在病中一度希望“这么歇下来多么好，永远歇下来。什么也不想，什么也不知道。没有烦恼，没有悲伤，没有劳累”。

---

[1] 黄亨. 评谌容的新作《人到中年》[J]. 名作欣赏，1980（2）.

但又立刻否决了这一选择，“可是，不行啊！在那漫长道路的尽头，病人在等着她”。主流话语的规约以“责任”的形式要求其继续战斗。接着，她又认为“或许，一生的错误就在于结婚”，“如果当时就慎重考虑一下，我们究竟有没有结婚的权力，我们的肩膀能不能承担起组成一个家庭的重担，也许就不会背起这沉重的十字架”。显然，这样的设想也并没有出路，对于一个女性而言，结婚生子、照料家庭不但是其理应享有的人性正当权利，更是毋庸赘言的社会主义责任，她只能在这“折磨人而又叫人难舍的生活”中一边欲罢不能、继续负重前行，一边伤感地哀号：“啊！生活，你是多么艰难啊！”陆文婷们既要像男人一样去奋斗，力不胜任地坚持着自己的社会角色，又要不容置疑地承担起女性在家庭中的性别责任，任何一个担子都不能落下。在“铁姑娘”和“贤内助”的缠绕分裂中，她们最终成为历史中无言的存在。

多少年来，她奔波在生活的道路上，没有时间停下来，看一看走过的路上曾有多少坎坷困苦；更没有时间停下来，想一想未来的路上还有多少荆棘艰难。如今，肩上的重担卸下了，种种的操劳免去了，似乎有足够的时间去寻找过去的足迹，去探求未来的路。然而，脑子里空空荡荡，没有回忆，没有希望，什么也没有。

此外，文本还描写了陆文婷、傅家杰夫妇的好朋友——刘学尧、姜亚芬夫妇，通过其“逃离”而出国的选择展现了知识分子两难处境中的另一种可能。刘学尧在离别的酒桌上引用了陆放翁的名句“位卑未敢忘忧国”，伤感地说道：“谁都说中年是骨干，可他们的甘苦有谁知道？他们外有业务重担，内有家务重担；上要供养父母，下要抚育儿女。他们所以发挥骨干作用，不仅在于他们的经验，他们的才干，还在于他们忍受着生活的熬煎，作（做）出了巨大的牺牲，包括他们的爱人和孩子也忍受了痛苦，作（做）出了牺牲。”他的这番话可谓是整个文本的主旨。对于其最终毅然决定离开祖国，作者所意图展现的，更多是个体在这种公私冲突的生活中所能选择的可能途径，但这样的情节设置却引起了评论的围追狙击。如有的研究认为，刘学尧夫妇的选择是“从眼前个人利益出发”，而不顾“祖国、人民母亲”的召唤，是文本的反面形象，“作者对刘学尧以及姜亚芬滴下的同情泪珠，不是增强了，而是削弱了这篇优秀作品的思想感情力量。它不是闪光的露珠，而是暗淡的痕迹”[1]。

总体而言，《人到中年》应被视为一段知识分子对苦痛现状的沉痛自省与自白，在女性写作的意义上，文本通过陆文婷的“私领域”展现出女性在“社会人”和“家庭女”之间徘徊、分裂的精神困境。尽管作者机敏地将这种两难心境借陆文婷的病中“幻想”而非现实牢骚呈现出来，但其在20世纪80年代的境遇仍显示出女性主体在觉醒之初的艰难处境。女性将“社会人”与“家庭女”双肩挑的必然结果就是“无我”，而且，在相当长的一段时间内，“双肩挑”连同“无我”都被视为社会主义女性的责任与美德。对于“怎样的女性才伟大”这一命题而言，首当其冲的判断原则当然就在于其政治立场的正确与否；另一重标准则在于是否能在婚恋生活中对丈夫、孩子，或曰“我”以外的一切家庭成员给予毫无保留的悉心关怀。当时，以韦君宜的《洗礼》、张洁的《祖母绿》为代表的一些文本都以这种“倾心奉献、不问回报”的“无私”为核心价值，刘丽文、曾令儿的形象典型地代表了主流话语所提倡的“政治高风亮节、生活悉心关怀”的女性标准。

所谓“无私”即为“无我”。据研究考证，这种“不求回报的自我牺牲”源自中国古代的烈女传统，“自我牺牲是中国文化史中一个反复出现的主题，责任的集体倾向性构成了个人的含义，与之联系在一起的五四和自我牺牲的观念通常被认为是出众的美德，具有普遍的正确性。它们在主流的导向性言论中不断地起着重要的意识形态的作用”，却在日益开放的社会主义时代依然存在，“妇女的自我否定成了纯洁、勇气和自我牺牲的普遍标准的一种象征”。[2] 可以说，女性的命运经由五四时期的“自由”到中华人民共和国成立以来的“解放”，除了新增加的、

---

[1] 朱寨. 留给读者的思考——读中篇小说《人到中年》[J]. 文学评论，1980（3）.

[2] [美] 艾华. 中国的女性与性向：1949年以来的性别话语 [M]. 施施，译. 南京：江苏人民出版社，2008：18.

在意识形态规约下的社会身份（或政治身份），其所背负的几千年以来建立在“无私”“无我”基础上的家庭责任仍然颠扑不破，甚至愈加沉重。“双肩挑”的女性们不但要面临“社会人”和“家庭女”的双料责任，还必须在挑起担子的同时隐去自我。换言之，“女战士”们在为集体、为家庭“无私奉献”的同时，作为个人主体、性别身份的“我”则被轻轻抹去了。

在 20 世纪 80 年代的众多女性写作文本中，张辛欣的《我在哪儿错过了你》[1] 是第一个在女性生存境遇，而非“大写的‘人’”的话语中展开的作品。文本通过一个性格倔强、执着于事业的青年知识女性——“我”在生活、爱情中的感受和思考，清晰而自觉地展现出了性别意识的初步觉醒。作者将“错过了爱情”的失落感转化为对女性标准、女性价值的深入思考，首次明确地提出了中华人民共和国成立以来笼罩在女性群体之上的“无性化”“男性化”问题。

小说讲述了一个公共汽车售票员——“我”在话剧写作、排演期间遇到了心仪的“他”，却始终难以“有情人终成眷属”的简单故事。这个于 1980 年发表的文本撇开了同时期“阶级斗争”“大时代”背景的书写模式，单线索地描述了对理想爱情范式的追寻。“我”在一开篇即喊出了“爱情是需要去追求才能满足的!”的大胆宣言，并通过若即若离的“爱人”李克为反面榜样，认为与他这样一个在画好的白线内顺从地跑的“听话的兔子”难以产生默契的沟通，深感孤寂、无助和悲哀。“我”的理想是找到一个像父亲那样可以成为强大后盾的男性，“那宽宽的脊背似乎是天下最安全、最结实的屏障”。如有的评论指出，“‘她’的目标是明确的，‘她’不满足于在汽车的行驶间传递过来的倾慕与好感，而是执着地祈求着一个可以依靠的父亲般‘宽宽的脊背’的出现。这种强烈不安的冲动就是她创作‘她’的最重要的出发点”[2]。在苦苦寻觅了良久之后，“他”——一个能与大海搏斗的业余话剧导演闯入了

[1] 张辛欣. 我在哪儿错过了你 [J]. 收获，1980（5）.

[2] 陈雷. 张辛欣创作心理轨迹探微 [J]. 评论选刊，1987（4）.

“我”的生活，像“一堆金边描花细瓷器边上的土罐”的“他”不但有着自信和威慑的目光，还以勃发的热情深深地感染了周围的人，引起了“我”的热烈思慕。

然而，这段恋情未及展开，即因“我”是一个“自信、要强”“男性气质过多的女性”而在襁褓中夭折。“我”不但尖刻得“比那些什么话都骂得出口的小妞儿还难对付”，还习惯健步如飞，因为生活的压力实在太大，“不是赶着去上班，就是忙着去哪儿办事”。但是，相较于自我雄化的女性书写将这类来去匆匆的“事业女性”褒扬为“社会主义新人”，《我在哪儿错过了你》却没有以女性深入骨髓的辛劳与强悍为自豪，反而为此深深困扰。尽管“我”与“他”的错过宣告了追求理想爱情范式的失败，但与《北极光》《错错错》等文本不同的是，作者并没有就此落入无处寻觅的虚幻境地，而是借由“我”与“他”之间的短暂交集展开了详尽细致的自我剖析与深刻反思。

文本通过“我”在爱情思慕中的心灵骚动，展开了由“分裂的自我”所引发的对女性主体的探寻。“我”虽然有着强悍的外表，盼望在同龄人中脱颖而出，并且想要博得与男子平起平坐的机会，但在这份自强自立的背后，我也不时感到“一丝委屈”，因为“我毕竟是个女子”，并进而渴望找回那失落了的“女性气质”。在沉痛的反思中，“我”认为，自己“男性气质过多”的原因之一在于时代赋予了“我们这一代”一种“朦胧的使命感”，让女性因不甘于做一个“简单的傻瓜”而把“一个根本不能负担的重轭硬套在自己的脖子上”。而另一方面，社会也赋予了女性过多的家庭义务与社会工作，“如果抛开为了对付社会生活的压力，防御窥视私人秘密的好奇心和嫉妒心，我不得不常常戴起中性、甚至男性的面具”。太高的要求使得她们“不得不像男人一样强壮”而亲手撕掉女性的特点。

> 就这样，在感情上，不敢再全心全意地依靠，一旦抽空了，实在太惨！在职业上，在电车上，要和男人用一样的气力；在事业上，更没有可依赖、指望的余地，只有自己面对失败，重新干起！

在政治上，在生活道路上，在危急关头，在一切选择上只有凭自己决断！这能全怪我吗?!假如有上帝的话，上帝把我造成女人，而社会生活，要求我像男人一样！我常常宁愿有意隐去女性的特点，为了生存，为了往前闯！不知不觉，我变成了这样！

“我”在这场“重寻女性气质”的过程中，不但剖析出了来自时代与社会的责任压迫，还通过所遭遇到的一个矛盾境况，反映出了这些责任压迫中所隐藏的一个巨大悖谬，即女性被时代、社会的要求抹去了精神性别的存在，但“男性化”“无性化”了的女性难以得到主流意识形态的核心——男权话语的认可。因为，被雄化了的“我”非常清楚，“尽管男人们对世界的看法各有差异，但一般来说，对标准女性的评价和要求却差不多”。所以，以“我”为代表的“分裂的女性”由衷地感到困惑与不公，“你啊，看重我的奋斗，又以女性的标准来要求我，可要不是我像男子汉一样自强的精神，怎么会认识你，和你走了同一段路呢?”对于女性来说，她们即使免于被“时代、社会”所代表的主流意识形态所驱赶，也终究无法得到在性别意义上的男权话语的肯定，只能在这双重标准中进退维谷、不知所措。

对于整个文本而言，与其说是“我”疑惑“在哪儿错过了你”，不如说是“我”痛心“不得不错过了你”。因为“我”深知“我们彼此相隔的，不是重重山水，不是大洋大海，只是我自己”。而这个“我自己”更可被注解为“缺乏女性气质的我自己”，“我以为那是一件男式外衣，哪想到已经深深地渗透到我的气质中，想脱也脱不下来，我真对自己失望!”正如王晓明所言，张辛欣的女主角们总是“憋着满肚子的委屈和不平”，一开口就滔滔不绝地诅咒自己的命运，嘲笑曾经的理想，“她们痛感到个人在社会面前的无力，却又在内心深处自视甚高，她们都用轻蔑的口吻谈论小市民，甚至还想同样去对待沉闷乏味的全部生活”[1]。但自《我在哪儿错过了你》，到《在同一地平线上》《我们这个年纪的

[1] 王晓明. 疲惫的心录——从张辛欣、刘索拉和残雪的小说谈起［J］. 上海文学，1988（5）.

梦》，张辛欣对女性主体的探寻之路愈发清晰可见，她的“委屈和不平”更多地集中到女性的性别境况之上，转入了对一些早已被凝固化的传统女性观的审视与质疑。

自20世纪80年代始，尽管“革命”的话语被“狂欢的叙事”所逐渐解构，但中华人民共和国成立以来兴起的、在十年“文革”中发展至顶峰的“革命女性”标准却仍在一段时间内残存，革命的口号几乎把一切男女之间的性别差异连同社会分工一起消磨殆尽。“多少年来，在革命队伍中，常常把女性的特点（包括生理上及性格上的特点）视为非无产阶级化的表现：某些劳动上的力不胜任被指责为娇气，而女性的柔和、爱美等性格上的特点又被当作小资产阶级的尾巴割来割去（后来则又被说成是资产阶级意识）。”[1] 女性唯有越粗野得近乎男性，才越合乎“革命”的标准。“我”与“他”错过的原因——缺乏女性气质，不但是“售票员”职业所磨砺出的习惯使然，更是“革命话语”长期积淀的结果。这种心理上的积淀力量是如此的强大，以至于即便“我”愿意为追寻理想的爱情而“痛改前非”，也难以改变早已根深蒂固的“男性化”“无性化”气质。当“他”建议“我”“改改你的性格，凭着女性本来的气质，完全可以有力量”时，“我”那被压抑得太久的、发自本能的“做女人”的天性即刻浮出了水面，迅速向“他”的要求靠拢。“我”默默地重拾起女性的特征，戴上浅绿色的尼龙纱巾，故意放慢脚步，因为“只想听到你的声音，只想这样稍稍靠着你的肩膀，默默地随着你往前走”，“我”甚至喊出了企图追随“他”的炙热告白：“然而，在我的生活中现在有你存在着，一切都变了！为了你，我愿意尽量地改，做一个真正的女子！”

颇具意味的是，作者通过对性别经验困境的呈现表达了迷茫与痛苦的情绪，“说实话，每当我在生活和事业中感到自己的软弱无力，我很想倚在一个可信赖的肩膀上掉几滴泪，流一流心中的苦恼”，但这种挣扎与绝叫却被认为是一种“基调不高”的消极情绪。一些研究认为，

---

[1] 李子云．她提出了什么问题——评《在同一地平线上》及其他［J］．读书，1982（8）．

“《我在哪儿错过了你?》的内涵绝不止于此，它还有一些别的复杂的因素。譬如，作者开始鼓吹生存竞争的思想，表达人际关系的间隔、冷漠、互不理解。”[1] 这种反对“消极情绪”、提倡“光明的尾巴”的话语规约，一方面是因为在20世纪80年代初期，文学书写仍是受到严格审视的创作领域，类似于“与其在悬崖上展览千年，不如在爱人肩上痛苦一晚”的思想倾向尚不能取得意识形态的完全认同，文学书写不过是在其睁一眼闭一眼下苟且存在的“半地下”书写。如宗璞曾在谈及《三生石》的创作中表示，“有朋友以为梅菩提和方知不必曾经相识，说这样太巧合不可信。我曾想改掉这一情节，但是改过后自己很不安，直到又改回来才觉安心。我想作品中应该多一些浪漫色彩，在某一阶段我们的文学创作很不习惯浪漫色彩，后来慢慢习惯了”[2]。而另一方面是文本所呈现出的自伤自悼的迷惘情绪也触及了意识形态中不容置喙的话语合法性问题。如雷蒙·阿隆在《论政治乐观主义》中指出，“在已赋予无产阶级的使命中，缺少一种堪与不久前赋予‘人民’的美德相提并论的信任。相信人民，就是相信人类。而相信无产阶级，则只是相信‘因受苦而被选中的人’。因为无产阶级之所以被选为所有人的拯救者，乃是其不人道的处境使然”。无产阶级统治下的人们往往期待着有辉煌结局的灾难的拯救，或对和平斗争中的胜利感到绝望。“这些错误有着一个共同的根源，即把梦想中的乐观主义与现实中的悲观主义结合起来。”[3]

于是，除了一浪高过一浪的“潘晓”事件、“现代派”与“伪现代派”之争等运动的一次次强硬反拨，主流意识形态对文学创作所严格规定的“坚信未来”的“主旋律”基调也成了另一只“看不见的手”，与性别书写的初步萌芽开启了漫长的博弈道路，从对所谓“时代责任”“革命要求”的质疑开始，到索解“个人”与“女性”分裂的痛苦，以螺旋式上升的迂回道路开启了当代女性文学的历史。

---

[1] 丹晨. 论张辛欣的心理小说系列［J］. 文学评论，1985（3）.

[2] 施叔青. 又古典又现代：与大陆女作家宗璞对话［J］. 人民文学，1988（10）.

[3] ［法］雷蒙·阿隆. 知识分子的鸦片［M］. 吕一民，顾杭，译. 南京：译林出版社，2005：98-99.

第三章 流与变：20 世纪 90 年代女性文学

在文学史的脉络中，对 20 世纪 90 年代女性文学的评价存在着尴尬的错位。在女性文学的历史上，20 世纪 90 年代无疑是这百年书写史上的最高峰。在历经了失语、徘徊与分裂的苦痛之后，女性终于在书写中发出了独立而清晰的声音。于是，在近年来汗牛充栋的各类女性文学史中，女性书写被描绘成一个自五四女作家群开始厚积薄发的过程，先是受 20 世纪 80 年代呼唤人性回归思潮的催化，随后在 20 世纪 90 年代消费化、全球化的语境中迎来"辉煌时刻"。比如，一本被列入"十一五"国家重点图书出版规划项目的女性文学史满含深情地写道："中国女性主义文学是一个发展的、开放的、不断反思、不断建构的过程。""90 年代，在全球一体化的多元文化背景下，女作家们则以成熟而自信的姿态，沿着一条边缘的路径，将自身的文本书写当作颠覆、解构千年一贯的男性中心文化霸权的战略意图。……她们的文本同女性主义批评汇聚在一起，形成 20 世纪 90 年代一股颇有声势的女性主义文学思潮。"[1]

但在中国当代文学史的整体视野下，20 世纪 90 年代女性文学又是饱受争议的。一方面，层出不穷的女性作家及其高质量的文本使得各类文学史都不能将其忽略；另一方面，女性文学在 20 世纪 90 年代所呈现出的异端姿态，乃至被现象化，使得著史者不能如对待 20 世纪 80 年代女性文学一般，将其分别纳入"伤痕文学""反思文学"等书写群体之

[1] 任一鸣. 中国当代女性文学简史 [M]. 桂林：广西师范大学出版社，2009：89、98.

中，而必须将其视为一股独立的书写潮流。但是，如何确立女性文学存在的合法性及其在文学史上的定位，却依旧是一个棘手的问题。比如，一部被不少高校用作教材的文学史在介绍了几位女作家的创作成果后，承认“女作家的性别因素并不仅仅是一个文学特色的问题，而涉及女性在整个社会文化中的处境”。但该著也同时提出，“女性文学”这一概念“与其说它为‘女性文学’划出了清楚的界定，不如说它以一种理论预设限制了女作家的创作”[1]。可以看到，在此类中肯的分析背后，论者的态度是暧昧而含混的。

然而，不论 20 世纪 90 年代的女性文学该被史家如何褒贬，其与“个人”的关联性已是无可否认的事实，如果说在现代乃至 20 世纪 80 年代的中国，女性书写中“女性”与“个人”的纠葛还只是一股潜流，那么到了 20 世纪 90 年代，女性文本个人化、女性化的写作倾向已完全浮出水面，成了该时期女性书写中最为显著的特征，“其中所表达的女性意识已不是与男性可以共享的公共意识，所揭示的女性问题也不再具有共鸣的普遍意义，反之，这种倾向所展露出来的女性视角更多地聚焦于写作者的个人世界之中，尤其是作为女性的个体生命体验之中，是以独特的个人话语来描绘女性的个体生存状态（包括相对私人性的生存体验，也包括女性的躯体感受、性欲望等感性内容）”[2]。

事实上，不唯女性文学，这种“个人化”已成为 20 世纪 90 年代文学的一大关键词，被用来概括包括晚生代写作、诗歌创作等一系列书写现象在内的共同倾向。于是，女性文学的“个人化”与其他书写潮流有何不同？这个时期中“个人”与“女性”的范畴及相互关系有了什么新变化？对女性文学的内部分流产生了怎样的影响？又与世纪末的社会文化背景有着怎样的勾连？本章即从所谓的“个人化”倾向入手，试图指出在市场化和全球化的背景下，文学书写通过“个人”策略形成了多元分化与意义真空的发展态势；在消费文化与意识形态的合谋下，其中的

[1] 洪子诚. 中国当代文学史［M］. 北京：北京大学出版社，1999：363.
[2] 陈思和. 中国当代文学史教程［M］. 上海：复旦大学出版社，1999：351.

女性书写更在窥视中被放大、扭曲了女性书写的生存经验与个体表达。同时，根据书写中对“个人”或“女性”不同偏向的表达，20 世纪 90 年代女性文学内部可划分出两个分支：已在 20 世纪 80 年代成名、继续在 20 世纪 90 年代笔耕不辍的女作家们，以及在 20 世纪 90 年代登场、与以往书写呈现出较大差异度的女作家们。此外，在“个人”与“女性”这样的“内力”线索之外，官方文化首次参与到了女性文学的构建之中，通过学科化、专业化最终确定了女性文学研究的合法性，并实现了对其的操控；于 20 世纪八九十年代之交形成潮流的西方女性主义文化理论助推了学界对女性文学的关注，但其对本土女性创作的实际影响仍有待在整体性的框架中得以考察衡量。

第一节 20 世纪 90 年代女性文学与“个人化”

20 世纪 90 年代的女性文学是从令人侧目的大胆开始的。陈染的《与往事干杯》中的“我”在“缱绻燠热的夏季空气”的包围里“拿着一面镜子对照着妇科书认识自己”。[1]《致命的飞翔》中，林白以她一贯的“毫不掩饰”描述了流动着的情欲，“气息就是肉体，就是嘴唇和手指，它们真实地抵达了它们的彼岸，这种抵达毫不费劲，就像地心引力吸引人和物体一样轻而易举”[2]。徐小斌的《双鱼星座》中的女主人公不但以爱情为唯一的生命目标，“她的一生只幻想一件事，那就是爱与被爱——爱情，是她生命的唯一动力”，更憧憬爱情的灾难性，“她幻想中的爱情则充斥着危险——那是所罗门的瓶子，一旦禁锢的魔鬼溜出瓶子，便会在毁掉别人的同时，毁掉她自身”。[3]

这份无所顾忌的冲撞和摧枯拉朽的气势恰恰是从个人话语中生发而出，通过经验书写得以实现的。这不单是受 20 世纪 90 年代市场化和全

[1] 陈染. 与往事干杯［M］//凡墙都是门. 北京：中国文联出版社，2001：29.
[2] 林白. 致命的飞翔［M］//猫的激情时代. 北京：中国文联出版社，2001：246.
[3] 徐小斌. 双鱼星座［M］. 天津：百花文艺出版社，1999：1.

球化氛围的外部刺激，更是“女性”与“个人”内在线索绵延而出的结果：在解禁欲望的性话语中解构权威，实现主体自我与性别意识的双重独立，进而通过异质化的书写来重构、攫取话语权。可以说，对“个人”的开掘为 20 世纪 90 年代书写提供了前所未有的广阔空间，但作为一种文本策略，“个人”的限度究竟何在？尤其是对于女性书写而言，主体性与性别身份在急剧膨胀之余也招致了被窥视与物化的后果，它们的言说限度与何去何从，依旧是一个未解的问题。

一、“个人”与“女性”：性别溢出主体

“人”“人性”“人道主义”是 20 世纪 80 年代文学与文化的基本问题之一，但在经历了长达十年的“二次启蒙”之后，这些问题又在 20 世纪 90 年代被重新提出，这一方面显示出 20 世纪 80 年代与 20 世纪 90 年代之间难以分割的整体性，也在另一方面说明了尽管代际不断经历着变化、更新，但“人”的问题始终居于社会文化的核心地位。

在 20 世纪 80 年代中期以后的文化氛围中，一度狂热的政治热情开始回落，文学作品的政治倾向和现实意义被逐步弱化，那种“撒泪祭雄杰，扬眉剑出鞘”[1] 式的对集体话语压抑人性的悲情控诉和对人的尊严与价值的大声呼唤，渐渐从文坛淡出。1985 年前后的小说转型开启了向文化深处的开掘，徐星的《无主题变奏》、刘索拉的《你别无选择》展现出自觉而强烈的现代化探索方向，阿城的“三王”系列、韩少功的《爸爸爸》显示出在激进与保守论争中向民族情感与记忆靠拢的选择，池莉的《烦恼人生》、刘震云的《单位》以“毛茸茸的生活质感”表现了对多元形态的包容和对普遍对象的关怀，呈现出淡化文学功利目的的倾向。

在历经种种拆解之后，新时期启蒙话语的内在统一性迎来了致命的一击，“个人”在多元的向度中被迅速展开。20 世纪 80 年代末的政治

[1] 童怀周. 天安门诗抄 [M]. 北京：人民文学出版社，1979：25.

风波极大地冲击了“个人/政治”的反抗框架，20世纪90年代初的市场经济体制改革使得“个人/世界”又取而代之：余华的《活着》、叶兆言的《1937年的爱情》以“小历史”的方式实现了个人与历史的对话，张承志的《心灵史》、史铁生的《我与地坛》则以传统的崇高美学展现出对生命、历史的个人化思考，朱文的《我爱美元》、何顿的《弟弟你好》探讨了物质生活对个人生存的颠覆性影响。总体而言，通过个体的自我经验来表达个性的书写倾向已成为不可逆转的潮流。直至20世纪末，这种“个人化”的倾向在1998年的“断裂事件”中发展到极致，其“极少数的、边缘的、非主流的、民间的、被排斥和遭忽略的”文学理想、消解“现有文学秩序的各个方面及其象征性符号”[1]的终极目标，标志着以差异性为核心的个体被放大到极致，“个人”被作为个体化乃至零散化的存在而被铭刻在文学创作之中。由此，20世纪90年代被标记为“个文学时代”[2]，通过多元化和破碎性的书写宣告了“代时代”的终结，即作者之间的差异已经不能再被代际间的更迭所概括，而必须被具体化为个人对世界的经验阐述，这种主体性的差异延续到文本的美学追求之上，也就呈现出“没有最奇、只有更奇”的书写景观。

需要指出的是，对个人的强调、对群体话语的疏离虽是以发散性的形态出现，但在本质上仍是通过群体运动的方式来展开的。在种种桀骜不驯的高蹈姿态背后，文学创作始终存在着一个潜在的反抗对象——“大写的‘人’”，在不受集体话语制约与规训的个人经验对面，恰恰是英雄和代言人式的公共价值。换言之，“边缘对抗中心”模式的前提是预设了“中心”的存在，单数的“个人”是通过“颠覆复数的人”的叛逆想象来实现其自身言说的，绝对意义上的“个性”并不存在。

也正是在这样一个高度个性化的时期，“个人”从多个向度上被展开，分裂出包括性别、种族、阶级在内的一系列独立范畴。这些渐成一脉的女性书写、民族叙事、底层书写已经走出了“表现人性”的单

---

[1] 韩东．备忘：有关“断裂”行为的问题回答［J］．北京文学（精彩阅读），1998（10）．
[2] 何平．“个”时代文学的再个人化问题［J］．南方文坛，2010（1）．

向模式，而进入互相演绎与发现，甚至颠覆“人”的境地。可以说，这些范畴起于对“人”的问题的延伸，但最终溢出了“个人”。例如，陈忠实的《白鹿原》以不同时代的人物性格展现出了一个古老民族自我意识与时代精神的变迁，但小说通过农村土地所有制的最终破产，也表达了民族、个人在现代社会围困中的失落与崩溃。又如，刘庆邦的《晚上十点：一切正常》通过一出煤窑惨剧显示出对底层人民极度贫困生活的揭示与同情，但同时，文本也清晰地指出了在社会转型期中个人被物欲所残酷挤压后的精神虚空。

对于女性书写而言，最大的变化就在于“女性”通过书写隐秘化、欲望化的个体经验，实现了与伦理道德原则的彻底松绑，其内涵从妻性、母性等性别社会功能转向了个体、身体的性别生理功能。正如王富仁所说，新时期以来女性意识的发展大致有两个阶段[1]，其一是 20 世纪 80 年代的情爱阶段，由于“文化大革命”时期的“个人崇拜”本质上是一种男性崇拜，所以，女作家的情爱书写有力地支持了人的独立性的再造，但是，文本的社会内容与社会关怀仍显示出女性意识对主体性的依赖。其二为 20 世纪 90 年代的性自由阶段，由于男性对女性的控制最初就是从对性的掌控中实现的，所以性自由对女性的自我存在与独立价值有着极为深刻的意义。女作家通过对性的言说实现了生命本能的解放和性别主体的独立。例如，在陈染的《私人生活》中，倪拗拗对落难男友的主动献出身体有着极为鲜明的拯救意味，几乎可以被看作李小琴（王安忆《岗上的世纪》）在消费时代的重生：通过对情欲主客体的改写反拨了男权制下的欲望定律；又如，铁凝的《大浴女》讲述了尹小跳——一个好似“力比多”化身的女性的故事，小说通过“灌浆的青春的麦粒”热烈歌咏了性本能，“那不是槐花的香甜，却比槐花更浓郁，比槐花更具打击人的力量。那是生殖的气息，那就是生殖的气息，赤裸裸的蓬勃和旺盛，驱动着生命那壮丽的本能”[2]。通过对近一个世纪前

[1] 王富仁. 一个男性眼中的中国当代女性文学研究［J］. 文艺争鸣，2007（9）.
[2] 铁凝. 大浴女［M］. 北京：人民文学出版社，2006：263.

莎菲女士“我要使我快乐”[1]的复现，以自我释放的方式获得了性别意义上的自我认同。

值得注意的是，从性话语进入个人话语的书写策略并不是女性书写的专利，在20世纪90年代，“性作为叙事语码，似乎成了‘个人化’写作故事叙述的最后的停泊地和竞技场，欲望化叙事法则正以空前的无稽与活跃，声称这关于人的存在的表象描摹和经验传达”[2]。恰如赫伯特·马尔库塞（Herbert Marcuse，1898—1979）对“爱欲”（ero）的阐释，“由力比多的这种扩展导致的倒退首先表现为所有性欲区的复活，因而也表现为前生殖器多形态性欲的苏醒和性器至高无上性的削弱。整个身体都成了力比多贯注的对象，成了可以享受的东西，成了快乐的工具”[3]。与之不同的是，女性书写的“阴性欢愉”[4]（jouissance）面临着更为特殊的遭遇：由于这种性自由并不是在争取社会自由和思想自由的过程中自然而然发展起来的，所以，相关的书写在崛起之后很快缩小到了身体本身，即在追求即时性的快感之后失去了其精神所指；并且，由于商业化的浪潮放大了这种个体、世俗和感官享乐的生活，女性书写也就陷入了“不写不快，写了被窥视”的两难境地。

在这样的背景中，由“女性”与“个人”的变化及缠绕发展而来的若干书写倾向被悄然改写，显示出自五四时期，乃至20世纪80年代以来的重大转变。

首先，精神/生活二元对立模式出现了“两头走”的分化。一方面，主流意识形态与男性话语不但延续了“男性代表思想观念，女性象征庸

---

[1] 丁玲. 莎菲女士的日记［M］//丁玲全集第3卷. 石家庄：河北人民出版社，2001：117.

[2] 林舟. 生命的缅怀［M］//张旻. 犯戒. 北京：中国华侨出版社，1996：427.

[3] ［美］赫伯特·马尔库塞. 爱欲与文明：对弗洛伊德思想的哲学探讨［M］. 黄勇，薛民，译. 上海：上海译文出版社，1987：147.

[4] “阴性欢愉”是女性主义文化理论中的概念，由法国女性主义理论家埃莱娜·西苏（Hélène Cixous）最初提出，后被露西·伊莉加莱（Luce Irigaray）进一步阐释为“女性情欲的享乐快感”，可参见 Cixous，Helene. Sorties［M］//Belsey，Catherine.，Moore，Jane. *The Feminist Reader*. London：Macmillan Press，1997. Irigaray，Luce. *Speculum of the Other Woman*［M］. Ithaca：Cornell University Press，1985.

常生活”的性别对立模式，更有过之而无不及。首先，20 世纪 80 年代末的政治风波后，中国社会从文化、意识形态到人性、普通情感都处于一片空白，官方急需一部既能满足人们情感需要，又有利于政治稳定、社会安定的作品，为困于不堪回首记忆中的普罗大众打上一剂强心针。于是，电视剧《渴望》应运而生，通过讲述一个刚从十年动乱中复苏的普通家庭如何开始他们充满希望的新生活的故事，获得了官方的赞赏和大众的喜爱。在这部曾造成轰动效应的电视剧中，观众的热情大多集中在具有典型东方妇女美德的女主人公刘慧芳，甚至出现了“娶媳妇要娶刘慧芳”的呼声。与电视剧中男性所追求的“伟大事业”相比，刘慧芳更专注于爱情、婚姻、家庭等个人性的生活，她也正是靠这份专注和那为了接送孩子而毅然辞职的牺牲精神，赢得了官方的肯定与广大观众的喜爱。[1] 其次，在 20 世纪 90 年代初期兴起的新写实小说虽是旨在通过描写“鸡零狗碎”的日常生活来重寻人性的本来面目，但普遍把这种庸常性的生活定性为品格不高，并继而归咎于女性[2]。《一地鸡毛》中，那个当初爱在睡前读书的男人现在只想着明早要去排队买豆腐，而其原因就在于当初那个惹人怜爱的姑娘变成了衣着邋遢、终日唠叨、还不时偷水揩油的小市民，文本的逻辑在于：日常生活无声无息地侵蚀了人性，而其方式恰恰是通过女性“传染”给男性的。

另一方面，女性书写尖锐地质疑了这种原属于男性的思想观念的虚伪与脆弱，并以“性别角色互换”的方式实现了对原有性别对立模式的逆转。例如，王安忆在 1990 年发表了《叔叔的故事》，小说讲述了叔叔的追忆：沦为右派的他如何在农村经历了一系列不幸遭遇，而他又如何在恶劣的状况下完成了对自我信念的坚守。与从维熙的《风泪眼》、张贤亮的《绿化树》所不同的是，小说通过“我”的冷眼旁观提出了“叙

---

[1] 关于电视剧《渴望》所涉及的妇女问题，可参见牛海玲. 谈电视剧《渴望》的妇女观 [J]. 南方文坛，1991 (1). [英] 汤尼 · 白露. 中国女性主义思想史中的妇女问题 [M]. 沈齐齐，译. 上海：上海人民出版社，2012.

[2] 关于新写实小说通过对日常生活的矮化来贬抑女性的问题，可参见韦丽华. 转型期中国的现代性焦虑——“新写实 · 小说”论 [D]. 南京：南京大学，2000.

述的不可靠性”：“我所掌握的讲故事的材料不多且还真伪难辨。一部分来自传闻和他本人的叙述，两者都可能还有失真和虚构的成分；还有一部分是我亲眼目睹，但这部分材料既少又不贴近，还有我与他相隔的年龄的界限，使我缺乏经验去正确理解并加以运用。”[1] 在“我”看来，叔叔之所以能活下去，很可能不是因为有着坚贞的信仰与高洁的人格，恰恰相反，是他的消沉平庸、麻木淡漠成全了他的苟且偷生。沿着这一思路，王安忆又创作了《纪实与虚构》，撕开了所谓男性精英的虚伪面目。又如，1993 年，铁凝完成了长篇小说《无雨之城》，故事从一段并不特殊的婚外恋开始，普运哲的年轻有为和志存高远、陶又佳的青春美丽和聪慧灵动，使人联想起 20 世纪 80 年代《沉重的翅膀》《花园街五号》等“改革文学”的基本模式，然而，作者很快笔锋一转，普运哲在日益膨胀的权力欲望面前迅速投降，曾经“那么巨大、那么不可估量”的爱情随着他的无情抛弃而轰然倒塌。而小说中的另一位男性——画家杜之在语言表达上对女性身体之美夸夸其谈、行动能力上却是性无能，这一喜剧性的人物设置随后在《大浴女》中再次出现，对道貌岸然、外强中干的男性精神进行了辛辣的揭示与讽刺。

其次，性别身份与个人主体之间的分裂感在迎来了拆解的胜利后呈现出令人措手不及的“后退”态势。性别自我在获得了前所未有的凸显后，写作者本人却纷纷否认女性立场，转投个人话语——“我不是女性主义作家”“我的写作是关于人性的广阔天地”。

二、“个人化”的困境

作为 20 世纪 90 年代文学的一个重要标签，“个人化”被用来概括包括晚生代写作、女性写作、诗歌写作等在内的一系列书写分支的共同倾向。这一文本策略强调个体对自我的支配与控制、关注个人的感受与价值，通过看似“内缩”的向私人空间转阵，拓展出文学书写的新空

[1] 王安忆. 叔叔的故事 [J]. 收获，1990 (6).

间。可以说，“个人化”与包括集体主义、民族主义、国家主义在内的所有集体意识形态形成了根本的对立，以反权威的方式竖起了一面旗帜。

随后，“个人化”的文本策略通过“两步走”获得了发展与变异。其一，在市场化的大潮中实现了“个人”的多元分化。在此前的文学书写中，“人”的概念直接受卡尔·马克思（Karl Marx，1818—1883）关于人的本质问题的看法影响，即首先，人具有劳动本质，所以必须关注人与自然的关系，这也是人与动物的区别；其次，人具有社会性本质，所以要关注人与人的社会关系，这也是人与人的区别[1]。随着社会主义市场经济体制的确立，这种内在整一性很快被打破。在汹涌而来的自由竞争面前，“自上而下”的官方指导被大大削弱，而个人的自主选择权被空前放大，这直接导致了审美取向的分化，进而促成了大众文化的兴起。如前所述，“个人”在多个向度上分裂出包括性别、种族、阶级在内的一系列独立范畴，普遍的人性论被打破，人的价值在时间和历史、空间与地域、种族与阶层等维度上展开了多元分化。比如，民族书写在 20 世纪 90 年代渐成显流，阿来的《尘埃落定》、范稳的《水乳大地》、张承志的《心灵史》等作品一经问世就引起了强烈反响，然而，它们的成功之处并不在于描写了一个本质化、总体性上的民族，而是展现了在残酷的生存环境与现代化的外部氛围下，一个民族的历史与文化如何与其他文化互相包容、忍耐与调和，从而赢得延续的机会，甚至焕发出新的活力。又如，刘醒龙、谈歌、关仁山等人的“现实主义冲击波”、由《上海文学》发起的新市民小说、20 世纪 90 年代后半期兴起的底层书写，实质上分别代表了文学书写在国家干部、市民阶层与底层人民上的分化，所以，我们也就不难理解，为什么“现实主义冲击波”的作品对改革时期的下岗工人们普遍怀有居高临下的怜悯心态，并且在长歌当哭的姿态后不约而同地表现出“改革虽然牺牲了一代人，但终究

---

[1] ［德］马克思. 1844 年经济学—哲学手稿［M］. 刘丕坤，译. 北京：人民出版社，1979：42-57.

是大势所趋”的悲壮；为什么张欣、邱华栋的小说在反思了人类灵魂在物欲横流的经济化社会中无处安置之后，最终还是选择了“我要挣钱，不想进入文学史”[1]；为什么底层书写在高度还原了底层人民的悲惨景象之后，无力生发出更接近现实本质的文学想象。从这个意义上说，女性书写也是这场分化中的一个向度：通过在性别意义上的拓展实现对抽象人性话语的颠覆。

其二，在全球化的现代化进程中，向外多元散发的“个人”在核心上却逐步虚无化，形成了一个内在意义真空的自我世界。首先，20 世纪 80 年代末的政治风波严重窒息了社会文化中的理想主义精神，1989 年的“海子之死”以社会性事件的姿态宣告了一代理想主义的溃败，个人独立精神的发展空间受到了极大的限制与冲击。其次，消费文化的兴起极大地刺激了个人的物质欲望，抽空了人的精神内涵，如大量评论所指出的，“个人”的书写不但精神疲乏、缺乏理性辨析和冷静审视、丧失了反击力量，“甚至无意中对精神文化的解构的方式承担了帮凶”[2]。此外，更重要的是，全球化的浪潮使得时间与空间上的无限性暴露在人们面前，而无孔不入的现代传媒与市场行为又时时刻刻提醒着人们的在场感，个体感知到了前所未有的渺小与无力，并在此冲击下顿时迷失了方向。正如肖鹰指出：

> 同质性，是全球化的实质。在文化-精神层面，“无限发展”是全球化的基本意识形态，因为“无限”在根本意义上的未定型和不可完成性，这个意识形态运动必然形成发展意识形态对地域性意识形态的普遍抽象，使地域性文化—精神持续面临意义（价值）虚无的危机。[3]

于是，个人如何在这个离散化的世界中面对被虚空化了的自己，如

---

[1] 张欣. 爱又如何 [J]. 上海文学，1994（10）.
[2] 贺仲明. 重审文学中的个人主义 [J]. 山花，2013（10）.
[3] 肖鹰. 九十年代中国文学：全球化与自我认同 [J]. 文学评论，2000（2）.

何在全球化的语境中重构个体认同，成了“个人化”所面临的困境。其一在于意义的真空化。当感觉是如此之真实与震撼，这种感觉本身的模糊性、平面化与碎片化就被悄然掩盖了，“个人”的内核反而遭到了前所未有的压抑和打击。在有关 20 世纪 90 年代文学的描述中，大量的作品被用来举证意义的流动性、书写的“边缘化”，但值得注意的是，这种努力向边缘游走的个体，其本身的核心，乃至其所对抗的“中心”，事实上都是缺席的存在。例如，朱文的《我爱美元》中，“我”通过不断地突破伦理底线来无限制地追求个人欲望，但即便如此，“我”在一浪高过一浪的满足中仍然承受着挫折中的孤独，“我的心里空洞极了……”[1]，这种空洞的感觉即为安东尼·吉登斯（Anthony Giddens，1938—）所谓的“生存的孤立”：“个人的无意义感，即那种觉得生活没有提供任何有价值的东西的感受。”[2] 一方面，身体话语被放大为一种意识形态策略，并进而产生了变形，而女性书写正是其中最为严重的一角。这一方面固然是由于消费文化不可避免地带来了对女性身体的窥视与物化；但另一方面，也需要看到，问题的根源是在于本土女性身体书写的内在模式。正如大量研究所指出的是，在西方女性写作理论中，身体是一个异质性的对象，以求获得解放和诗学的意义，“这个身体邀请我们认同它，却又立即拒绝任何认同”（由笔者翻译）[3]，然而，20 世纪 90 年代的中国女性写作“把自我孤独的生存境遇绝对化了，相应地把自我的身体确认为同一性的实在对象”，由此，身体成了唯一的真实，成了女性书写的内在危机：“它或者成为女性自我与男性性别斗争的工具，并且与男性躯体一起作为欲望作恶的载体同归于尽；或者成为孤芳自赏幽禁的囚徒，在自闭的忧郁中萎缩、病变”[4]。例如，林白在《同心爱者不能分手》《致命的飞翔》《日午》等一系列作品中都描写了女性

---

[1] 朱文. 我爱美元 [M]. 北京：作家出版社，1995：404.

[2] [英] 安东尼·吉登斯. 现代性与自我认同：现代晚期的自我与社会 [M]. 赵旭东，方文，译. 北京：生活·读书·新知三联书店，1998：9.

[3] Kristeva，Julia. *Desire in Language* [M]. New York：Columbia University Press，1980：163.

[4] 肖鹰. 九十年代中国文学：全球化与自我认同 [J]. 文学评论，2000（2）.

自慰的情节，在生命本能的释放中，“她觉得自己变成了水，她的手变成了鱼”[1]。但是，这种对世界的拒绝与叛逃在发展到了如此极致的瞬间，也随即迎来了穷途末路：她在释放之后何去何从？解放的所指又在何处？这一连串的问题依旧是无解的迷思。

其二，“个人化”唤起了暌违已久的个人意识，但在“实体化”的过程中它走向了反面。正如一篇分析女性与个人意识间悖论的文章指出，从铁凝的《哦，香雪》到方方的《奔跑的火光》，“一方面‘个人’努力从各种似乎束缚了‘个人’的‘共同体’（集体）中挣脱出来；另一方面从‘共同体’中‘解放’出来的‘个人’却只能孤零零地暴露在‘市场’面前，成为‘市场逻辑’所需要的‘人力资源’，‘个人’的‘主体性’被高度地‘零散化’，‘解放’的结果走向了它的对立面。”[2]在承认“个人策略”行之有效的同时，我们不禁要问，“个人化”的限度究竟何在？“个人”的无限膨胀，一方面造成了“主体性”被不断夸大，另一方面又无限拔高了“性别自我”。于是，文学书写出现了不断下沉的视点、毫无底线的解构以及无止境的自恋，文学评论也开始一窝蜂地挖掘“千百年来失落的自我”“被压抑了太久的女性历史”，反过来加重了这种“个人化”的困境。

需要指出的是，尽管从世界范围来看，消费化与全球化是不可逆转的普遍趋势，身处其中的中国，乃至中国文学当然无从置身其外，但更重要的是，在这消费文化席卷而来的背后，还隐藏着官方意识形态的隐形推手。此前，不少研究以痛心疾首的姿态得出了类似的结论：个人化写作“一方面来自中国 20 世纪以来的文学惯性，另一方面则与后现代主义文化思潮和市场逻辑的共同作用分不开”[3]。但是，20 世纪 90 年代的中国文学并不是完全被动地接受了这股市场化大潮，“个人化”的困境也并不能被简单归之于“万恶的消费时代”。应该注意到，即便改

---

[1] 林白. 一个人的战争［M］. 沈阳：春风文艺出版社，2006：32.

[2] 罗岗，刘丽. 历史开裂处的个人叙述——城乡间的女性与当代文学中个人意识的悖论［J］. 文学评论，2008（5）.

[3] 江腊生. 姿态表演：20 世纪末个人化写作的审美冲动［J］. 中国文学研究，2009（3）.

革开放已在此前的十余年间深入了社会的各个角落，高度集权化的大一统政治文化控制已相对缓和，但由于中国社会在本质上并没有摆脱“强国家弱社会”的模式，所以，国家权力对于大众社会、思想文化的干预仍存在。不同的是，间接的无形渗透与幕后培植取代了直接的铁腕干涉，官方文化与消费文化携手，以一种改头换面的方式重新出现。

一方面，消费文化可以在艺术形式、艺术风格上自由发挥，官方并不对娱乐性、消遣性、商品化等文化趋势进行管控，甚至还有所鼓励和扶持。例如，早在1988年4月，各报社、出版社、期刊社就被放宽了经济政策，它们可以开展有偿服务和经营活动：拓展广告、咨询、新闻发布会等业务，开办与出版业相关的造纸厂、印刷厂等，这次政策调整使得关于“广告文学”的讨论甚至成了当年的热点话题之一。1990年，国家新闻出版总署对之前“扫六害”中所查封的166种图书解禁。1993年，包括《参考消息》《光明日报》《解放日报》等在内的各大官方报刊纷纷扩版——既为了适应信息量倍增的现实，也为新兴的广告业提供更多版面。紧接着，各大官方媒体还纷纷开设了周末版报纸，如《中国文化报》的《文化周末》、《北京日报》的《京华周末》、《中国妇女报》的《伴你》等，以满足市场和大众休闲娱乐的需要。可以看到，这种国家政策的松动是通过有计划地逐步放宽来实现的，而这步步为营的背后恰恰是对消费文化精神空虚性的利用。由于消费文化的逻辑是采用机械复制的模式来实现批量化生产，通过模式化、一体化来消灭个性与自我，所以，这种“精神的荒原化”对强权统治的巩固是有所裨益的，正如西奥多·阿多诺（Theodor Adorno，1903—1969）、马克斯·霍克海默（Max Horkheimer，1895—1973）等为代表的法兰克福学派所提出的“大众文化整合说”：

> 大众文化并不是在大众那里自发地形成的文化，而是统治阶级通过文化工业强加在大众身上的一种伪文化。这种文化以商品拜物教为其意识形态，以标准化、模式化、伪个性化、守旧性与欺骗性为其基本特征，以制造人们的虚假需要为其主权的欺骗手段，最终

达到的是自上而下整合大众的目的。[1]

另一方面，官方对消费文化的重要价值观念和道德准则，即所谓“政治倾向问题”上仍延续着毫不妥协的制约与清查。例如，1993年，电视剧《我爱我家》播出，这部作品虽是描写北京胡同里一个六口之家嘻嘻哈哈的日常生活，但由于涉及“讽刺官腔”，即挑战官方意识形态权威，便很快被禁播。此外，表现色情、暴力的作品也受到了较强的限制，这主要是出于政治的考虑，因为它们易于引发各种社会问题，不利于维护社会稳定[2]。然而，一旦这些色情、暴力作品不对官方意识形态构成威胁（或官方并没有意识到其威胁性），就会在一定程度内被默许。1993年，《废都》的出版、传播在社会上产生了史无前例的轰动效应和文化界内的广泛讨论，最终形成了文学、文化史上的“《废都》事件”。尽管小说中大段露骨的性描写成了刺激该书销售和关注的关键，但事实上，有关管理部门在最初的出版审批之时并没有因此将其封禁，反而是允许其以相当暧昧的“□□□□（此处作者删去××字）”形式出版，显示出对性描写所触发的消费性与狂欢性既迎合又抗拒的姿态。其后，正是由于出版社以“当代《金瓶梅》”为噱头的商业炒作引起了社会的关注，国家新闻出版署才以“格调低下、夹杂色情描写”的名义将其查禁，并对出版部门做了处罚[3]。可见，主流意识形态虽然严格把控着文化审查，但对于文学作品中的性描写限度是什么、伦理道德原则的底线在哪里等问题并没有做出清晰的解释。事实上，只要不触及官方正统权威的红线，色情、暴力的被消费化是可以在有限的范围内被接

[1] 赵一凡，张中载，李德恩. 西方文论关键词 [M]. 北京：外语教学与研究出版社，2006：26.

[2] 陶东风. 官方文化与市民文化的妥协与互渗——89后中国文化的一种审视 [J]. 中国社会科学季刊，1995（秋）. 陶东风对消费文化、大众文化、市民文化中意识形态色彩的问题进行了大量讨论，可参见陶东风. 新“十批判书”之三——欲望与沉沦——当代大众文化批判 [J]. 文艺争鸣，1993（6）. 陶东风. 官方文化与市民文化的妥协与互渗——89后中国文化的一种审视 [J]. 中国社会科学季刊，1995（秋）. 陶东风. 大众消费文化研究的三种范式及其西方资源——兼答鲁枢元先生 [J]. 文艺争鸣，2004（5）.

[3] 郦亮. 16年后《废都》重新出版 专家呼吁：审查标准应更明确 [N]. 青年报，2009-07-29.

受的，甚至是其所乐见的，也在本质上，官方文化与消费文化是相互勾连、互为利用的。

第二节 20 世纪 90 年代女性文学的两个分支

在文学史的梳理中，除了“多元化”，我们很难再找到一个词语来对 20 世纪 90 年代中国文学进行某种整体性的概括：在世纪末的最后十年，各种主义、技巧、流派以“百花齐放”的姿态出现，意在以边缘化的策略解构一切与“中心”有关的思考。作为 20 世纪 90 年代文学中不可忽视的一大潮流，女性书写自然也并不例外：它融合了过去与现在、记忆与想象、娱乐与思考，在包括题材、风格、叙事等一系列元素上表现出高度的多样化。

从另一个角度而言，“个人”与“女性”缠绕的线索终于在近一个世纪后彻底浮出水面，于是，围绕着对表现“个人”还是表现“女性”的偏倚，20 世纪 90 年代的女性书写呈现出两个分支：在 20 世纪 80 年代即已成名、在 20 世纪 90 年代继续笔耕不辍的女作家群，和在 20 世纪 90 年代横空出世、以前卫姿态引起文坛乃至社会瞩目的女作家群。从表面上看，代际上的差异，包括成长背景、审美取向和知识结构的不同造成了 20 世纪 90 年代女性书写的内部分化，但事实上，她们之间差异的根源是在于对“中心话语”的不同态度——是眷恋还是漠视，是试图重返还是昂首向前，她们不同程度的规训心态使得女性书写呈现出两种走向、并最终在 21 世纪后呈现出分流的态势。

一、20 世纪 80 年代成名作家群与 20 世纪 90 年代新兴作家群

进入 20 世纪 90 年代后，一批曾在 20 世纪 80 年代相当活跃的女作家相继退出了文坛，曾经写出《人啊，人》《三生石》《在同一地平线上》，从而最初触碰到女性问题的戴厚英、宗璞、张辛欣等写作者因各

种原因中断了自己的书写。而另一批于 20 世纪 80 年代崭露头角的女作家，如铁凝、王安忆、张洁、残雪、方方、蒋子丹、张抗抗等继续着她们的创作，并显示出愈加开放的智性思考和日臻成熟的艺术技巧。

这支年少成名、中年得意的女作家群在女性文学，乃至整个中国当代文学中都享有较高的可见度和声誉。首先，她们的创作在数量和质量上都较为突出，能长时间地笔耕不辍、佳作频出。例如，在 20 世纪 90 年代期间，铁凝共完成了 2 部长篇小说、7 部中篇小说和 20 余篇短篇小说；残雪在各类刊物上共发表了近 40 部作品，几乎是其在 20 世纪 80 年代创作量的两倍；王安忆素以勤奋多产、推陈出新而闻名，在这十年间，她不但保持着惊人的创作速度，更凭借着长篇小说《长恨歌》获得了第五届茅盾文学奖。其次，她们与传统的文学制度保持着较为紧密的联系，在各类文学评奖、官方组织中都显示出较高的参与度。例如，这些作家无一例外地都获得过包括茅盾文学奖、鲁迅文学奖、庄重文文学奖等在内的官方荣誉；她们也长期居于文学评论与研究的核心位置，不但是国内各类学术期刊的讨论对象，甚至还引起了海外研究者的兴趣：新世纪后，《残雪研究》在日本创刊，这也是世界范围内第一次出现中国当代作家的专门研究期刊。又如，这些女作家们大多还在国家、省、市等各级作协组织中担当主席、副主席等职务，以各类官方代表团成员的身份到世界各地访问、演讲。可以说，她们更多地延续了“体制内作家”的个人身份与活动方式。

从文本上来看，这批作者延续了其在 20 世纪 80 年代创作中的社会关怀与性别视角，尽管不断尝试着融入多种手法和技巧，但仍保留了故事情节的完整性与意义内核的整一性，显示出对前一阶段创作的继承与延续；然而，相对于继承性，她们的变化与转型更为突出，围绕着“有了自我意识的我”与“自我解放能力匮乏的我”之间的矛盾，在“个人”这个旧问题上生发出新的意义阐发与文学表现。换言之，尽管文本均极为鲜明地使用了“女性”作为切入视角或表现方式，但自我意义上的“个人”仍是其书写的核心。例如，从“三恋”到《岗上的世纪》，王安忆在 20 世纪 80 年代首开性话语解放的风气，以女性身体的解禁来呼吁人性本能的回归；到了 20 世纪 90 年代，她在此基础上更进一步，开始关注性别化了的自我如何应对社会、政治与文化中的困境。

《逐鹿中街》和《弟兄们》中，王安忆都有意使用了高度男性化的语言，以此来阐释女性在性别权力关系中惊醒，但又无从脱逃的困境。《弟兄们》讲述了三个女人之间的友情，困守在父系语言牢笼中的她们用“老大”“老二”“老三”这样的男性称呼来命名彼此，但每当夜幕降临，她们在一起讨论的便是她们想要怎样的生活、男性与自我，以及如何将其实现的话题。尽管刻意使用着男性语言，但女人们在理性交锋下的互相依赖还是成功颠覆了“女性需要男性”的父系秩序假设，证明了女性实现自我人格独立，甚至构建女性中心话语的可能性。这种挑战自然招致了男性的不满，在丈夫们的压力下，她们结束了“弟兄们”之间的友谊，纷纷选择了回归家庭。在《逐鹿中街》中，发现了“苗头”的妻子也并没有如“新时代女性”一般悲痛欲绝或愤然离家，而是与有所觉察的丈夫展开了侦查与反侦查的拉锯战。作者通过两人针锋相对的心理对白展现出性别权力间虚虚实实的较量，

> “古子铭，你害得我呀，人不像人，鬼不像鬼的。”
>
> “陈传青，你是不让我做人，也不让我做鬼啊！”
>
> …………
>
> “古子铭，我看你到底要做什么！”
>
> “陈传青，我看你到底要怎么样？”[1]

执着于斗智斗勇的妻子完全没有为自己设想出路，反而沉浸在丈夫的反间计中不能自拔，直至故事的最后，夫妻两人隔着一条湿漉漉的台硌路终于四目相对、正面迎上，“好啊，古子铭，很好”，“不错，陈传青，你很不错”。故事却到此戛然而止。

“个体”的自我在解放后无所适从、漂泊无依的难题，几乎成了这一作家群在 20 世纪 90 年代书写中的共同母题。铁凝在 2000 年出版的

[1] 王安忆. 逐鹿中街 [J]. 收获，1988（3）.

《大浴女》中刻画了一个滴血玫瑰式的女性角色——唐菲。文本首先通过交代唐菲的生父为了“宏大前途”而毫不留情地抛弃了她“出身不好”的母亲唐津津，揭开了男性精英们的虚伪画皮，此后，唐菲对身体的放浪形骸几乎到了惊世骇俗的地步，但即便如此，表面上完全掌握了身体自主权的她却依然无法摆脱精神的空虚，更解不开“杀死尹小荃”的心结，最终在临死前悲哀地感叹道“我就是性病”[1]。可见，文本企图挖掘个人在充分掌控主体性后谋求发展的可能性，却发现摆在他们面前的，除了无处寄托的生存性孤独，还有难以摆脱的“前历史”的阴影。2001 年，方方发表了《奔跑的火光》，农村姑娘英芝在城镇化的进程中渐渐地发现自己的价值——女性身体的“性感”可以挣钱，并由此为自己的这种“本事”感到无比骄傲，随着物质欲望的急剧膨胀和丈夫变本加厉的压榨盘剥，她的身体底线一再被突破，最终走向了崩溃。文本高度质疑了被商品社会解放了的“个人”所可能拥有的自主性，发出了“‘个人’的限度究竟在何处”的疑问。这个故事的“杀夫”结局并没有重复上一个时期“被逼疯的女性在嘶吼中与父权制同归于尽”的所指，而是通过英芝梦魇中那一团“奔跑的火光”隐喻了精神困境的难解。

20 世纪 90 年代女性书写的另一支队伍则来自迟子建、池莉、陈染、林白、卫慧、棉棉、海男、徐坤、徐小斌等女作家的异军突起。她们大多在 20 世纪 90 年代初开始步入文坛，甫一亮相便以少年老成的姿态引起了学界乃至整个社会的广泛关注。首先，她们立场前卫且我行我素，显示出与当时文坛，乃至整个文学传统的疏离性。这一作家群中的不少人都使用了当时的流行语——“酷”来表达自己的审美取向，比如池莉在表达对《文学自由谈》杂志的喜爱时直陈“因为它酷我喜欢”，“现在就是有一点酷的样子，就像现在的漂亮女孩子剪个寸板头”。[2]而卫慧更直接以“cool（酷）”来标记自己与“上一辈作家”的区别，

---

[1] 铁凝. 大浴女［M］. 北京：人民文学出版社，2006：276.
[2] 池莉. 因为它酷我喜欢［J］. 文学自由谈，1998（5）.

“那就是冷淡的，对一切见怪不怪、我行我素，不再像上一辈那样处处喊口号了”[1]。其次，她们大多失去了对传统文学制度的热情，而更注重与新兴大众传媒的交往、联系。林白在早年有着相当长一段时间的电影制片工作经历，而徐小斌在 20 世纪 90 年代初开始涉足电视剧领域，至今仍以编剧身份活跃于大众面前。在作品的出版与销售上，一些女作家直接得益于大众传媒的聚众效应，比如，1996 年，陈染出版了长篇小说《私人生活》，该书所引发的关于“个人化写作”“私人化写作”的强烈争议直接促成了其在中国港、台地区迅速问世；她们有的甚至深谙此道、为己所用，比如，2000 年，卫慧穿着黑色缎面旗袍和蓝色绣花高跟鞋出现在作品签售会上，“面对狂热的人群，她笑着向人们抛了一个飞吻”，整个场面好似“某位大牌当红明星的歌迷见面会”[2]，刺激着《上海宝贝》冲上了各大书城的销售榜首，同时引发了铺天盖地的盗版乱象。

总体而言，这批女作家乘着前辈们的阴凉，充分享受着“个人”高度分化的果实，在她们看来，有关“解放”的叙事已经失去了继续存在的必要性，反抗的话语更是早已成了过时黄花；她们所关心的，是生命经验的本体形态与无限可能。所以，相较于 20 世纪 80 年代成名作家群对“个人”的执迷，20 世纪 90 年代新兴女作家群以“性别”为书写核心，围绕着“社会要求女性成为什么样”与“女性认为自己是什么样”之间的矛盾，展现出了更具异质性与冲击力的书写景观。

一些女作家对性别主体所面临的困境产生了同样的兴趣，只是，相对于前辈书写中“我以我血荐轩辕”式的社会关怀与“长歌当哭”式的情感渗透，这群新兴女作家往往抱着边缘化的心态，以“置身事外”的姿态冷眼旁观，通过严密的叙事逻辑、精巧的情节架构和零度的感情介入显示出对传统性别权力结构的嘲讽和对“代言人”式书写的颠覆。1997 年，池莉在小说《云破处》中以异乎冷静的笔触讲述了一个妻子

[1] 卫慧. 痛并快乐着［J］. 南方文坛，1999（6）.
[2] 张鹏. 新新人类作家引出文学追星族［N］. 北京晚报，2000-05-05.

向丈夫复仇的故事。主人公曾善美与丈夫本是一对恩爱的知识分子夫妇，但在短暂的美好生活后，妻子发现看似忠厚木讷的丈夫居然是自己的杀父仇人，于是，她开始不动声色地导演起一出精密的杀夫计划。小说无意重复“父权秩序牺牲者”的老故事，所以尽管曾善美在童年时代被百般欺凌侮辱，作者并没有将她的不幸经历归咎于父权文化制的压抑与迫害，而是一反读者期待，通过描述她在杀夫中的果敢谋略与精于计算，颠覆了传统权力结构的性别角色。在文本中，不同于李昂《杀夫》中的林氏已被丈夫虐待得精神恍惚，几近癫狂，曾善美在动手时表现出超乎寻常的冷静与残忍：

> 凌晨两点多钟的时候，没有喝醉也没有睡着的非常清醒的曾善美悄悄地戴上手套，拿出了一把她事先藏好的利刃，对准金祥的心脏，一刀就插了进去，在悦耳的雨声中，她的整个行动意味着他们家的客厅发出了“噗”的一种声音，略微比雨声要响一些。[1]

这不但与她名字对“真善美”的谐音形成了强烈的对比，更惊人地逆转了曾经那段如同“夏夜里的星星”“阳光下的绿叶”的婚姻——那个曾被宠得“娇滴滴的”“生活上一切都依靠丈夫金祥”的妻子摇身一变为精心谋杀，并能冷静开脱的杀夫者，有力地讽刺了传统的男权制度与家庭结构。故事的最后，作者通过“杀夫无罪”的结局放弃了对女主人公的道德审判，显示出对读者期待在价值观与美学上的双重颠覆。

另一些女作家则显示出与前辈作家更大的区分度，她们的书写往往并不立足于清晰的故事或情节架构，而是致力于氛围的营造、感觉的描摹和情绪的捕捉。她们有时描绘流动的画面，展现出柔软的诗意；有时又投身激烈的思辨，揭开人性的丑恶。这些复杂含混的形式最终都指向了混乱空虚的精神内核，通过语言秩序权威的轰然倒塌，以求裸露出生命的本来面目。方方于 1995 年完成了中篇小说《暗示》，文本从一个并不新鲜的题材入手——发现丈夫出轨的妻子满心痛苦、不知何去何从，

---

[1] 池莉. 云破处 [J]. 花城，1997 (1).

然而，怪异的想象力、跳跃的情绪、神秘的隐喻赋予了这个老故事以新的意味，整个文本充溢着云雾缭绕的氛围、支离破碎的伤感和突如其来的发泄，显示出极为强烈的异质感。故事中，因丈夫背叛而伤心出走的叶桑踏上了雾中的江舟，在微茫茫的惆怅与无奈中，她深刻地体会到了自己的困境，"叶桑想这就是水。随之又跟着想起一句老话：女人如水。叶桑这么一想，心里便生出觉悟。……女人不仅有开肠剖肚之痛，且还需将这痛楚掩盖得天衣无缝。因为女人就是水"。随着叙事的深入，她否决了母亲"因为你到底是个女人"的逆来顺受，又受二妹"你不能，没人可以意会"的启发而决定与家庭决裂，最后在一个莲花宝座的玩具中得到"暗示"——花瓣的绽放至鼎盛并不能为生命添加绚丽夺目的华彩，而相反只能看到"一个空空的座位"，所以，"生命不能只有活着这一个场地，人也不会只有活着这一种形式"[1]，最终，她纵身一跃，完成了对自我生命掌控的指认。同年，陈染发表了中篇小说《破开》，整个文本与其说是讲述了一个具体故事，不如说是通过黛二与殒楠这两个知识分子女性间大段大段的理性讨论发出了女权主义式的宣言。故事从两人在春节前结伴回家这一颇具象征性意味的场景开始，相较于上个时期的遮遮掩掩、瞻前顾后，她们的"同性爱"大摇大摆地闯入了传统书写的禁地。无需任何惊世骇俗的举动，小说通过两人坦荡无畏的姿态和率性直白的语言就展现出了她们的异端性："我想不出女人除了生孩子，还有哪件事非离开男人不可。""我们这种女人，有成熟而又明晰的头脑和追求，又有应付具体的现实生活的能力，还有什么样的男人能要我们呢？我们只会让他们感到自己并不很强大，甚至使他们压抑自卑。哪个男人愿意自找这份感觉呢？"[2] 正是这种强有力的理性思辨使得文本有效地打破了由男性建立的文化、文学规约，以颠覆异性恋霸权的方式解构了父权结构。

可以说，正是围绕着表现"个人"还是表现"女性"的偏倚，20

[1] 方方. 暗示［M］. 北京：中国文联出版社，2001：99、128.
[2] 陈染. 破开［J］. 花城，1995（5）.

世纪 90 年代的女性书写分化出了“20 世纪 80 年代成名作家”与“20 世纪 90 年代新兴作家”两个群体，显示出在同一问题上不同侧面的关注与探索。但需要指出的是，至少在新世纪以前，这两个分支之间的同一性是远远大于差异性的，不论是偏向“个人”还是“女性”，其主题始终围绕着主体与性别的困惑；不论是采用反抗的姿态还是漠视的策略，它们都在向着公共话语的反方向奋力奔跑。直至进入 21 世纪后，消费文化的失控与多元性的异化使得二者在各自的文本策略上进一步深化，才促成了二者的最终分流。

二、眷恋或漠视：对中心话语的两种立场

如前所述，在 20 世纪 90 年代女性文学“个人化”的整体倾向下，其内部循着“个人”与“女性”分化出两条书写潜流。然而，从整体性的视野来看，文学书写在具有整一性内核的主体性和更为分散多元的“私人性”上的分流并不是女性文学所特有的现象，而是 20 世纪 90 年代文学的一种整体性趋势，例如，诗歌书写者不但在这岔路口上分道扬镳，分化出“知识分子写作”与“民间写作”两个脉络，甚至还同室操戈，上演了一场大规模的世纪末论争。

在 20 世纪 90 年代末，由诗歌界内的两次学术会议为导火索[1]，诗人们分为“知识分子写作”与“民间写作”两个阵营，他们或主动表态，或被迫站队，最终形成了水火不容的对立双方。“知识分子写作”的代表人物有西川、王家新、唐晓渡、程光炜、臧棣等，他们强调在诗歌写作潮流面前保持自己的独立性，并且，“在感情表达方面有所节制，在修辞方面达到一种透明、纯粹的高贵的质地，在面对生活时采取一种

---

[1] 1999 年 4 月 16 日至 18 日，北京作家协会、中国社会科学院文学研究所当代室、《北京文学》杂志社和《诗探索》编辑部联合举办了“世纪之交：中国诗歌创作态势与理论建设研讨会”，在此次“盘峰会议”上，“民间写作”率先发难，“知识分子写作”随后表明立场，二者间形成了正式的对立。该年 11 月 12 日至 14 日，《诗探索》编辑部与《中国新诗年鉴》编委会联合举办“龙脉诗会”，“知识分子写作”以集体缺席的姿态表示了对“民间写作”的抗议，使得两个阵营间的对立达到了白热化的地步。

既投入又远离的独立姿态"[1]。"民间写作"则以于坚、伊沙、沈奇、杨克、徐江等人为代表，其精神被定义为"它从不依附于任何庞然大物，它仅仅为诗歌本身的目的而存在"，其文学想象有赖于"由日常语言证实的个人生命的经验、体验、写作中天才和原创力"[2]。

从表面上看，双方的分歧主要在于以写作资源为表征的诗歌观念、美学趣味之上。比如"知识分子写作"被指责为以翻译诗歌为写作资源，是"纯正诗歌阵营中开倒车的一路走向，它们既丢掉了朦胧诗的精神立场，又复陷入语言贵族化、技术化的旧辙"[3]，而"民间写作"所遭到的攻击就在于，"正是这种把诗歌的题材限制在中国特点的企图，这种对地方色彩的过分强调，暴露了这些人的民族虚无主义和对西方文化的迷信"[4]。但正如许多研究所指出的是，两者之间仍显示出高度的共通性和互补性：从本质上说，它们都是以颠覆20世纪80年代朦胧诗的僵化道德抗衡姿态和体制化表达方式为目标，坚持个人立场、呼唤文学本质、重视语言表现力的书写结果——只是民间写作更强调面对中国当下日常生活经验和口语的表达效果，而知识分子写作则更注意如何把经验转化为诗歌的话语秩序[5]。

从这个意义上说，20世纪90年代女性文学在20世纪80年代成名作家群和20世纪90年代新兴作家群上的分流，可以与诗歌写作中的分化进行类比。首先，如前所述，二者之间的同一性大于差异性，在根本上都是通过消除道德书写的迷思来寻找更接近文学本体的表达方式，可以说，它们是在同一个"影响的焦虑"下所采取的不同路径。其次，二者之间分流的原因与态势又与诗歌书写的情况相似。前者类似于"知识分子写作"，在反抗的主体被消耗殆尽后，她们从对历史话语的迷恋中

---

[1] 西川．答鲍夏兰、鲁索四问［J］．诗神，1994（1）．

[2] 于坚．穿越汉语的诗歌之光［M］//杨克．1998中国新诗年鉴．广州：花城出版社，1999：2、9．

[3] 沈奇．秋后算账——1998：中国诗坛备忘录［J］．出版广角，1999（2）．

[4] 西渡．对于坚几个诗字命题的质疑［J］．山花，1999（7）．

[5] 王光明．相通与互补的诗歌写作：看"民间写作"和"知识分子写作"［J］．南方文坛，2000（5）．

抽身，转而以自由派立场自居，通过文学书写显示出精神源于生活、又超拔于生活的姿态。例如，张洁在1989年前后开始动笔创作《无字》，历经整个20世纪90年代，直至2000年才正式完稿。从《无字》回首，张洁坦言自己最大的变化就在于放弃了对“社会或自然等外在条件的变化对命运有直截了当的影响”这一思考模式：在20世纪80年代写作《沉重的翅膀》时期，她认为那是书写的责任，“那时候我认可一言兴邦、一言衰邦之说”，而如今“活得越老我越觉得这是一厢情愿的事情”[1]。于是，《无字》在保留了动荡更迭的大时代背景，显示出难以割舍的历史意识之外，小说中的女性纷纷打破了张洁小说一贯的“荆华”原型（《方舟》），不再以现实与理想的格格不入来呼唤世界的改变，而是试图通过自然流动的生命存在来描绘复杂幽微的人性深处。后者则更近于“民间写作”，她们彻底放弃了权力话语的场所，而关注此在的生命经验本身，以颠覆性的美学风格进入生命中未曾被书写踏足的隐秘领地。例如，迟子建直陈，“日常性”是自己永恒不变的书写主题，她试图通过对日常细节的关注来把握思想化、个性化的东西，“小说就是日常化的历史”。同时，她的书写聚焦于妮浩萨满（《额尔古纳河右岸》）这类日常生活中的小人物，通过对其生活方式的肯定来表达对现代文明挤压人性的主题，“我们不要过重的背景，而只是让人物自己充分表演，就能从中看出时代的痕迹”[2]。此外，即使是在《花瓣饭》《北极村童话》这样描写人性之恶的文本中，作者也通过唯美的眼光予以呈现，传统的美学风格在她那里得到了彻底的颠覆。

对于20世纪90年代的诗歌写作而言，其分歧本是源于诗歌内部的不同价值取向，但在根本上，“知识分子写作”与“民间写作”论争的实质是在于对话语权的争夺。这种抢夺话语中心的心态随着20世纪末排座次、大清算的氛围一路尘嚣直上，最终使得一场文学论争变成了“阶级斗争”，“最后要求（更准确地说，是胁迫）人们在无可调和的前

[1] 荒林，张洁. 存在与性别，写作与超越——张洁访谈录 [J]. 文艺争鸣，2005（5）.
[2] 迟子建，周景雷. 文学的第三地 [J]. 当代作家评论，2006（4）.

提下（不是东风压倒西风，就是西风压倒东风），进行非此即彼、‘二者必居其一’的站队式选择”[1]。“知识分子写作”认为论争源于民间论者为争权夺利的无端挑衅，而“民间写作”则说这是阴谋，是知识分子霸占写作权，使人不得不捍卫表达和写作的权力。在种种争论中，“真相”“真正”“伪”是出现频率较高的词汇，论战双方都把注意力集中在对方之“伪”的攻讦上，试图显示自己才是真正把握、恢复了文学历史本质的那一脉。事实上，他们并不在意分辨真伪，他们争夺的是决定真伪的权力，是一种“权力阴影下的‘分边游戏’”[2]。

相对而言，女性文学内部并没有掀起这样的轩然大波，其内部分支显得潜在而安静。其原因在于，首先，尽管 20 世纪 80 年代成名作家群与 20 世纪 90 年代新兴作家也显示出审美趣味与写作资源上的差异，但评论界与写作者本身对其是不自觉的，既没有将自我的书写上升到理论层次的归纳，也没有将之区分于对方的创作，即便有一些模糊的感知，也只是简单归因于代际的不同。其次，两个分支之间并没有出现碰撞的契机，也没有出现诗歌论争中大量媒体跟风炒作的现象[3]。当然，更为重要的是，20 世纪 90 年代的女性文学内部并没有出现争夺话语权的需求，在相当长的一段时间内，两个分支都处在各自为营、互不过问的状态中。一方面，如张京媛所说，相较于男性在 20 世纪 90 年代所深刻感受到的失落与痛苦，女性的境遇可谓“从未得到过，亦未曾失去过”：

> 在 20 世纪 90 年代，经济的繁荣和商业化的快速兴起对不少男性精英知识分子造成了冲击。他们意识到，那些知识分子曾经肩负的文学书写的历史使命、指引大众和传声筒的政治定位，已经一去不复返了。在茫然与痛苦中，他们失去了曾经的中心位置。然而，

---

[1] 唐晓渡. 致谢有顺君的公开信［M］//王家新，孙文波. 中国诗歌：九十年代备忘录. 北京：人民文学出版社，2000：79.

[2] 张闳. 权力阴影下的“分边”游戏［J］. 南方文坛，2000（5）.

[3] 在 1999 年至 2000 年，包括《诗探索》《北京文学》《南方文坛》《南方周末》《文论报》《诗参考》《诗文本》《大家》《山花》《广州文艺》等在内的报刊相继关注、参与这场论争，激化了双方的矛盾。

> 尽管社会的变迁对男性的主体性产生了重大影响，但类似的情况并没有出现在女性学者和女作家中。她们还反而从中得益：由于女性作者从不曾进入文化的中心，所以中心的失落也就不会引起她们的焦虑。于她们而言，邓时代和后邓时代愈加宽松的氛围带来了愈发广阔的书写空间，女性作者凭着相对的自由来创造自己的世界。[1]（由笔者翻译）

另一方面，张京媛的判断也只对了一半。尽管男性知识分子普遍感受到了边缘化的心态和话语权的失落，那场人文精神的大讨论中也甚少出现女性论者的身影，但这并不意味着女性普遍失去了对中心话语的关心。

对于20世纪80年代成名作家群而言，她们虽然无意与男性知识分子相争、分得一杯羹，但其对中心话语那种“帝国的黄昏”式的无限依恋仍弥漫在字里行间，那种对中心自觉或不自觉的眷恋被深刻地铭刻在了其书写之中。一方面，她们中的大多数在传统的文学体制内成长，并始终与其保持着紧密的联系；另一方面，尽管她们的童年大多在“文革”中度过，但新时期以来的启蒙话语才是其重要的精神资源，“大写的‘人’”成了贯穿她们一生的潜在文化规约，从铁凝的《没有纽扣的红衬衫》、残雪的《苍老的浮云》到迟子建的《北极村童话》，这些女作家的成名作显示出历史意识与主体命运纠葛的母胎记忆。进入20世纪90年代后，这批写作者的价值观和写作观在多元文化的冲击下发生了急剧的变化，从方方的《乌泥湖年谱》、王安忆的《长恨歌》到范小青的《城市片段》，她们的书写非常鲜明地增加了非理性的色彩与人生的荒诞感。但是，在主体性思考的背后仍潜藏着历史的中心话语，写作者通过探讨个体在历史中的境遇、人性与社会伦理道德的冲突，指向了历史内部所呈现出的人性与社会、文化、权力的冲突。正如洪治纲所说，“即

---

[1] Jingyuan Zhang, Breaking Open: Chinese Women's Writing in the Late 1980s and 1990s [M] //Pang-Yuan, Chi., David Der-Wei, Wang. *Chinese Literature in the Second Half of A Modern Century*. Bloomington: Indiana University Press, 2000.

使以女性的觉醒和命运际遇为主线，人物的精神成长始终聚焦在历史意识和权力意志之中，创作主体的历史审视态度同样是非常突出的。而且，由于饱浸了作家自身的性别感受，这些审视常常显得异常尖锐，甚至带着挽歌式的审美格调”[1]。

而对于 20 世纪 90 年代新兴女作家群来说，中心话语从不曾出现在她们的知识谱系中，她们也不须去经历与“前记忆”的爱恨纠缠，所以，她们的书写从一开始就呈现出清晰的个人化审美视角，其所有的视线都被收拢到了个体生存之上，而对中心话语产生不出分毫的兴趣，以一种漠视其存在的“无所谓”的态度进入对个人的言说之中。一方面，这一作家群在成长经历中并没有背负太多历史的重负，也没有受到任何集体主义价值的规约，她们的价值理念大多建立在改革开放以来的自由气氛与自我观念之上。恰如阎连科的感叹，“他们写作，头脑里无拘无束，根本没有意识形态的概念，天马行空，横来竖去，想怎么写，就怎么写。不怕写不到，就怕想不到”[2]。另一方面，在消费化所带来的多元取向、全球化所引发的虚无书写中，这批写作者充当了顶梁柱的角色，她们注重个体生命的本来面目，强调人性深处各种隐秘曲折的存在状态，并进而在此道路上剑走偏锋。从陈染的《阿尔小屋》、徐坤的《厨房》到海男的《裸露》，对个体感性经验的无限依赖和对极端化体验的重度沉迷，使得她们的书写不但无关乎主流意识形态，更朝着疏离于整个社会现实的方向上极速前进，以漂泊无定的失根状态完成了与中心话语的二次疏离。

于是，一边是“昨日之事不可追”的无限眷恋与怅惘，另一边是“事不关己高高挂起”的冷酷漠视与无谓，20 世纪 90 年代女性文学的两个分支也就必然不可能如诗歌写作般为争夺话语权而兄弟阋墙。然而，通过剖析她们的书写脉络，我们也可以从中看出双方对中心话语的迥然态度：在 20 世纪 80 年代成名作家那里，中心话语更像是心口的那

---

[1] 洪治纲. 新时期作家的代际差别与审美选择 [J]. 中国社会科学，2008 (4).
[2] 阎连科. 我为什么写作——在山东大学威海分校的讲演 [J]. 当代作家评论，2004 (2).

粒朱砂痣，即便明知一体化的中心叙事早已被雨打风吹去，也清楚自己从不曾有幸沾染那昔日的荣光，但仍在内心深处留有挥之不去的惦念；对20世纪90年代新兴女作家群来说，任何意识形态话语都只是遥远的传说，与个体经验的天地是两个永不交集的世界，她们既不依附也无所谓反抗，而是通过逐步深化的自我书写不断地拉开了与其的距离。由此，女性书写中对中心话语的两种立场显示出了20世纪90年代文学复杂景观的一角：在整体性的“个人化”潮流背后实则存在着两种路径的分化，在看似无限反叛和自由的表象下也还隐藏了对主流意识形态的不舍，在高度多元化的文化形态中，任何一种整体都只在有限的范围内存在，而任何程度的“同一性”概括都是需要研究者予以警惕的。

第三节 被建构的女性文学

从文学史的发展脉络来看，女性文学的产生、发展固然是在本质上直接受“个人”与“女性”互相缠绕的这一“内力”线索的推动，但在20世纪90年代，各方外力对女性文学在理论和创作上“双管齐下”的参与作用也是不容忽视的因素。一方面，以1995年联合国第四次世界妇女大会在北京的召开为契机，主流意识形态首次参与到了女性文学研究的建构之中；其后，随着相关研究的逐步专业化、学科化，最终确定了其存在的合法性。与此同时，主流意识形态也通过这种将女性文学研究“编入正规军”的方式，实现了对其的指导与操控。

另一方面，女性文学创作也第一次迎来了强有力的外力渗透与干预。毫无疑问，女性主义文化理论在传入中国近十年后，于20世纪八九十年代之交引起了学界的普遍关注，经由世纪末最后十年的传播、发展乃至泛滥，与本土的文学批评、文学书写均产生了相当紧密的勾连。然而，这种勾连显然不能被简单地概括为狂飙突进、“单向影响”的路径，那么，西方思潮和本土研究对女性文学创作的实际影响究竟如何，便成了极难考察与衡量、当前学界普遍回避的一个问题。所以，通过考察具有女性文学创作者与研究者双重身份、将“女性主义”视为理论信条与书写目标的徐坤，可以管窥所谓“理论反哺创作”在 20 世纪 90 年代可以达到的最大限度，并反思这一理论潮流在高歌猛进的表象下所隐藏的问题。

一、主流意识形态介入的两面性

1995 年 9 月 4 日至 15 日，联合国第四次世界妇女大会（The UN Fourth World Conference on Women）在北京召开。此次大会的主题为“以行动谋求平等、发展、和平”，次主题为“健康、教育与就业”。大会审查和评价了《到 2000 年提高妇女地位内罗毕前瞻性战略》的执行情况，敦促各国政府和国际社会做出了新的承诺；通过了以提高全球妇女地位为目标的《北京宣言》和《行动纲领》，以期进一步推动全球妇女追求平等和发展的事业。

出于“走向世界”的全球化战略和“向世界展示中国的男女平等”的民族主义情绪，此次会议得到了官方的空前重视与大力投入。首先，为配合会议的召开，国务院于当年 7 月提前通过了《中国妇女发展纲要（1995—2000 年）》[1]，这是中华人民共和国成立近 50 年来首次推出关于妇女发展的总体规划，该规划旨在维护妇女合法权益、促进妇女全面发展、规范和指导我国妇女工作，与世界妇女大会所提出的 12 个关键领域相呼应。其次，在会议召开首日，时任中共中央总书记、国家主席、中央军委主席的江泽民出席了欢迎仪式并予以致辞，“中国政府一向认为，实现男女平等是衡量社会文明的重要尺度。中国十分重视妇女的发展与进步，把男女平等作为促进我国社会发展的一项基本国策”[2]。此外，

---

[1] 谭琳，丁娟，黄桂霞．十年来我国妇女/性别理论研究的发展——联合国第四次世界妇女大会产生的积极影响［J］．妇女研究论丛，2005（4）．

[2] 卢劲．中国政府为联合国第四次世界妇女大会在京召开举行欢迎仪式［M］//新华社对外新闻编辑部．中国对外新闻——世妇会专辑．北京：新华出版社，1995：47．

这次大会被视为我国妇女工作的一块里程碑，得到了官方的持续关注，自 2000 年起，每隔五年，“北京 + 5”“北京 + 10”“北京 + 15”“北京 + 20”等后续活动都被按时推出，以纪念和推动《北京宣言》所提出各项目标的执行和落实。

以这次大会为契机，包括政治、经济、教育、健康等在内的各类女性活动都迎来了发展机会，女性文学自然也不例外。在各类官方主持的“向世妇会献礼”的活动中，出版机构、文学期刊、创作界、理论界共同出动、层层递进，从上而下地参与到了女性文学的建构之中。

在文学作品的出版方面，各省、市级出版社纷纷推出了女性文学丛书。例如，仅河北教育出版社一家就先后推出了包括铁凝《对面》、陈染《潜性逸事》、池莉《绿水长流》等 22 部大陆女作家作品在内的“红罂粟丛书”，由周蜜蜜《烧》、李昂《暗夜》、於梨华《傅家的儿女们》等 22 位中国港、台地区及海外华文女作家作品构成的“金蜘蛛丛书”，以及介绍世界 10 个国家女作家作品的“蓝袜子丛书”。此外，在 1995 年当年，“红辣椒女性文丛”“风头正健才女书”“她们文学丛书”等大型女性文学丛书几乎同时出版[1]。随后，“金苹果散文系列”“20 世纪华夏女性文学经典文库”等也相继问世[2]。

在文学批评界，各类女性文学讨论也随之开始兴起。尽管早在 1985 年前后，《文学评论》《外国文学评论》《上海文论》等刊物就已陆续出现了介绍、运用女权主义批评的专栏，但相关研究的兴盛是始于联合国第四次世界妇女大会前后。首先，国内多家研究机构和高等学校陆续推出了名目繁多的研讨会、读书会和培训班。例如，仅 1995 年当年，

---

[1] “红辣椒女性文学丛书”由四川人民出版社推出，主编为陈骏涛，收入了方方、斯妤、张抗抗、蒋子丹、唐敏 5 位女作家的散文。“风头正健才女书”由华艺出版社出版，主编为陈晓明、王朔，收入了王安忆、徐小斌、张欣、林白、陈染、海男、虹影 7 位女作家的小说。“她们文学丛书”由云南人民出版社出版，主编为程志方、刘存沛，收入陈染、林白、海男、赵玫、王安忆、迟子建、斯妤、王小妮等 12 位女作家的小说、散文。

[2] “金苹果散文系列”由文化艺术出版社分两辑出版，收入了陈燕妮、冯秋子、尹慧、元元、胡晓梦、林白、杜丽、程黛眉、烈娃、京梅 10 位女作家的散文。“20 世纪华夏女性文学经典文库”由中国文联出版公司出版，主编为阎纯德。

就出现了包括第一届“妇女与文学”国际研讨会、女性文学国际学术研讨会、首届世界华文女作家创作研讨会、中国当代女性文学研讨会[1]等在内的近十个女性文学研究的大型会议；又如，该年还出现了众多女作家作品研讨会，讨论对象包括林白的《守望空心岁月》、王安忆的《长恨歌》、陈染的《私人生活》、徐小斌的《敦煌遗梦》[2]等作品。其次，各类女性文学研究著作开始爆炸式地出现，并形成了学界内的一股研究新潮，其中较为引人注目的研究专著有：陈顺馨的《中国当代文学的叙事与性别》、林丹娅的《当代中国女性文学史论》、任一鸣的《女性文学与美学》、鲍晓兰主编的《西方女性主义研究评介》、戴锦华的《镜城突围——女性·电影·文学》、刘慧英的《走出男权传统的樊篱：文学中男权意识的批判》[3]等。

在主流意识形态自上而下的推动下，这股愈演愈烈的“女性文学风”最终走向了专业化、学科化的道路，并由此为女性文学研究正式取得了合法性。一方面，联合国第四次世界妇女大会直接促成了首届中国当代女性文学研讨会的召开，其主题“女性文学的性质及其在中国当代文坛的定位”显示出极为清晰的“入史”意愿；会后，中国当代文学研究会批准成立了女性文学委员会，明确提出了“致力推动当代文学研究的深化和学科化”[4]的目标。另一方面，各级社会科学研究规划项目

[1] 第一届“妇女与文学”国际研讨会由北京大学英语系、中国社会科学院外文所《世界文学》杂志社与天津市文联《文学自由谈》杂志社联合主办，女性文学国际学术研讨会由天津社会科学院主办，首届世界华文女作家创作研讨会由复旦大学主办，中国当代女性文学研讨会由中国当代文学研究会与河北《女子文学》杂志社联合主办。

[2] 林白的《守望空心岁月》研讨会由《花城》杂志社主办，王安忆的《长恨歌》研讨会由《钟山》杂志社主办，陈染的《私人生活》研讨会由《花城》杂志社与作家出版社联合主办，徐小斌的《敦煌遗梦》由《中国作家》杂志社主办。

[3] 陈顺馨. 中国当代文学的叙事与性别 [M]. 北京：北京大学出版社，1995. 林丹娅. 当代中国女性文学史论 [M]. 厦门：厦门大学出版社，1995. 任一鸣. 女性文学与美学 [M]. 乌鲁木齐：新疆人民出版社，1995. 鲍晓兰. 西方女性主义研究评介 [M]. 北京：生活·读书·新知三联书店，1995. 戴锦华. 镜城突围——女性·电影·文学 [M]. 北京：作家出版社，1995. 刘慧英. 走出男权传统的樊篱：文学中男权意识的批判 [M]. 北京：生活·读书·新知三联书店，1995.

[4] 荒林. 世纪之交的中国女性文学——“回顾与重建”：中国当代女性文学第二届学术研讨会综述 [J]. 文艺争鸣，1997 (1).

中也开始出现女性文学研究的相关课题[1]，不少高校也开始开设女性文学的相关课程，并招收和培养相关研究方向的硕士生、博士生[2]。可以说，女性文学研究通过专业化、学科化的自觉努力最终获得了国家社会科学学术管理体系的接纳，以被编入“正规军”的方式获得了存在的合法性，这无疑对女性文学研究在学术资源的开拓、理论系统的建立和研究队伍的壮大方面都起到了极大的促进作用。

但需要注意的是，这种合法化的努力也反过来促成了主流意识形态对女性文学研究的指导与操控，即官方通过学科渗透的方式实现了对该学术领域的“招安”。首先，具有意识形态色彩的组织机构通过系统化的规模建设引导了女性文学研究的发展，从女性文学委员会及其旗下不定期召开的中国当代女性文学研讨会来看，其对该研究领域的发展方向有着强烈而急迫的“求全”“拔高”意愿，违背了学术研究独立、科学的发展规律。一方面，这种“求全”心态表现在对“填补学术空白”的急切呼吁之中。例如，女性文学委员会自 1997 年中国当代女性文学第三届学术研讨会开始就不断提出开拓研究视野、“完善学科结构的科学性”，呼吁在“古代妇女文学和民间文学、少数民族文学、台港文学等都应加强研究”[3]。多次遗憾地宣布学界鲜见民族角度的相关研究，呼吁研究界关注地域文学、少数民族文学中的性别机制后，相关论文自新世纪后开始在研讨会上大量出现，得到了委员会的热情赞许并将其设为固定议题。又如，随着学术界日益升温的“国际化”需求，“海外华文女性文学研究”开始以独立议题的形式在第九届中国女性文学国际学术研讨会上出现，而研讨会也坦言这直接与此前女性文学委员会会长谭湘率团到美国拉斯维加斯参加海外华文女作家协会第十届大会密切相关，

---

[1] 盛英的“20 世纪中国女性文学史”是天津市“八五”社会科学规划重点项目，也是我国第一个女性文学研究领域的科研项目，于 1986 年起步、1995 年完成，作为项目成果，其主编的《二十世纪中国女性文学史》后由天津人民出版社出版。

[2] 河南大学、南开大学中国现当代文学专业分别于 1999 年、2000 年起招收女性文学研究方向的博士研究生。

[3] 荒林. 问题意识、批评立场和九十年代女性写作：中国当代女性文学第三届学术研讨会评述 [J]. 南方文坛，1998 (2).

并欣喜地宣布会议自此次开始冠名为“国际”[1]；随后，第十届会议旋即出现了首次邀请大量海外学者参会以实现“中外文学、文化互动”，并且举办“中西学者之夜”等现象，大会对此高度重视，称赞其为“本次会议中一个格外新颖出彩的篇章”[2]。另一方面，这种“拔高”意愿也体现在对理论研究水准过于急迫且高估的期待之上。例如，官方组织编写了《女性文学教程》，并将其列入教育部普通高等教育“十一五”国家级规划教材，此外还设立了“中国女性文学奖”[3]，其中理论专著的获奖数量更是逐步增加至八成以上，凡此种种，都直接助长了过分拔高女性主体性的研究思路，并最终间接造成了相关研究的泛滥与重复。又如，在第六届中国当代女性文学学术研讨会上，研究者提出要推进 21 世纪女性文学研究的中国学派的建立，“要在东亚文化圈，乃至世界学界中发出我们自己的声音”[4]，会议对其的热烈响应也显示出在“中国崛起式焦虑”下的盲目与急躁。

其次，目前的学术管理体制在实际运作中仍不可避免地带有男权中心色彩，作为其下一个分支的女性文学研究自然也就难以避免各方的权力制约与负面影响。一方面，性别研究是近年来学界所普遍反思的 20 世纪 90 年代过分西化的研究思路之一，其在学术研究中已逐渐走向边缘化；另一方面，女性文学研究在早期的过分激进和当前的停滞不前使得其自身被问题化，由此成了不少机构、刊物加以排斥的领域，相关论文难以刊发，许多科研基金也不予立项和支持。在此情况下，不少研究者或更改了研究方向，彻底离开了女性文学研究；或转换了研究方式，

---

[1] 降红燕，李木桂，刘瑞兰. 女性文学研究的拓展与深化：第九届中国女性文学国际学术研讨会综述 [J]. 山西大同大学学报（社会科学版），2010（3）.

[2] 中国女性文学第十届国际研讨会特设“中西学者之夜”环节，并邀请王政、柏棣、苏红军等海外学人主持，可参见王宇、郑斯扬. 中国女性文学第十届国际研讨会综述 [C/OL]. 女性文学委员会网，http://www.ccfl.org.cn/detail-15-1511.html.

[3] “中国女性文学奖”自 1998 年起设立，每 5 年评选一次（1998 年首届，2003 年第二届，2009 年第三届），自 2011 年起改为每年一次的“年度优秀女性文学”。

[4] 采薇. 21 世纪女性文学发展态势——第六届中国当代女性文学学术研讨会综述 [J]. 文艺评论，2004（3）.

刻意呈现出更为温和折中的风格。对此，乔以钢指出："传统性别观念很可能会影响到一部分人对女性文学作为一门文学研究'子学科'的正确理解；女性文学研究者为在体制内求得认同，获得发展，某些时候可能会自觉不自觉地部分迎合男性中心思维，从而销蚀研究的锐气和锋芒等。"[1]

可见，以1995年联合国第四次世界妇女大会为契机，女性文学研究得以被正式建构起来，但也需要看到，在学界表面的繁荣景象背后也存在着意识形态的介入性力量，而这对于相关研究领域的发展恰恰是一把双刃剑，其通过学科渗透所实现的导向与操控作用是作为独立精神活动的学术研究所应警惕与拒绝的。

二、理论反哺创作的可能性：以徐坤为例

在20世纪90年代女性文学创作的阵营里，徐坤是具有代表性的写作者之一，从《狗日的足球》《小青是一条鱼》到《厨房》，她的小说创作呈现出日益鲜明而自觉的性别关注视角；从《因为沉默太久》《一唱三叹》到《路啊路，铺满红罂粟》，她的散文和评论显示出强势而激进的女性主义立场；从《双调夜行船——九十年代的女性写作》到《文学中的"疯狂"女性：二十世纪中国女性写作的演进》，她的研究论文又以女性写作为对象，展示出对女性主义文化理论的深刻认知与娴熟运用。正如她的自述所言，徐坤的确称得上是大陆"女性主义理论和实践的始作俑者之一"[2]。

有趣的是，在20世纪90年代初期，徐坤恰恰是凭借着"反女性"的书写而进入文坛，继而崭露头角的。1993年，她的处女作《白话》在《中国作家》上发表，同年，该刊又发表了她的《斯人》《一条名叫人剩的狗》，其文风之戏谑恣肆、洞见之尖刻有力引起了文坛注意，而

[1] 乔以钢. 论女性文学的学科建设［J］. 南开学报（哲学社会科学版），2003（2）.
[2] 徐坤，丰书. 向现在，向未来——徐坤访谈［N］. 中华读书报，2008-07-11.

彼时的评论恰恰都是从“全然不似出自女性之手”的赞誉上生发开去。例如《中国作家》的主编章仲锷曾回忆了当时挖掘出这位“女王朔”时的欣喜[1]；又如王蒙那篇广为流传的评论，“虽为女流，堪称大‘侃’。虽然年轻，实为老辣，虽为学人，直把学问玩弄于股掌之上，虽为新秀，写起来满不论（读吝），抡起来云山雾罩，天昏地暗，如入无人之境”[2]。徐坤也坦言，自己在创作初期所追求和遵从的是纯粹文学史的理想和尺度，采用“超性别立场”来刻意回避性别经验与立场，甚至“因为惧怕被当成‘女作家’‘小女人’评头论足，便故意在《白话》和《呓语》两篇小说中反串男性角色出场，其他作品也都刻意将自己的女性性别隐匿，唯恐因是本身是女人而惹来闲话遭殃”[3]。

然而，随即而来的联合国第四次世界妇女大会彻底更新了徐坤的知识谱系与价值观念，她异常大胆而自觉地颠覆了前期“反串男性”的书写方式。在 1995 年前后，徐坤先后参加了联合国第四次世界妇女大会、中外女性文学国际学术研讨会等各类女性主义、女性文学相关的会议[4]；她的小说、散文集还被选入“红罂粟”“金苹果”等各类女性文学丛书[5]。在这股浪潮中，徐坤意识到“超性别视角”的书写方式与本人的性情实在反差太大，以至于“自我难以承受”，于是她迅速更新了写作视点，在 1995 年一口气推出了《遭遇爱情》《女娲》《离爱远点》等多部自觉运用女性视点的作品，并大声宣告自己化身为“女堂吉诃德”：

她提着她母亲或是老祖母遗传下来的破枪稀里糊涂就登上了

[1] 徐坤. 遭遇爱情 [M]. 武汉：长江文艺出版社，2001：1.
[2] 王蒙. 后的以后是小说 [J]. 读书，1995（3）.
[3] 徐坤. 自述 [J]. 小说评论，2005（1）.
[4] 徐坤不但参加了多个相关会议，她在中国社会科学院工作期间还多次组织了包括“中日女性学比较研讨会”等会议，可参见徐小斌. 走近徐坤 [J]. 当代作家评论，1996（6）.
[5]《女娲》被收入“红罂粟”丛书，石家庄：河北教育出版社，1995.《游行》被收入“她们”丛书，昆明：云南人民出版社，1996.《含情脉脉》被收入“金苹果”丛书，天津：百花文艺出版社，1999.《小青是一条鱼》被收入“中日女作家新作大系”，北京：中国文联出版社，2001.

> 场，带着说不出的恐惧和忧伤。她的母亲辈们曾经把那杆求解放的枪抡圆了挥过，现在轮到她来跟头把式地表演操练了。我看着她握着那把破枪暗自思忖了一下，随后就以反串成男主角的方式迅速亮了相。也许是她压根就已被教化地习惯于用他们的方式说话了，也许是她有意把自己的真实性别隐藏着。她的那个女性性别是那么柔弱容易受伤，三两句淫邪恶毒的话语就足以把她诋毁、坠入永劫。她得小心翼翼地把自己的性别护卫着，尽力把观众们的注意力引向她甩花了眼的铁拐勾连枪，可千万不要顺藤摸瓜，顺着那杆枪来骚扰躲在面具后头的可怜兮兮的她。[1]

而且，徐坤对女性主义文化理论也并不仅仅停留在“感兴趣”的层面，更在20世纪90年代后期开始进入女性文学的研究领域。在世纪末，她出版了专著《双调夜行船——九十年代的女性写作》，该著分别从“母女关系”“身体叙事”“女性私语”等角度展开论述，并通过文本细读重新阐释了女性写作的意象与文本策略，可以说，这是一部材料上充分整合作者本人在20世纪90年代的亲身经验、方法上熟练运用女性主义文学批评中“母题”研究法的学术著作。随后，徐坤进入中国社会科学院攻读博士学位[2]，其学位论文为《文学中的“疯狂”女性：二十世纪中国女性写作的演进》，以“现代性”对女性写作的双刃剑作用为线索，探讨女性形象在20世纪中国文学中的演变。较之于《双调夜行船》，这篇论文从结构、方法到行文都显示出更为浓重的“西化”色彩——不但结合了女权主义、马克思主义、精神分析、解构主义、新历史主义、后现代主义等理论，更直接借鉴了女性主义文化理论中的“原型研究法”，归类出文学中的“地母”“怨妇”“疯女”等原型形象，展现出女性主义文化理论的深度介入与强烈影响。

---

[1] 徐坤. 从此越来越明亮 [J]. 北京文学（精彩阅读），1995（11）.

[2] 徐坤于2000年进入中国社会科学院文学系中国现当代文学专业攻读博士学位，于2003年毕业，导师为杨匡汉研究员。

且不论徐坤的研究是完全生搬硬套还是借助他山之石，可以肯定的是，她对女性主义文化理论及文学批评是相当熟稔且颇为认同的。也正是出于这份理论自觉，她在 1995 年后的文学创作显示出对女性主义的高度实践性，几乎可以被视为一种理论操演。事实上，尽管评论界普遍得出了“女性主义文化理论冲击并影响了 20 世纪 90 年代本土女性创作”的结论，但大部分写作者对这种关联性予以了否认，更何况，即使许多文本确实可以被用来印证女性主义的相关观点，但仍很难衡量创作所受理论影响究竟几何。由于徐坤女性主义立场在 20 世纪 90 年代，乃至今日都是少有的自觉与明确，所以，她的作品可以被看作女性主义理论渗入创作的典型代表，对其的考察也能展现出理论反哺创作所可能达到的最大限度。

徐坤在 1995 年后的创作转型中彰显出鲜明的女性，或女性主义倾向。有的作品通过表现女性的精明果敢、男性的庸懦孱弱来倒置传统的性别模式，比如在《遭遇爱情》中，梅在与岛村不动声色的两性较量中不但以“妖女”的形象出现，更是两人往返拉锯中掌控局面的主导者；又如《如梦如烟》讲述了一个精明能干的女处长，尽管遭遇了“够她珍存一辈子”的“最美的生命体验”[1]，但她最终还是为了自己的仕途而不动声色地调离了情人，几乎可以被视为铁凝《无雨之城》的性别倒置版本，而徐坤本人也坦然表示这样的情节设置是因为“现在谁玩谁已经不一定了。受伤的未必就总是女人”[2]。有的作品则突破了女性主义书写的一般模式，进入对女性话语缺失与建构这类深层问题的思考，比如在《游行》中，林格在与黑戊的交往中意识到女性话语的无力与渺小，发出了“颠覆它，就像颠覆一朵花。颠覆一切伪善和虚妄的”[3] 呼喊；又如在《狗日的足球》中，柳莺在几万人脱口而出的“国骂”声中惊醒，意识到由于缺乏自己的语言，女性连表达愤怒的资格都没有，她们只能通过认同和运用男性语言才有可能被

[1] 徐坤．如梦如烟［J］．大家，1997（2）．
[2] 王红旗．对知识女性精神再生的探寻——徐坤访谈［J］．小说评论，2003（6）．
[3] 徐坤．游行［J］．钟山，1995（6）．

男性群体所接受，“这个世界根本没有供她使用的语言！没有，没有供她捍卫女性自己、发泄自己愤怒的语言。所有的语言都是由他们发明来攻击和侮辱第二性的”[1]。这种性别话语缺失的尴尬境地恰恰是女性书写所需要解决的根本性问题，恰如露西·伊利格瑞（Luce Irigaray，1931—）所指出，“有了声音才有路可走”（由笔者翻译）[2]。

但遗憾的是，徐坤虽然触及了这一女性创作力的根本问题，但并没有，或无力在此认知基础上完成性别语言的建立，而是不停地在抽象理论的演绎上打转。所以，尽管徐坤的转型被女性文学研究者视为不可多得的证明材料，赢得了一片叫好声，但必须指出的是，她对概念阐释的过分执迷也造成了“主题先行”的创作倾向，使得其文本在情节、结构乃至行文上都颇为生硬，一反其早期创作的酣畅淋漓。

1995年，中篇小说《女娲》在《中国作家》上发表，文本刻画了童养媳李玉儿受尽磨难的一生，她被卖身为奴，受夫权、父权、族权的三重压迫，甚至对公公、儿子的性侵害也逆来顺受，最终被扭曲为封建男权的帮凶，在终于“媳妇熬成婆”后反过来迫害自己的女儿、儿媳，成了麻木不仁的“吃人者”。可以看到，小说大量运用了血缘混乱、白痴怪胎、孱弱男性等一系列性别叙事文本的惯常隐喻，也涉及两性情爱、母女关系、弑父情节等多个女性主义文学常见的书写母题，更辅以阴暗逼仄的文风、残酷凌厉的叙事，可以说是典型的“主题先行”文本。

这种写作方式尽管能有助于作品主题的呈现和逻辑结构的完整，但同时也带来了难以回避的问题：一方面，对理念阐释的强化会带来各类明喻、暗喻的滥用，夸大情节架构的戏剧性；另一方面，对抽象概念的执着也会造成叙事中内心变化与情绪起伏的缺失，导致整个文本的细节失真。《女娲》以李玉儿可怜又可恨的一生为线索，清晰地呈现出递进式解构和颠覆男权制的文本策略。但是，在这种高度概念

---

[1] 徐坤. 狗日的足球［J］. 山花，1996（10）.

[2] Irigaray，Luce. *This Sex Which is Not One*［M］. Ithaca：Cornell University Press，1985：209.

化的框架设计与人物塑造下，整个小说显得控诉有余而细节不足，不仅整体节奏过快——尤其是在傻子死去和于孝义北上后，整个故事在缺乏铺垫的叙事中急转直下、颇为突兀，就连李玉儿与婆婆于黄氏的形象都因脸谱化的设计而过于相似、难以区分。可以看到，《女娲》的故事情节与张爱玲的《金锁记》颇为类似，都是描写封建家庭中女性由被侮辱、被损害者逐步走向葬送他人幸福的加害者，但相较而言，后者的叙事无疑更为流畅，人物也更为丰满。其一，张爱玲在写作手法上一贯推崇与擅长《红楼梦》式的细节堆叠，其笔下人物得益于这种细节真实，往往显得丰满而富有质感。例如，小说先是借丫头们“龙生龙、凤生凤”的议论铺垫了曹七巧的身份与性格，使得人物未出场就已被勾勒出基本轮廓；又细腻地刻画了她与姜季泽调情、失态乃至懊悔的内心变化，通过一句“人生在世，还不就是那么一回事？归根究底，什么是真的？什么是假的？”展现出她仅存的一丝真心。又如，文本时不时地穿插今昔对比：由丈夫“没有生命的肉体”想到肉铺里的朝禄抛来“尺来宽的一片生猪油”，由推到腋下的翠玉镯子回首年轻时有过的“滚圆的胳膊”，以强烈的反差增添了人物的立体感。再如，曹七巧在服饰上的变化也饱含匠心，从“蓝夏布衫裤，镜面乌绫镶滚”到“银红衫子，葱白线镶滚，雪青闪蓝如意小脚裤子”，再到“穿一件青灰团龙宫织缎袍，双手捧着大红热水袋”[1]，作者不动声色地暗示了人性在时间流逝中的逐步扭曲。其二，张爱玲本人出身封建大家族，又在成长中接受西式教育，加之身处20世纪40年代的沦陷区上海，故而对一切主义、口号都极为淡漠，全神贯注于日常生活的摹刻，以期触及人性与生命的本来面目，“去掉了一切浮文，剩下的仿佛只有饮食男女这两项。人类的文明努力要想跳出单纯的兽性生活的圈子，几千年来的努力竟是枉费精神么？事实是如此”[2]。所以，尽管后人从女性主义的立场可以索解出其文本中揭示

[1] 张爱玲．金锁记［M］//张爱玲文集・倾城之恋．北京：北京十月文艺出版社，2006：126-176.

[2] 张爱玲．烬余录［M］//张爱玲文集・流言．北京：北京十月文艺出版社，2006：45.

女性命运、颠覆宗法父权，甚至是逃出“铁闺阁”[1]的种种性别政治上的意味，但作者本人并无意涉足这些命题，只是固守她所熟悉的男女婚恋和家庭生活题材，不厌其烦地描摹琐碎庸常的生活片段和细致入微的情感体验。但也恰恰是这种着眼生活的创作路径，反而能使其文本在有意无意中触及和揭示出各类问题，并将其书写意图自然而然地呈现出来。

作为一个内省的成熟作家，徐坤敏锐地意识到了自己创作的生硬，也看到了其原因在于对女性主义理论的过分执迷。她自陈自己当年“受了一些女权思想的蛊惑”，写过《相聚梁山伯》《爱人同志》《含情脉脉水悠悠》之类的“生硬的‘女性主义’作品”，在《杏林春暖》中更是“刻意将女性主义发挥到极致，写男性的文化阉割恐惧”[2]。同时，作为一个清醒的研究者，她还认识到了受女性主义文化理论与文学批评烛照的文学书写所必然遇到的困境及其原因，她认为，女性主义理论和实践在价值体系、文学审美谱系和躯体修辞学体系上都是含混、模糊与未定的，因为“一方面，它必须要颠覆和破开，建立自己的理论平台，另一方面，处于中国这样一个现实压力下，它又时刻想校正自己，达到跟传统文化精神和当代生活的和解，因而自身总处于悖论中”。而且，“当我们用十几年时间走完了第一步，也就是对经典的打碎和颠覆阶段以后，下面却不知道该怎么走，打碎以后，我们却并没有能力重建”[3]。

于是，徐坤在新世纪后完成了其创作的第二次自觉转型。一方面，她选择回归经典、回归传统的文化价值观，“当我们不再去动辄

---

[1] 林幸谦曾提出相对于鲁迅“铁屋子”的“铁闺阁”概念，认为“铁屋子以男性主导的民族改革为中心对象，铁闺阁则以女性自我、颠覆宗法父权为中心诉求。倘若说，鲁迅等男性作家试图把中国整体沉默的灵魂与黑暗面揭示出来，那么，张爱玲的文本则试图揭示出中国传统女性沉默的命运及其黑暗的内在现实”。可参见林幸谦．荒野中的女体：张爱玲女性主义批评Ⅰ［M］．桂林：广西师范大学出版社，2003：134.

[2] 易文翔．坚持自我的写作——徐坤访谈录［J］．小说评论，2005（1）．徐坤，丰书．向现在，向未来——徐坤访谈［N］．中华读书报，2008-07-11.

[3] 徐坤，丰书．向现在，向未来——徐坤访谈［N］．中华读书报，2008-07-11.

宣称那些伟大的理想，也不再将探究真理挂在嘴边时，作家的使命，他最能够简单平易达到的使命就是在人类的心灵与心灵之间搭筑起一座桥梁，以助人们之间的相互沟通和理解”[1]。另一方面，难能可贵的是，她也并不矫枉过正、抛弃女性主义的立场，而是提出了一种新的书写可能。徐坤曾在 1997 年写出了《厨房》，讲述了一个女强人“欲返厨房（围城）而不得”的尴尬与失落，十年后，她意识到“没有期望就没有失望”、将性别权力关系从原先的倒置改写为彻底的消泯，强调女性的归宿在于自我的内心，“枝子到了 2007 年，游戏规则也许会改写，一个人的厨房也是一个很像样的厨房，吃起饭来也很香，不管是男还是女”[2]。2010 年，徐坤回顾了在《厨房》和《午夜广场最后的探戈》中所无意识揭示出的女性内在与外在解放的双重失败后，提出女性书写可以进一步向“庙堂”进发[3]，即其终极意义在于解决女性与社会关系问题。由此，徐坤将创作理念调整为“文学回归传统、关注人类内心”与“女性自足内心、放眼社会”，而女性书写的终极目标即在于达到三重境界：其一为“没有纽扣的红衬衫”，即书写要突破政治与传统的禁区；其二为“没有衬衫的红纽扣”，即颠覆之后更要重建新的美学形态与文学表意方式；其三为“没有纽扣也没有衬衫”，即与生活和解，进入禅宗“见山不是山，见水不是水”[4] 的阔大境地。

所以，徐坤的创作可以说是 20 世纪 90 年代女性书写的一个缩影：一方面，由于具有女性文学创作者与研究者双重身份，并将“女性主义”视为书写目标，她的书写代表了这一时期所谓“女性写作”

---

[1] 徐坤. 自述 [J]. 小说评论，2005 (1).

[2] 易文翔. 坚持自我的写作——徐坤访谈录 [J]. 小说评论，2005 (1). 徐坤，丰书. 向现在，向未来——徐坤访谈 [N]. 中华读书报，2008-07-11.

[3] 徐坤. 从“厨房”到“探戈”：十年一觉女权梦 [N]. 中华读书报，2010-02-10.

[4] 徐坤. 鳄鱼与母老虎——在首届“中国-西班牙文学论坛”上的演讲 [C/OL]. 新浪网博客 2010 年 11 月 7 日，http://login.sina.com.cn/sso/login.php?useticket=0&returntype=META&service=blog&gateway=1&url=http://blog.sina.com.cn/s/blog_4709e80d0100megx.html.

在理论冲击下的普遍文本策略和所能达到的最大限度，即通过倒置传统性别模式来颠覆男权中心文化，从而建立起女性视点。在这一点上，其他承认或不承认理论影响创作的写作者们大多无出其右。但另一方面，这一时期猛烈乃至泛滥的理论大潮并没有解决女性创造力中的根本问题——性别语言的形成，所以纵使理论自觉者如徐坤，在倾尽全力之后也只能落入口号大于实质、丧失自我风格的尴尬境地，可谓成于此也败于此。可见，“理论反哺创作”虽无疑是 20 世纪 90 年代女性书写的一道特殊风景，但其实际影响远没有人们想象的那么深入与乐观，颠覆后的重建，21 世纪文学必须要迈出艰难步伐。

第四章　性别身份与污名策略

对性别身份的否认，无疑当代各类女作家创作谈与访谈的一大热点。面对采访者和评论界关于“女性”“女性主义”的试探和阐释，几乎每一个女作家都清晰地说出了“我不是女性主义者”的宣言。

较早对此做出回应的是王安忆，1993年，她在回顾十年创作历程中说道“我的女权意识大概还没觉醒，至少，我不是女权主义作家”[1]，之所以写了那么多女性的故事，纯粹是出于审美的考虑。张洁则对“女性主义”异常反感，在各种场合都拒绝回答相关问题，在随笔《投降，行不行》中，她坚决否认了各类评论对《方舟》在女性主义立场上的解读，并正式宣告自己绝不属于，也永不接受女性主义[2]。同样的，陈染在访谈中表示：“或许我的写作跟一些有关女性主义写作的理论模型构成某种互为阐释的关系。这对我至少在表面上来说是偶然的。”[3] 林白的态度也不外如是，“我对这些问题已经腻透了”[4]。铁凝也认为，“我对女性主义这个话题一直比较淡漠……但是我写作的时候，没有这种很鲜明的女性主义立场”[5]。在一篇题为《铁凝：拒绝女性主义视角》的采访中，面对“女性主义写作的典范”

---

[1] 王安忆. 从现实人生的体验到叙述策略的转型——关于王安忆十年小说创作的访谈录 [M] //王安忆说. 长沙：湖南文艺出版社，2003：38.

[2] 张洁. 此生难再 [M]. 广州：广州出版社，2001：354-356.

[3] 陈染，康宇. 陈染的姿态与立场 [J]. 艺术广角，2001 (2).

[4] 林白. 我的全部作品都来自于我的生命 [J]. 作家，2000 (8).

[5] 铁凝，王尧. 文学应当有捍卫人类精神健康和内心真正高贵的能力 [J]. 当代作家评论，2003 (6).

的称呼，她直陈："这实在有些恭维我，我不敢也不愿接受。"[1] 即使是以前卫姿态而闻名文坛的棉棉，也声明"我绝对不是女性主义的作家"[2]。

十分有趣的是，女作家在否认自己女性主义立场的同时，还出现了互相指认，以撇清关系的现象。比如，王安忆在面对以女性主义为题的采访时显得颇为疲惫与无奈，当采访者将《弟兄们》与张洁的《方舟》进行比较时，她连忙把包袱抛给了张洁："如果说女性主义，我觉得中国只有一个是女性主义，就是张洁，其他人我都觉得够不上。"[3] 又比如，棉棉以陈染为例，否认自己的女性主义者身份："我也绝对不是一个女性主义的作家，绝对不是一个像陈染那样的作家。因为我看陈染作品的时候，我觉得她就是一个女人，一个非常非常棒的写作的女人，包括伍尔夫，包括杜拉斯，她们都是女人，但是我觉得我跟她们不一样。"[4]

这种"反女性主义"症候在20世纪90年代开始大规模出现，女作家们的作品在客观上体现了女性主义精神的实质，却在主观上一再否认与之有关。这使人不禁要问，对她们而言，有关"女性主义""女性文学"的种种假定究竟是什么？另一方面，她们"反女性主义"的策略又往往采用将对女性的指认转移到"人"之上，最为典型的即为"我首先是一个人，然后才是一个女人"这句耳熟能详的自白。在这"顾左右而言他"的背后，"个人"与"女性"的纠葛究竟起了怎样的作用？换言之，它是如何运作、限定了女作家们的创作的？

---

[1] 刘峰. 铁凝：拒绝女性主义视角 [N]. 财经时报，2006-01-23.
[2] 棉棉，木叶. 我希望自己可以越来越光明 [J]. 上海文化，2010 (6).
[3] 王安忆. 我是女性主义者吗？[M] //王安忆说. 长沙：湖南文艺出版社，2003：187.
[4] 棉棉，木叶. 我希望自己可以越来越光明 [J]. 上海文化，2010 (6).

第一节　性别污名的形成

女作家对“女性”“女性主义”的避之不及、互相指认，其含义是多重的。其一，其作品是一般意义上的文学，并不属于女权主义文学；其二，作者本身是一个正常的女人，甚至是“贤妻良母”，不是女斗士或者女同性恋；其三，作者不仇恨男人，而是理解男人也喜欢他们。然而，不管是哪一层含义，其背后的逻辑都是“女权主义不是好东西”。归根结底，女作家们对本该是社会设定中一种真实类型或特征的性别身份感到极为“丢脸”。当“虚拟的社会身份”，即她们自身所赋予“女性”“女性主义”的内涵，与这种“真实的社会身份”产生差距时，就形成了欧文·戈夫曼（Erving Goffman，1922—1982）所谓的“污名”（stigma），“蒙受污名的人发现自己的某种特征成了一种污染源，而他情愿自己没有这种特征，于是，羞耻感极有可能油然而生，并由此产生自我憎恨与自我贬低”（由笔者翻译）[1]。

如果不拘泥于戈夫曼的这个概念，“污名”其实也就是一种由某些被视为缺点或缺陷的差异而产生，让人感到“丢脸”，进而自卑自抑的现象，如同埃米尔·涂尔干（Emile Durkheim，1858—1917）所谓的“病态”（pathological），也可以将其等同于米歇尔·福柯（Michel Foucault，1926—1984）所提出的“不正常”（abnormal），即个体在社会活动中感到自己因某种差异而被排斥在“常规”之外，并由此引发一系列心理变化和应对策略。然而，作为一种集团性污名[2]的“女性文学”“女性主义”，其内核究竟是什么？换言之，当女作家

---

[1] Goffman，Erving. *Stigma: Notes on the Management of Spoiled Identity* [M]. New York：Simon & Schuster，1986：107-108.

[2] 高夫曼指出，污名按其成因可分为三大类，“对身体深恶痛绝、痛恨各种身体残疾”，“个人的性格缺点”以及“与种族、民族和宗教相关的集团意识相关的污名”。Goffman，Erving. *Stigma: Notes on the Management of Spoiled Identity* [M]. New York：Simon & Schuster，1986：3.

们在拒斥女性主义的时候，她们在拒斥什么？

一、定型化想象：固化审美心理的延续

一方面，女作家将女性主义理解为一种基于对抗关系，以反抗男性，甚至是反抗世界为目标的理论，而她们对此纷纷说“不”。迟子建认为：“作为女作家她不能以达到男作家为目的确定自身地位，就像太阳要升起来月亮必须落下去，或太阳落月亮升它是一种自然界不可逆转的现象。”[1] 王安忆在拒绝“女权主义”时解释道：“但我的确没有和男人作对的意思”，“我和张洁不一样，我对男性没有那么多仇恨”。棉棉也表示：“我跟这个世界没有战争，我跟我自己也没有战争，我是很乌托邦的，只不过我是个女的。”[2]

将女性主义等同于一种对抗思维，显然是激进女性主义在本土理论界大行其道的后果之一。女作家“拒绝反抗”的姿态不单是出于对激进女性主义理论本身的质疑，也是因为相较于批评界，她们更为认同社会主义女性主义的观点。对于这一批大多出生在20世纪六七十年代的女作家而言，20世纪50年代以来的共和国妇女解放运动贯穿了其整个成长过程，被主流意识形态奉为正典的马克思主义女性主义[3]又是其头脑中与女性有关的最主要的知识构成。她们深切地感受到“女性进入社会主义劳动市场”这一目标在中国的逐步实现，并将其视为妇女取得与男性同等政治、经济地位的最好的证明；加之女作家群体在20世纪80年代的迅速崛起和20世纪90年代的不断扩大，使得她们趋于认同社会主义女性主义的观点：使女性摆脱压迫的道路就是克服女性的异化和消除劳动的性别分工，“阶级统治将永远消亡，

---

[1] 迟子建，阿成，张英. 温情的力量——迟子建访谈录［J］. 作家，1999（3）.

[2] 棉棉，木叶. 我希望自己可以越来越光明［J］. 上海文化，2010（6）.

[3] 在女性主义文化理论的流派中，马克思主义女性主义与社会主义女性主义是较为相近的两支，二者主张大同小异，主要差别在于前者更注重经济决定论的因素、且认为男权压迫仅次于阶级压迫。对二者异同的详细考察可参见李银河. 女性主义［M］. 济南：山东人民出版社，2005：55-59.

而男性对女性的统治也将随之告终”[1]。在她们看来，“对抗男性”“女人的主要敌人是男人而非体制”并不符合本土妇女的实际境遇，对两性差异的强调也不适用于“男女作家已然平分秋色”的当代文坛，于是，两性对抗思维在创作中的冷遇、种种“男人也很辛苦”“我并不仇恨男性”的言论也就不难被理解。

另一方面，女作家将“女性文学”的特征概括为情感层面上的伤感缠绵，以及内容层面上的琐碎与隐私性。王安忆指出“女作家的毛病”就在于“自我修饰、矫揉造作，中国女人刚从厨房里出来不久，记忆里大都是往事，生活面比较狭隘，鸡零狗碎的东西很多，感情又非常缠绵，讲到伤感便有很多话题，但要达到一种悲哀的境地就缺乏力量了，本身也可能缺乏审美的能力”[2]。她认为女性小说指的是“只能迷住少男少女”的琼瑶、三毛、席慕蓉、亦舒，“我之所以不喜欢被称作女性作家，是因为女性小说有些特点我不喜欢，比如写小的哀乐、伤感和忧愁，这都是境界比较低的，把身边琐事写成风月型的，就更讨厌了。我觉得应该写大悲剧”[3]。方方也写道：“方知多半要涉及爱情、婚姻、性再加上一些个人隐私或者内心隐秘的作品，才被认为是女性文学。”[4] 铁凝在谈到对陈染、林白的看法时，虽然肯定了这种“关注个人的喜怒哀乐，勇敢地表达自己的内心”的书写冲破了传统文化对个人表现的束缚，但也认为“看多了就觉得她们的作品似曾相识，实际上她们也存在着需要从纯粹的个人小悲欢中走出的问题”，“她没有办法超越这个时代，超越自我，要是能超越，她就是大家了”[5]。

---

[1] ［德］奥古斯特·倍倍尔. 妇女与社会主义［M］. 葛斯，朱霞，译. 北京：中央编译出版社，1995：472.

[2] 王安忆. 妇女问题与妇女文学——与台湾作家李昂对话［M］//王安忆说. 长沙：湖南文艺出版社，2003：25.

[3] 王安忆. 从现实人生的体验到叙述策略的转型——关于王安忆十年小说创作的访谈录［M］//王安忆说. 长沙：湖南文艺出版社，2003：38.

[4] 方方. 说“女性文学”之可疑［J］. 南开学报（哲学社会科学版），2006（4）.

[5] 朱育颖. 精神的田园——铁凝访谈［J］. 小说评论，2003（3）.

女性的艺术创作呈现出一定的共性特征，与性别气质上的差异不无关系，即“两性刻板形象”的存在是毋庸置疑的事实。将女性气质理解为“无序、自然、不可预见、客体、依赖、被动”等特征[1]，反映在文学作品中形成流动、缠绵、零碎的风格，本是文学史上一条可循的规律。况且，书写风格也应只有个体差异，而无高下之分。但是，女作家们对感伤、琐碎与隐私性普遍“低看一眼”，将其视为次一等的存在，这是因为她们在承认性别气质差异的前提下，对这些女性气质引以为耻，而将男性气质，即“理性、客观、连续、主动、独立”等特征视为更高一筹的书写风格。本质上，文学创作中的“中华儿女多奇志，不爱红装爱武装”是对男性气质的致敬与渴望，其背后的逻辑是对男性书写规范绝对性的认同，也是对发掘自身在性别意义上作为一个独立群体可能性的否定。其终极目的，是为了证明“男同志能做到的事情，女同志一样能做到”，也是为了在事实上是以男权文化为中心的主流意识形态中获得一席之地。

可见，性别差异观念及其所带来的颠覆性、私人性并未能被接受，来自传统与革命时期的固化审美心理围绕着性别形成了一系列定型化想象，构成了其被污名化的基础，并直接导致了女作家们的“反女性主义”情绪。一方面，在主流意识形态半个多世纪的规训下，文艺创作者普遍习惯了回避“硬碰硬”式的反抗，比如，尽管女作家们频频拒绝激进女性主义的观点，但在言谈中几乎无人提及该流派最主要的建树“男权制”，与理论界中“父权制”“男权文化中心”的随处可见形成了强烈对比，从侧面显示出她们不敢言“权”，或不愿言“权”的心理；另一方面，“载道”优于“抒情”、宏大叙事高于一己风月的传统文学倾向已经渗透了千年，并在革命话语中达到了登峰造极的地步，即便是经由 20 世纪八九十年代的一路解构，知识分子也始终未能从对中心的幻想中清醒过来。归根结底，在“一元论”消

[1] 主张存在两性刻板形象的人们对男女特质进行了大量区分和概括，可参见 Peterson，V Spike.，Runyan，Anne Syssen. *Global Gender Issues* [M]. Boulder：Westview Press，1993：25.

解，生活方式与思想意识走向多元化的当代，尽管个人追求、选择自由、不同个性间平等共处等理念被逐步接受并强化，但愈加开放的选项并不意味着精神走向的全方位扩散，在对抗还是和解、感伤小心事还是壮美大悲剧的天平上，许多女作家不约而同地走向了同一端。作为“多元”表象下隐形趋势之一的“反女性主义”所显示出的，是女作家知识结构的社会主义化和对男性气质的致敬与渴望，固化审美心理比想象中要延续得更深、更远。

二、“客观的幻觉”：大众媒体的助推

可以说，固化审美心理的延续使得本土视野中的“女性主义”“女性文学”自诞生之初就伴随着被污名化的危险。然而，冰冻三尺非一日之寒，书写中的性别问题在当代的逐步现象化、问题化，呈现出“缓慢酝酿、突然走高”的态势。

从上述女作家的访谈与自白来看，在 20 世纪 80 年代，大部分女作家在面对与女性相关的话题时还显得相当陌生，其反应或为淡漠，或为犹疑。出于对女性已经普遍取得了政治、经济上平等地位的认定，也不愿与任何意义上的“权”发生联系，她们纷纷否认了自己与女性主义的关联。然而，这种抗拒情绪在 20 世纪 90 年代迅速扩散并激化，女作家们的坚决否认几乎到了与其水火不容的地步。究其原因，一方面，在 1995 年第四次世界妇女大会的东风下，社会对女性问题产生了井喷式的关注，面对文坛与社会一次次的要求站队，她们疲惫不堪、心生反感；另一方面，正是由于 20 世纪 90 年代后期“美女作家”概念的产生，乃至在大众媒体推波助澜下的“现象化”，彻底坐实了性别在文学书写上的污名，引得女作家纷纷割席分坐、誓不与之为伍。

所谓“美女作家”的产生，最初来源于文学期刊对一个新的创作群体的推出与造势。1996 年，《小说界》在当年第 3 期开设“七十年代以后”这一栏目，短时间内共发表了 9 位作家的 14 篇作品，其中女作家

达到6位之多引起了文坛注意。1998年7月，《作家》杂志精心策划了“七十年代出生的女作家小说专号”，发表了包括卫慧、周洁茹、棉棉、金仁顺、朱文颖、戴来、魏微在内的7位女作家的作品，并在每位作家的作品前后配发一位著名批评家的点评和作家自己的创作谈。然而，使得这期专号成为文坛话题的关键并不在于这些作品与评论，而在于封二、封三整版的女作家“妙龄玉照”，这每人两三张的照片极大地刺激了人们的眼球，打破了大众对作者“不识庐山真面目”的传统。由此，因作者性别构成的阴盛阳衰，以及对面貌这一非创作因素的“揭开面纱”，“七十年代以后”这一概念被悄然置换为“美女作家”，引起了极大的轰动。

如果说，“美女作家”登上历史舞台是源自文学期刊的打造，那么，其被进一步“现象化”“问题化”则直接受推于消费时代下大众传媒近乎狂欢式的参与和异化。

一方面，图书出版业很快闻到了“美女作家”的商机，以迅雷不及掩耳之势推出了相关丛书与作品。花山文艺出版社与珠海出版社分别于1999年与2000年出版了王干主编的“突围丛书”与谢有顺主编的“文学新人类丛书”，其作者构成均是被视为“美女作家”的20世纪70年代女性作者。卫慧在一年之内出版了4本小说集和2本长篇小说[1]，棉棉也一口气出版了4部作品[2]，相关的“宝贝系列”“粉领丛书”等仿制品，甚至是女性情爱小说、色情小说也纷纷出现。[3] 2000年5月，《上海宝贝》被北京有关新闻出版管理部门禁售，不但没有就此平息这场浪潮，反而因迎合了公众对意识形态禁忌的好奇

[1] 卫慧. 蝴蝶的尖叫［M］. 长沙：湖南文艺出版社，1999. 卫慧. 上海宝贝［M］. 沈阳：春风文艺出版社，1999. 卫慧. 像卫慧那样疯狂［M］. 珠海：珠海出版社，1999. 卫慧. 水中的处女［M］. 石家庄：花山文艺出版社，2000. 卫慧. 欲望手枪［M］. 上海：上海三联书店，2000. 卫慧. 来不及的拥抱［M］. 天津：百花文艺出版社，2000.

[2] 棉棉. 啦啦啦［M］. 香港：香港新世纪出版社，1997. 棉棉. 每个好孩子都有糖吃［M］. 天津：百花文艺出版社，2000. 棉棉. 糖［M］. 北京：中国戏剧出版社，2000. 棉棉. 盐酸情人［M］. 上海：上海三联书店，2000.

[3] 邵燕君. 倾斜的文学场——当代文学生产机制的市场化转型［M］. 南京：江苏人民出版社，2003：266.

与挑战心理，为该书及相关的“美女作家热”平添了一把火，不但让地下盗版商赚得盆满钵满，更使得作家与被禁后所转战的阵营——网络出版商形成了共赢的局面。同时，“卫慧、棉棉之争”以互揭私隐、互斥抄袭的骂战一路从北京燃烧到了巴黎，使得这场大戏的幕后策划者——海外出版商获得了巨额的商业利益[1]。

另一方面，报刊、电视、网络等各类媒体对“美女作家”书写中的“隐私性”大做文章，并将对其的挖掘延伸到作者本人身上。在“美女作家”之名横空出世的1998年，《文汇报》在报道中着重描述了这些年轻女作家的外貌“或清秀或亮丽”，衣着举止“处处流露出都市中现代派女性的前卫和时髦”[2]。而女作家但凡接受媒体采访，总是不免会被问到如下问题：“请问，你为什么总是留短发？是一种叛逆吗？”“如何保养皮肤？”“用什么牌子的口红和香水？喜欢穿什么类型的服装？”“你是怎么打扮自己的呢？”[3] 究其原因，20世纪70年代后的女作家们将上一个“六十年代”群体的“个人化书写”演变为“女性私人书写”，与1998年的中国“隐私年”不谋而合，“以安顿《绝对隐私》领先的‘滚滚而来的隐私热’成为文化市场上的‘奇观’。国际上，戴安娜的故事、密特朗的故事、克林顿与莱温斯基的故事极大地刺激了中国读者的胃口，传媒尤其是网络的‘出色表现’更使中国读者以前所未有的速度尝到‘与世界接轨’的快感”[4]。而对隐私的窥视又极大地刺激了彼时业已成熟的商业化大众媒体的神经，围绕着“美女作家究竟价值几何”，引导出社会各界的广泛争议，最终，这一系列的咄咄怪事将“美女作

---

[1] 2001年，法国Philippe Picquier出版社等出版商有意利用法国《世界报》《解放报》等媒体炒作“卫慧、棉棉之争”，在当年巴黎书展上形成了轰动效应。可参见黄荭. 中国“美女作家”在法国［N/OL］. 新华网2005年10月12日，http://news.xinhuanet.com/book/2005-10/12/content_3605429.html.

[2] 邢晓芳. 一批年轻女作家崭露头角［N］. 文汇报，1998-05-21.

[3] 张英对陈染、林白的访谈均以这些问题开场，有趣的是，她在对迟子建的访谈中却没有涉及相关问题。陈染. 不可言说［M］. 北京：作家出版社，2000：1-5. 林白. 我的全部作品都来自于我的生命［J］. 作家，2000（8）.

[4] 滕威. 英雄隐去处中产阶级的自我书写——关于1998年中国文化市场“隐私热”现象的报告［M］//戴锦华. 书写文化英雄 世纪之交的文化研究. 南京：江苏人民出版社，2000.

家”升级成了一种万众参与的社会现象，一个亟待改正的社会问题。

大众传媒在消费时代的迅速崛起和商业化使得人们重构了个体与社会之间的关系，“所见”与“所知”之间的桥梁从传统的单向授受关系变成了在信息爆炸中的自由选择与自主参与；对一个话题多方位、长时间的关注也会使人相信，信息的全面、透明已经构成了一个强有力的、无法辩驳的“事实”。然而，所谓的“自主”背后往往存在着各种力量的裹挟，种种“事实”在本质上不过是一种始终不可靠的叙述。它们极有可能扭曲了真相的本体，并经由大众媒体的不断堆叠和层层符码化，构建起一个看似真实、实则虚幻的世界，使人产生所谓“客观的幻觉”(illusion of objectivity)。研究者分析了19世纪末“照相”在美国残疾人募捐广告中的运用，指出了慈善机构利用当时新兴的黑白照相技术对残疾人进行“真实再现”，以形成一种客观的幻觉。在这个过程中，慈善机构、广告商、观众之间形成了一个团体，而这团体恰恰是排斥了残疾人本身，并以实现对其的进一步边缘化为目的，达到暗示公民有必要进行政治权力斗争与意识形态操控的效果。[1]

一个多世纪后，中国的“美女作家”遭遇了与美国残疾人相似的境遇。“美女作家”事实上是存在于一个由期刊、出版商等媒体和一些目标读者所构成的封闭圈子之中，其本体——作家恰恰是缺席的。除了卫慧本人将自己描述为“内慧外美俱全的美才女”、立志于“做一朵公共的玫瑰”[2]之外，几乎所有作家对“美女作家”一词都异常反感、避之不及。陈染在《一些不连贯的思考》中自陈：“美女作家这个概念是20世纪90年代后期出现的，而我是80年代出道的作家，从辈分上讲应该是‘老’前辈了，所以我不在这个群落中。我的写作和她们的写作姿态也不尽相同，美女作家大多从事的是时尚类写作，而我对时尚一直

---

[1] Evans, Jessica. Feeble Monsters: Making Up Disabled People [M] //Evans, Jessica., Hall, Stuart. et al. *Visual Culture: The Reader*. New York: SAGE Publications, 1999: 274-287.

[2] 卫慧. 痛并快乐着 [J]. 南方文坛，1999 (6).

是心怀警惕的。”[1] 被视为“美女作家”之一的棉棉也愤怒地声称，所谓“美女作家”是一场媒体导演的闹剧，“我们不是牡丹，不是罂粟，我们只是原野里的野树，或者青草，确实不配得到欣赏”[2]。多年后，她仍对此愤愤不平，“我说谁长得像 shit 谁就是美女作家，我是 shit 周围的绿草”[3]。

这场“美女作家”的风暴看似来势汹汹，其核心却空空如也。本该作为其内核的作家不但被排除在了媒体所操纵的圈子之外，更被其不断地污名化。一方面，媒体以隐私性的作家外貌与作品书写为卖点，通过信息的密集轰炸引起读者的“窥私”兴趣；另一方面，批评者、编辑、记者与大众读者又以媒体为载体，通过大规模的争论将话题现象化、问题化，配合着世纪末“人文精神不再”的情绪，营造出“大千世界、无奇不有”，“世风日下、文坛不古”的“事实”。泥沙俱下的众声喧哗造成了“客观的幻觉”，使得“女性文学”“女性主义”彻底污名化，除了少数女作家干脆利用污名的消费性来博取关注，比如卫慧是为数不多的“承认”自己“女性主义”立场的作家之一，对此，她的解释是“就算我是，我觉得我不是那种张牙舞爪那种的，我经常是微笑的，把自己打扮有女性味道的女权主义”[4]；绝大多数女作家都选择了集体回避的态度。正如琼·史密斯（Joan Smith，1953—）的分析所言，“有件永远令人心烦的事，就是媒体总散发出视‘女性主义’为负面词汇的讯息，使得女性害怕被称为女性主义者，即使她们是非常活跃的女性主义者，她们也否认女性主义……一旦被贴上女性主义者的标签，那么你的作品要获得曝光、提升、推动则会变得非常困难……现在的女性不喜欢被分类成女性主义者，因为她们害怕再次地被边缘化”[5]。

---

[1] 陈染. 一些不连贯的思考 [J]. 南开学报（哲学社会科学版），2006（4）.

[2] 棉棉. 一场“美女作家”的闹剧 [J]. 文学自由谈，2001（5）.

[3] 木叶，棉棉. 我的青春是苦糖的天空 [J]. 上海文化，2010（5）.

[4] 卫慧做客新浪 UC《音乐书吧》聊天访谈实录（上）[N/OL]. 新浪网 2004 年 9 月 24 日，http://book.sina.com.cn/author/2004-09-29/3/111320.shtml.

[5] 廖雯. 不再有好女孩——美国女性艺术家访谈录 [M]. 石家庄：河北教育出版社，2002：54-59.

三、后结构主义的渗透：世界困境的理论根源

在很长一段时间内，女作家对“女性主义”“女性文学”的拒斥往往被视为不了解女性主义文化理论的结果，批评界对其“不懂理论”“思想落后”的指责也在一定程度上加重了女作家们的抗拒心理，造成了“批评界愈发激进、而创作界无动于衷”的恶性循环。其实，“我不是女作家”并不是纯中国特色的产物，即便是在女权运动发展了百年有余、女性主义文化理论一再推进的西方，这样的声音也并不罕见。

2013 年，诺贝尔文学奖得主、加拿大女作家艾丽丝·门罗（Alice Munro，1931—）在采访中一口否认了自己的女性主义立场，“我从来不认为自己是女权主义作家……我看问题从不站在强烈的女性角度。我觉得做男人其实真的很难，想想在那些灰暗的贫困年代里，养家糊口的男人们该是面临着怎样的压力呀？”（由笔者翻译）[1]。以小说《金果》闻名的法国作家娜塔莉·萨洛特（Nathalie Sarraute，1900—1999）也有同样的宣言，“当我在写作时，我既不是一个男人也不是女人，既不是狗也不是猫，我不是我自己，我不再是任何东西”（由笔者翻译）[2]。她还进一步否定了当时在西方世界风头正劲的所谓“阴性写作”，认为对这种概念的推崇是毫无意义的。

值得注意的是，相对于中国作家自始至终、由弱转强的拒斥，西方语境中的女作家态度经历了一个“倒退”的过程。20 世纪 70 年代中期至 80 年代中期，“阴性书写”的概念在学术界内甚为兴盛，女性主义文化理论在探讨女性与创造力、女性与写作以及女性与艺术生产上产生了

---

[1] Treisman, Deborah. “On ‘Dear Life’: an interview with Alice Munro” [J]. *The New Yorker*, 2012, 11 (20).

[2] Jefferson, Ann., *Sarraute*, *Nathalie*. *Fiction and Theory: Questions of Difference* [M]. Cambridge: Cambridge University Press, 2000: 96.

令人瞩目的成果。[1] 于女作家们而言，这场女性书写的浪潮完全是一场解放运动，使得她们认识到前几十年文学书写中对女性形象的“阳化”塑造完全是错误的。比如多丽丝·莱辛（Doris Lessing，1919—2013）在为其小说《金色笔记》作序时就指出，男作家往往将女性刻画成欺侮者、背叛者和挖墙脚的人，而且“他们对女性的这些态度都被认为是理所当然的，有着坚实的哲学基础，被认为是相当正常的，而不被认为这是他们仇恨女人、咄咄逼人或是神经过敏的表现”（由笔者翻译）[2]。然而，当《金色笔记》迅速成为西方女性主义文化理论的一大范本时，莱辛却否认了其作品与性别差异的关联，反而声称该作恰恰是为了取消所有差异而写的，小说的最后，索尔和安娜两人迥异的个性在精神崩溃后消失了，两人之间，乃至他们与其他人之间变得难以区分，因为作者认为，用非此即彼的眼光来看待事物是错误的。

为什么这些女作家对她们作品所烙印着的女性印记深感懊恼？为什么她们不愿意承认自己是女作家？对此，陶丽·莫伊（Toril Moi，1953—）指出，“我不是女作家”是整个世界文学中的共同现象，这与全球范围内女性主义文化理论中女性与文学、女性与创造力等问题的边缘化相关，其背后隐藏着复杂的理论根源。

其一，在20世纪70年代后期，后结构主义理论在西方兴起，“七十年代末，巴特的文章《作者之死》已被四处引用；同样具有影响力的是德里达‘文本只是文本’的系统性尝试，他认为文本是一个符号系统，其意义来源于能指符号的游戏，而与发言主体无关；福柯激进的反

[1] 该时期出现了一大批关于女性书写的理论论著，至今仍被视为该领域中的代表作，包括Elaine Showalter，*A Literature of Their Own*（1977）（《她们自己的文学》），Mary Jacobus，*Women Writing and Writing about Women*（1979）（《女性书写和关于女性的书写》），Peggy Kamuf，*Fictions of Feminine Desire*（1982）（《关于女性欲望的小说》），Nancy Miller，*The Politics of Gender*（1986）（《性别政治》）等等。

[2] Lessing，Doris. *The Golden Book* [M]. New York：Columbia University Press，1999：14.

人文主义也影响极广”（由笔者翻译）[1]。这些理论不可避免地渗透到了女性主义文化理论之中，使得那些探讨女性与书写间关系的研究者产生了自我怀疑：当作者都已变得不再重要时，“作者是女性”究竟还能有什么意义呢？在20世纪80年代，佩吉·卡穆夫（Peggy Kamuf，1947—）、南希·米勒（Nancy Miller，1941—）与佳亚特里·斯皮瓦克（Gayatri C. Spivak，1942—）先后参与到对相关问题的阐释与争论中，但并没有得出结果。[2] 据莫伊考证，关于女性、写作和文学的理论自1989年后彻底销声匿迹，作者性别究竟意义几何，仍然是一个悬而未决的问题。

其二，朱迪斯·巴特勒（Judith Butler，1956—）的《性别麻烦》一书于1990年问世，该书以石破天惊的观点解构了所谓“女人”的概念，指出“性别”是异性恋霸权结构下的一种“表演性”结果。其理论旋即在女性主义理论，乃至整个后现代理论中产生了几乎是革命性的影响，女性主义理论研究者也彻底转移了原先在文学和文学理论上的注意力。“整个20世纪90年代，女性主义理论家们投入美学、艺术的精力更少了。‘女人’一词的使用变得困难，除非加上引号。到20世纪90年代末时，进一步发展女性和写作理论的基础已经消失了。”（由笔者翻译）[3]

对于本土学界而言，理论的译介和传播与西方世界一般存在着十年的滞差，对巴特勒的介绍和阐释是在21世纪后才出现，而且，由于巴特勒本人的前卫姿态和其著作的晦涩文风，国内对其的接受至今仍相当

---

[1] Moi，Toril. “‘I Am Not a Woman Writer’：about women，literature and feminist theory today” [J]. *Feminist Theory*，2008，9（3）.

[2] 1981年与1989年，卡慕夫与米勒就女作家的地位展开两次争论，前者在解构主义的立场上否认了女作家的意义，后者则从政治目的出发，认为女作家要坚守女性主义立场；1984年，斯皮瓦克提出“策略性的本质主义”，支持米勒的观点。详细论争过程可参见莫伊的梳理，Moi，Toril. “‘I Am Not a Woman Writer’：about women，literature and feminist theory today” [J]. *Feminist Theory*，2008，9（3）.

[3] Moi，Toril. “‘I Am Not a Woman Writer’：about women，literature and feminist theory today” [J]. *Feminist Theory*，2008，9（3）.

有限。同样晚了十年的后结构主义于 20 世纪 90 年代初开始进入本土，虽然始终未曾跻身学术研究的主流方法，但其思维方式所带来的观念和立场的改变，却产生了深远的影响。

在 20 世纪 80 年代，人道主义的启蒙思潮使得人们转向了具有人文倾向的西方思潮，彼时风靡中国学界的是存在主义、尼采和弗洛伊德的相关学说，为颠覆偶像、强调个人独立和主观经验为“大写的人”的崛起提供了强大的理论支撑。及至 20 世纪 90 年代，结构主义虽然经由港台学者的介绍而传入国内[1]，但并未获得广泛的关注，这一方面是由于理论本身的艰涩，及其所依托的语言学背景增加了研究者的接受难度，另一方面也是结构主义虽然无时无刻不在追求文本的“深层表意结构”，但其思想并没有明确的针对性，与主流意识形态并不构成直接的冲突，使得理论者感到“宝刀虽好，却无用武之地”。所以，在一阵短暂的流行之后，作为一种理论方法的结构主义迅速退出了人们的视野。而几乎同时进入人们视野的后结构主义，却以渗入思维方式的方法获得了学界的认同。其一，福柯的话语权力结构、雅克·德里达（Jacques Derrida，1930—2004）的解构主义理论具有鲜明的意识形态拆解性，暗合了理论界对思想冲击力的渴求。其二，作为后结构主义的代表性人物，詹明信以意识形态批评策略和后现代的视点为 20 世纪 90 年代商品逻辑中的中国社会提供了有力的解释，其本人又与中国有着相当紧密的联系[2]，进一步催化了后结构主义理论在中国的传播。其三，20 世纪 90 年代后期，一批在国外求学、任教的学者开始参与到国内理论界的讨论中，这些包括张旭东、刘康、张隆溪等人在内的“海外汉学”学者接受了系统的西方学术训练，其后结构主义的理论背景也在国内学界引

---

[1] 最早介绍结构主义并用其研究中国文学的是张汉良、郑树森、周英雄等一批港台学者，其中，周英雄于 1990 年在大陆出版了《比较文学与小说诠释》，其中的《结构主义是否适合中国文学研究》《结构、语言、文学》两篇文章产生了较大的影响。周英雄. 比较文学与小说诠释 [M]. 北京：北京大学出版社，1990.

[2] 1986 年，詹明信在北京大学比较文学与文化研究所讲学半年，其后又招收了包括张旭东在内的几名中国学生，至今还与国内理论界的许多学者保持交往。

起了一定的反响[1]。

在当代中国，现代性与后现代性呈现出同步渗透的态势。女性主义、后结构主义是这场“西学东渐”的客观结果，也是理论界在实践中主动选择的青睐对象。但是，在西方思潮“一股脑儿”的倾入中，理论界无暇分辨女性主义文化理论的混杂性背景，也无力辨析其与其他理论资源的互相渗透，更无法将之与本土的文学创作形成有效的对接。最终，在“我不是女作家”的问题上，只能简单粗暴地归因于作家本人的理论素养，而忽视了这一世界范围内困境的理论根源。

第二节 身份策略的选择

某种污名一旦形成，蒙受污名者就会面临如何应对污名指认、如何选择身份策略的问题，即如何来进行所谓的“信息控制”（information control）。如高夫曼所说，这种“管理与他的缺陷有关的信息”是一个相当复杂的应激系统，蒙受污名者不仅需要考量“展示与否、告诉与否、透露与否、说谎与否”，还必须在以上每一种境况中一次次地思考“对谁做、怎样做、何时做，在哪里做”（由笔者翻译）[2]。因为，污名的应对策略与身份认同直接相关，这不但包括了社会认同，即人们如何对待他；个人认同，即如何进行信息控制；还包括了自我认同，即如何应对个体感受。

在面对性别上的污名时，女作家往往在撇清与“女”的关系的同时，将注意力转移到对“人”的指认上，“我并不是女性主义作家，我的写作是关于广阔的人性天地”。为什么对女性身份的拒斥会与对人性

[1] 陈晓明曾以张旭东、张隆溪、陈燕谷等人对后结构主义的运用为例，说明其在中国学界的影响。陈晓明. 结构主义与后结构主义在中国［M］. 2 版. 北京：首都师范大学出版社，2011.

[2] Goffman, Erving. *Stigma: Notes on the Management of Spoiled Identity* [M]. New York: Simon & Schuster, 1986: 42.

意义的强调联系在一起？干预她们做出这种认知的权力系统究竟是什么？其背后有着怎样的心理、文化及社会因素？在共同的污名困境中，女作家在对“女性”这一信息进行管理时因认同上的差异而在身份策略的选择上产生了不同的路径，并进而在文本策略上呈现出分野的态势，在同一个“指女为人”的表象下暗藏了迥异的走向——或是女扮男装，以去女化的方式跻身写作主流；或是“雌雄同体”，以直视身份的姿态坚持自我的立场。

一、“厌女症”与“人性情结”：对投射的内化

对多样题材、多元风格的追求，是不少写作者的毕生目标。不在有限的范围内重复自己、努力拓展书写的边际，也是判定一个作家优秀与否的重要标准之一。对于一个写作者而言，不想被读者或批评界的一个或几个“标签”所概括或限定，生怕自己“被说小了”，这种心态本是无可非议。比如，王安忆在《长恨歌》出版后颇为声名所累，一再强调自己是“为审美而关注女性”：“写什么，怎么写，只有一个理由：审美。我身上有两个标签，一个是上海，一个是女性，这都是我不愿意的。标签把写作狭隘化了。”[1] 又如迟子建也认为：“我从来没有认真考虑过自己的定位，但有一点敢肯定，我从来不入任何潮流。”“我最怕谁定义我，这是很恐怖的。其实每个人都是多面的，尤其是作家的内心是十分丰富而复杂的，不可能完全定义在某一点。”[2]

从表面上看，“对标签的恐惧”是作家为了避免自我被局限化，从而将书写努力向差异化和多元性上拓展的结果。但不难发现，女作家对“标签”的拒绝实际上具有相当强的选择性，她们所恐惧的并不是普遍类型化所带来的所有界限，而只是其中与“性别”相关的指认。比如，张洁撇清了与女权主义的关系，表示“对任何一个社会来说，张洁都是

[1] 王安忆. 为审美而关注女性［M］//王安忆说. 长沙：湖南文艺出版社，2003：274.
[2] 迟子建，闫秋红. 我只想写自己的东西［J］. 小说评论，2002（2）.

一个批判者”，因为“女人所受到的不公正待遇，不仅仅是女人问题，它像就业、种族歧视、社会暴力、战争、饥饿、环保等等问题一样，是社会问题的一部分，要靠全社会的根本进步来解决，女权主义固然可以帮助妇女解决某些问题，但不能从根本上解决女人的问题”[1]。颇具代表性的是张抗抗在1985年西柏林举行的“地平线艺术节·华文文学与女性文学”国际女作家会议上所发表的“我们需要两个世界”的宣言：“女作家完全可以有一个广阔的天地。妇女文学这个游泳池太小了，完全可以到大海里去游泳。”“我想我首先是一个人，其次才是一个女人；我首先是一个作家，然后才是一个女作家。”[2]

为什么“厌女症”总是与“人性情结”捆绑式地出现？即为什么对性别身份的否认总是与对人性的指认相关？为什么二者会呈现出“先是人，然后才是女人”的等级次序？换言之，女作家为什么认为在文学书写中，写女性与写人性是非此即彼、不可调和的矛盾两端，且后者在境界上更胜一筹？

在女作家眼中，女性低于人，并作为其次等属性而存在，所以，对人性的刻画自然比书写女性更加高明——她们所认同的是性别的本质主义，即性别作为一种人类内部的生理或社会本质，其本身存在着优劣之分，更重要的是，这种区分还被认为是永恒不变的。本质上，对“写人性”的肯定和对“写女性”的鄙夷所反映出的，是女作家们对男性所代表的公众领域的艳羡与向往、对女性属于私人领域的默认和遗憾，是对“大我”或是“小我”的主流意识形态指引的追随，也是对作为能动性主体的“人”在形而上学中心位置的坚守。可见，即便是在“个性化”与“个体化”已经被张扬到了所谓“狂欢化”的世纪末，“个体”仍是一个“我思故我在”意义上的坚硬内核，其一体性与连续性始终难以被僭越。从某种意义上说，“公共”话语仍占据着血统论的至高地位，只是相对于家国天下的集体叙事，它走向了悲天悯人的人性话语，看似无

[1] 荒林，张洁．存在与性别，写作与超越——张洁访谈录［J］．文艺争鸣，2005（5）．
[2] 张抗抗．我们需要两个世界［J］．文艺评论，1986（1）．

限膨胀的“私人”只能扩展到有限的地步，个体、个性在多向度上（包括性别）展开的可能性依旧是一个被选择性忽略的命题。

然而，无论在何种意义上，本质主义都是一种隐形的意识形态策略：它通过将一些社会构建的现象归咎于某些自然恒定的因素，以图合法地实现对一些群体的“他者化”，实现思想专制能力的建设。罗兰·巴特（Roland Barthes，1915—1980）曾指出，资本主义社会的意识形态持续性地将历史产物转化为一些本质类型，以抹去其最初诞生时的意义，达到为其所用的目的。[1] 高夫曼也认为，“构建污名理论是一种意识形态，以此来解释他的低人一等和所代表的危险，它将基于社会阶级或其他的差异的敌意合理化了。在日常用语中，我们使用跛子、私生子、傻子之类的特定污名术语，以此作为隐喻和意象的一种源头，但往往不去考虑其原始意义”（由笔者翻译）[2]。对于陷入性别本质主义的女作家而言，她们潜意识中对“女性低于人而存在”的认同强化了自身与外界关于“女性文学”“女性主义”的一系列定型化想象，而她们的语言、题材、风格、特征等又反过来充当了“女性属于次一等存在”的证明材料，这一“越描越黑”的循环最终支撑了“女性书写有着天然的局限性，只有写人性才会有更为广阔的天地”的逻辑。

性别本质主义的后果之一即为“厌女症”（misogyny）[3]，这是指对女性化、女性倾向以及一切与女性相关的事物和意义的厌恶，并把妇女，尤其是妇女的性，当作死亡与痛苦，而非生命和快乐的象征。从社会心理上看，“厌女症”是男权思维“投射”（projection）的结果，即男权中心文化将正面因素与情绪指认为“男性”特征，并上升为一般意义上的正统规范，比如“人”或“人性”，而将一些不愿意承认的自我

---

[1] [法] 罗兰·巴特. 神话：大众文化阐释 [M]. 许蔷薇，许绮玲，译. 上海：上海人民出版社，1999：169-206.

[2] Goffman，Erving. *Stigma: Notes on the Management of Spoiled Identity* [M]. New York：Simon & Schuster，1986：5.

[3] “厌女症”原是医学定义上的症状，表现为一种对女性的仇恨或者强烈偏见。在女性主义理论中，“厌女症”被认为是男权主义症状的一种表现形式，其存在是为了合理化和维持女性对男性的从属地位。

情感、愿望与特质逐出自身，并将其指向敌视的对象——女性。如同西格蒙德·弗洛伊德（Sigmund Freud，1856—1939）对矛盾情感(ambivalence）的解释，人们“在潜意识中对死者之死表示满意却又（在意识中）被痛苦地感受到敌意”是因为“生者一无所知而宁可一无所知的（对死者的）敌视情感被从内部感知投射到外部世界，并因此脱离开他们而被推到其他人身上”。[1] 这些强烈的拒斥情感在本质上是一种“心理防御”，其背后所隐藏着的，是人们对自我某些不愿接受部分的剥离与否认，也是对不愿承认的爱与欲望的辩护。

值得注意的是，“厌女症”虽是男权中心文化的产物，却并非男性专属，在许多女性中也同样存在，女作家的“反女性主义”情绪正是其表现之一。换言之，她们将这种投射完全“内化”（internalization）了，不但在思想观点上认同男性中心思维，更与自己的境况结合在一起，形成了自我同一性。作为蒙受污名者的女性非但不认为“厌女症”有什么错误或“人性情结”值得质疑，她们还彻底接受了这个价值体系，并付诸全部努力来为其所接受。于是，在“厌女症”与“人性情结”的背后呈现出了一副吊诡的画面：侮辱者与被侮辱者坐上了同一条船，只是一方在竭力推其下船，而另一方则在挣扎上船，污名的施动与被动两端都认为“登船”是意义所在，而从没有想过上岸或是游走的可能性——她们所认同的是同一个价值观。

二、“假装”:“花木兰写作”的重生

自20世纪90年代后期开始，出于对性别污名的回应，一些女作家有意无意地改变了原先的文本策略。王安忆通过《姊妹们》表达了对“姐妹情谊”的否定，又尝试走出一些传统的“故事的壳”，放弃了“一个男人和一个女人相爱”“一个人杀死另一个人”“一个人要从死里逃

---

[1] ［奥］西格蒙德·弗洛伊德. 图腾与禁忌［M］. 赵立玮，译. 上海：上海人民出版社，2005：78-79.

生”的叙事[1]，写出了纯男性世界且无关情爱的《遍地枭雄》；林白告别了“曾经古怪、神秘、歇斯底里、自怨自爱”和“阴雨天的窃窃私语，窗帘掩映的故事，尖叫、呻吟、呼喊，失神的目光，留到最后又剪掉的长发”[2]，意识到“我首先要做的是，把自己从纸上解救出来，还给自己以活泼的生命和广阔的视野以及宽敞的胸襟”[3]。她们所转向的创作理念被铁凝概括为“第三性意识”，她在阐释小说《玫瑰门》时谈道：

> 我设想那大约归结于我本人在面对女性题材时，一直力求摆脱纯粹女性的目光。我渴望获得一种双向视角或者叫“第三性”视角，这样的视角有助于我更准确地把握女性真实的生存境况。在中国并非大多数女性都有解放自己的明确概念；真正奴役和压抑女性心灵的往往也不是男人，恰是女性自己。当你落笔女性，只有跳出性别赋予的天然的自责心态，女性的本相和光彩才会更加可信。进而你也才有可能对人性、人的欲望和人的本质展开深层的挖掘。[4]

“摆脱纯粹女性的目光”，“跳出性别赋予的天然的自责心态”，“对人性、人的欲望和人的本质展开深层的挖掘”，这种“第三性意识”“双向视角”是通过突出书写中的“人”与“人性”来隐藏其性别痕迹，换言之，作者不但不承认或彰显女性意识，更假“超越”之名将其刻意抹去，“第三性意识”实质上是“无性别意识”。这种将“可见”的性别属性转换为“不可见”的策略即为“假装”（passing）：“假装他为人所知的不同之处不相干而且没人注意”，进而将“不能立即看出，又不事先为人所知”（由笔者翻译）的污名隐藏起来。[5]

---

[1] 王安忆.《遍地枭雄》后记［J］. 当代作家评论，2005（5）.
[2] 林白. 万物花开［M］. 北京：人民文学出版社，2003：94.
[3] 夏榆.《枕黄记》：在纸上的自我解救［N］. 南方周末，2006-05-19.
[4] 铁凝. 对面［M］. 石家庄：河北教育出版社，1995：3.
[5] Goffman, Erving. *Stigma: Notes on the Management of Spoiled Identity*［M］. New York: Simon & Schuster, 1986：73-91.

铁凝坦言，“第三性意识”的提法是受到了朋友“女扮男装”的启发，“我有个好朋友是搞河北梆子的。她经常在舞台上扮演钟馗。钟馗可以说是男人中的男人，她说她演的时候很自信，男人有男人的理解，女人有女人的理解，女人的钟馗更丰满更细腻”[1]。女扮男装，并从中产生女性独特的理解、开辟出一片新天地，这种煞费苦心的“伪装”一如20世纪50年代以来的“花木兰写作”。戴锦华在分析共和国女性书写的两个幽灵——秦香莲与花木兰时指出，后者提倡“和男人一样投身大时代，共赴国难，报效国家的女英雄”，这意味着“对男性、女性间深刻的文化的对立与间或存在的、同时被千年男性历史所强化、写就的性别文化差异的抹杀与遮蔽”[2]。事实上，新时期以来，“铁姑娘”式的妇女解放运动和“花木兰”式的书写都受到了诸多批评与反思，共同构成了20世纪80年代新启蒙运动的一部分，从《北极光》到《我在哪儿错过了你》，对革命时期延续以来的“去性化”的批判、对作为独立群体的女性的呼唤，顺着20世纪80年代对主流意识形态的拆解扭结成一股强大的力量。但自20世纪90年代以来，消费社会的商品逻辑渗透到了社会意识的各个层面，为了拒绝大众的“窥私”，反抗“被物化”、被当作欲望符号的命运，“小荷才露尖尖角”的性别意识不得不采取“向后退”的策略，而此时，20世纪80年代所打造的新的神坛——“人性”成了最佳的避风港。于是，“花木兰写作”在20世纪90年代末被悄然重写，这其中既延续了20世纪50年代以来对男性价值系统不加辨析的继承，也面临着世纪末时期的独特境遇。

一方面，不同于几十年前在话语裹挟下的不自知，女作家们已经在新时期初期完成了性别意识的初步觉醒，她们重回“花木兰写作”不再是迎合意识形态导向的产物，而是试图以强硬的态度来回击不怀好意的窥视，显示出对被异化为小丑的警惕，也避免了通过强调男女二元对立来看似凸显、实则矮化女性的陷阱。张抗抗曾非常清醒地指出：“我不

---

[1] 王过，范永恒. 铁凝：第三性视角［J］. 英才，1999（7）.

[2] 戴锦华. 涉渡之舟：新时期中国女性写作与女性文化［M］. 北京：北京大学出版社，2007：45.

知道那些强调女性性别倾向的意见，是否是一种深层心理结构上女性自卑感的反向体现。”她还铿锵有力地呼吁道：“只有当不再需要三八国际劳动妇女节来提醒男人们尊重妇女的时候，妇女才有真正的节日。”[1]这与丁玲在《“三八节”有感》的疑问如出一辙：“‘妇女’这两个字，将在什么时代才不被重视，不需要特别的被提出呢？”[2]

但另一方面，“花木兰写作”终究面临着性别的缺席，以“去女化”的方式铭刻了“女性属于次一等存在”的污名。弗朗茨·法农（Frantz Fanon，1925—1961）在《黑皮肤，白面具》中描述了黑人的境遇，指出白人认为自己比黑人优越，而一些黑人又不惜一切代价向白人证明自己思想丰富、有同样的智力，事实上，所谓的“黑人灵魂”是被白人所建构的，因为他们认为自己比黑人优越，并利用“黑人想变成白人”的心理来实现自身的等级地位，进而完成对其的奴役[3]。将这种种族境遇置换为性别场景，其逻辑也同样成立，并无二致。而且，在20世纪90年代的语境中，相较于后革命时期的浑然不觉，作家们的选择则更近乎“清醒中的沉沦”：她们清楚地知道，不论进退都会导致污名化的结果，于是只能在两难中选择了看似程度稍轻的那一种，而且，她们表面上已经习惯了这套社会法则，但其实困境一直都在。女作家所不明白的是，在缺乏性别身份的自我尊重、自我接受这一前提下，选择天平的任何一端都只会导向同一个结果，因为尽管“污名者对内心深处的自我认识也许就是做个‘正常人’”，但其实“无论别人如何声称，他们其实并不真正‘接受’他，也不准备‘平起平坐’地对待他”（由笔者翻译）[4]。在一个性别歧视的社会里，被认定为女性的人们被视为男性正统之外的他者，而被认定为女性的人又总还是需要有人来认定她。事实上，只有当她们“变得感到自己能够超越‘假装’，感到能接受自己、

---

[1] 张抗抗. 我们需要两个世界 [J]. 文艺评论，1986 (1).
[2] 丁玲. “三八节”有感 [M] //丁玲全集第7卷. 石家庄：河北人民出版社，2001：60.
[3] [法] 弗朗兹·法农. 黑皮肤，白面具 [M]. 万冰，译. 南京：译林出版社，2005：3-4.
[4] Goffman, Erving. *Stigma: Notes on the Management of Spoiled Identity* [M]. New York: Simon & Schuster, 1986: 7.

尊重自己，没有必要隐瞒‘缺点’”（由笔者翻译）[1] 时，其所采取的策略才会行之有效，她们才有可能真正赢得书写上的自由。

三、“现形”:“波伏娃困境”的出路

在转投人性之外，另一些作者选择了直视自我的性别身份，正面回击了加诸其上的种种污名，显示出“性别意识自主呈现”的文本策略。比如徐小斌在 20 世纪 90 年代前期尚且“对于西方的女性主义还没有任何了解”，只是认识到“我的小说却暗合了女性主义的某些观点”，到世纪末时她已完全觉醒，“自觉地摒弃了用以掩饰自己的人格面具，喊出了属于自己的声音”，她明确指出在小说《双鱼星座》中，“我第一次自觉地写了逃离的对象——那就是这个世界，这个菲勒斯中心的世界”[2]。面对女性小说“准黄色”“助纣为虐”的道德批判[3]，徐坤以强硬的姿态反驳了被污名化的女性性体验书写，在《因为沉默太久》中，她写道：“当整个历史和现实都已变成了男性巨大的（实际上非常孱弱）菲勒斯的自由穿行场，未来的云层和地面上竟相布满了男性空洞的阉割焦虑的时候，女性以她们压抑已久的嘶哑之音，呼喊与细语出她们生命最本质的愤懑与渴望，……标明她们心底的不甘和颠覆的决绝，……若不在沉默中爆发，便是在沉默中灭亡。一旦铁树开花，哑巴说话，会招致一些惊异或怪异的目光，就显得十分正常了。”[4] 这种理念可以被概括为陈染所提出的“超性别意识”，在一次演说中，她提出“真正的爱超于性别之上，就像纯粹的文学艺术超于政治而独立。它们都是非功利的，是无实利的艺术”[5]。同时，她明确指出“超性别意

---

[1] Goffman, Erving. *Stigma: Notes on the Management of Spoiled Identity* [M]. New York: Simon & Schuster, 1986: 87.

[2] 徐小斌. 逃离意识与我的创作 [J]. 当代作家评论，1996 (6).

[3] 丁来先. 女性文学及其他 [N]. 中华读书报，1995-12-20.

[4] 徐坤. 因为沉默太久 [N]. 中华读书报，1996-01-10.

[5] 陈染. 超性别意识与我的创作 [M] //断片残简. 昆明：云南人民出版社，1995：124.

识”并不等同于“无性别意识”：“但也不是无性别。超性别——和中国过去一直按男性规则创作的女作家们，她们实际上是迎合男性，是无性别——不是一回事。我觉得超性别更前进了一步。就是不局限于性别。和根本就没有性别还不是一个层次。”[1]

“超性别意识”与“无性别意识”（或其另一个名字“第三性意识”）的根本性差异即在于前者是以承认并接受自己的性别身份为前提的。“一般情况下，倘若有人称我是作家，或者称我是女作家，我并不以为有什么本质上的不同，我并不觉得称我为女作家就意味着一种贬损或降低，这只是一种性别标志而已。我为自己的女性性别感到荣耀！”[2] 这种主动展示并挖掘性别身份的书写策略可被称为“现形”，即在面对种种窥探与揣度时，不再躲躲闪闪或转移目标，而是堂堂正正地将性别身份公之于众。

不论是“假装”，还是“现形”，都是为解决女性书写中根深蒂固的“波伏娃困境”而采取的策略。波伏娃在《第二性》一开篇就指出，在这个世界里，男性是普遍的，而女性是他者。于是，她开始在“不得不抹去自身主体性”与“被迫抹去自身性别主体性”中逡巡徘徊：

> 如果进行理论讨论时听到一个男人说：“你这么想是因为你是个女人”，这当然令人恼火。可我也懂得，唯一的自卫方式是说：“我这么想是因为事实本身就是这么回事。”这样就把我的主观自我排除在讨论之外。我面对这样的问题不可能这么回答：“你的想法之所以和我相反，是因为你是个男人。”因人人都觉得做个男人没有什么特别的。男人在做男人时是正当的，而女人在做女人时却是不正当的。就是说，古时候人们用垂直线测量倾斜的东西，而现在男性就是人类的绝对标准。女人有卵巢和子宫，她在主观上受到这种特殊限制，因而把自己局限在本性之内。[3]

---

[1] 陈染. 不可言说［M］. 北京：作家出版社，2000：91.
[2] 陈染. 一些不连贯的思考［J］. 南开学报（哲学社会科学版），2006（4）.
[3] ［法］西蒙娜·德·波伏娃. 第二性［M］. 陶铁柱，译. 北京：中国书籍出版社，2004：18.

在她看来，女性的困境就在于，要么被所谓“普遍”所剔除，从而束缚在性别之中，要么通过贬低自身来伪装成其类属。对于女性书写而言，如果只能“像女人一样进行创作”，女作家们自然会不甘局限在某种刻板规范里，但是，如果不得不抹去性别痕迹，以一种广义的人的属性进行写作，她们也迟早会为性别与人性间的分裂而感到痛苦。

作为一种“现形”策略，“无性别意识”的成功之处就在于大胆地取消了“不得不抹去自身主体性”与“被迫抹去自身性别主体性”之间的对立性，在面对两难境地时避免了倾向任何一方：避免选择做一个作家还是一个女人，避免舍弃人性还是性别，也避免在特别存在形式与自身内部间站队。即它挑战了两难境地存在的根本性逻辑——性别主体性与主体性是类属或矛盾关系，而走向了基于融合的超越。

溯其根源，这种策略最初来源于弗吉尼亚·伍尔夫（Virginia Woolf，1882—1941）对塞缪尔·泰勒·柯勒律治（Samuel Taylor Coleridge，1772—1834）“睿智的头脑是雌雄同体”的阐发，“任何创造性行为，都必须有男性与女性之间心灵的某种协同。相反还必须相成”[1]。陈染对此表示深为认同，“我以为，这话的意思不仅仅指一个作家只有把男性和女性两股力量融洽地在精神上结合在一起，才能毫无隔膜地把情感与思想传达的炉火纯青的完整。此外，我以为还有另外一层意思：一个具有伟大人格力量的人，往往首先是脱离了性别来看待他人的本质的。欣赏一个人的时候，往往是无性的。单纯地只看到那是一个女性或那是一个男性，未免肤浅”[2]。“这并不意味着缩减或隐藏我们作为女性的特质，恰恰相反，我以为这是更加扩展和光大了我们作为女性的荣光。”[3]

长期以来，伍尔夫因其“女人要想写小说，必须有钱，再加一间自己的房间”而被视为倡导女性写作的标杆性人物，然而，她并不是埃莱

---

[1] [英] 弗吉尼亚·伍尔夫. 一间自己的房间：本涅特先生和布朗太太及其他 [M]. 贾辉丰，译. 北京：人民文学出版社，2003：85.

[2] 陈染. 炮仗炸碎冬梦 [M] //断片残简. 昆明：云南人民出版社，1995：99-100.

[3] 陈染. 不可言说 [M]. 北京：作家出版社，2000：91.

娜·西苏式的女性主义者，她认识到“任何写作者，念念不忘自己的性别，都是致命的。任何纯粹的、单一的男性或女性，都是致命的；你必须成为男性化的女人或女性化的男人。女人哪怕去计较一点点委屈，哪怕不无道理地去诉求任何利益，哪怕或多或少刻意像女人那样去讲话，都是致命的”。相较于埃莱娜·西苏“写你自己。你的身体必须被听到”，伍尔夫所认可的书写典范是“像女人一样写作，但又忘了自己身为女人，所以她的字里行间充满了独特的性的质感，这只有在对自己性别没有意识的时候才能达到”[1]。换言之，女人必须写作，且不能够忘记她们的性别，但这并不意味着她们的书写要受到任何条条框框的限定，相反，她们只需要关注现实、思考自身，因为“做自己要比任何事情都要更重要”[2]。

于是，在承认自身性别，但又超越单一性别视角的努力下，陈染的创作从拿手的女性题材入手，显示出强烈的个人色彩，从《无处告别》到《潜性逸事》，从《麦穗女与守寡人》到《私人生活》，她表达了女性内心与身体的成长，也展现了个体与世界的关系，她找到了自己的声音，建起了一幅自己的图景：她在以女性的方式写作，但她并不为避开污名而另辟蹊径，而是以鲜明的性别风格坦然自居，进而将关于个体与性别的言说镌刻进了书写的历史。

---

[1] [英] 弗吉尼亚·伍尔夫. 一间自己的房间：本涅特先生和布朗太太及其他 [M]. 贾辉丰，译. 北京：人民文学出版社，2005：91.

[2] [英] 弗吉尼亚·伍尔夫. 一间自己的房间：本涅特先生和布朗太太及其他 [M]. 贾辉丰，译. 北京：人民文学出版社，2005：97.

第五章　异质书写与性别表述

文本在审美形态上呈现出异质性，可谓当代文学的一大特征，叙事方式上的欲望化、情绪化和游戏化与情感表达上的即时性、杂糅性和流动性，极大地挑战了原有的文学命名与文化理念，使其成了一个“狂欢”[1]的文学时代。一方面，这种异质性以“反叛性”为表征，通过张牙舞爪，甚至是哗众取宠的书写来极尽夸张、前卫和另类，以挑衅的姿态冒犯了宏大叙事“神圣”的内在整一性。另一方面，这种异质性又以“丰富性”为目的，通过种种颠覆和破坏的叙事来反抗庸常和拒绝类同，凭借着“脱轨”“触底”的书写来探索人性的复杂性、个人与世界关系的可能性。

当代女性书写也不外如是。就女性形象而言，这一时期的女性文本大多告别了“迷蒙的青春少女”“坚忍的善良母亲”“活力的现代女性”，而出现了大量“离经叛道的问题少女”“桀骜不驯的神经质女子”“放纵堕落的都市女郎”。就整体风格来说，五四时期那种以讴歌真善美为主题的书写倾向日渐边缘化，尽管《斯人独憔悴》《雨，沙沙沙》式的温柔敦厚仍在《雾月牛栏》《孕妇与牛》等作品中得以延续，但更多的女性文本走上了“反叛”的道路，《无处告别》《奔跑的火光》《云破处》式的狂放与叛逆成了这一时期女性书写的主流，其所呈现出的乖戾凌厉或冷静深邃在使人耳目一新的同时也引起了文坛乃至社会的争议。

---

[1] 梁鸿用“狂欢”来概括20世纪90年代的文学与文化现象，并认为这种“狂欢”叙事被大众文化“挟持”而以“共谋”的形象出现，可参见梁鸿.“狂欢”话语考：大众文化的兴起与九十年代文学的发生［J］. 当代作家评论，2009（5）.

这类异质书写在20世纪八九十年代大规模出现，以“众声喧哗”的景象造成了文坛乃至整个社会的巨大震动。比如性话语，从《废都》《上海宝贝》到《我爱美元》，身体的秘密与欲望的快乐不但突破了新时期以来的性话语的政治暗示性，更是脱离了基本的道德伦理秩序；比如同性恋书写，从《一个人的战争》《似水柔情》到《桃色嘴唇》，隐秘的个体经验暴露出生命存在与审美形态的复杂性，也触及人与世界的疏离感。从本质上看，异质性即为一种反差——不仅是相对于作为其背景的20世纪80年代文学，也是相对于作为前历史的整个20世纪中国文学，它以“越写越出格”的方式打破了文学书写的主流话语，而使得各类长期被压抑与忽视的边缘化经验获得了发展的空间。究其原因，不仅是因为消费时代促成了文学与文化的多元分化及意义真空，“个人”在其所分裂出的各个范畴中越走越远；更是由于审美观念与方式在世界范围内产生了重大变革，即本雅明（Walter Benjamin，1892—1940）所谓的由传统的“静观式”转向了机械复制时代的“震惊式”，而这背后实则是包括知识谱系、思维空间和话语方式等在内的整个文化机制的全面更新。

在这些不同向度的书写中，性别表述上的差异及其遭受的不同境遇是值得考察的问题。比如，同样是露骨放纵的性描写，为什么人们可以在21世纪后接受了《废都》，却始终拒绝了《上海宝贝》？同为同性恋题材的创作，林白与崔子恩的文本策略又有何不同？是否可以为其所获得的不同评价做一注解？通过这种对比求异而非归纳求同，我们也许可以探寻到这些异质书写背后所隐含的性别政治与文化症候，进而挖掘出“个人”与“女性”的话语是如何与当代文学的审美形态产生了勾连。

第一节 性话语:《废都》与《上海宝贝》

在当代文学史上，贾平凹的《废都》和卫慧的《上海宝贝》所引起的文坛争议和社会轰动恐怕是其他任何作品都难以匹敌的。文本本身的异质性，及其在商品逻辑下的宣传、销售与传播方式，使得这两部小说一经推出就引起了广泛的关注，并从文学文本创作上升为具有轰动效应的社会事件。

毫无疑问，《废都》与《上海宝贝》的异质性都在于放纵得几近失控的性话语，及其所营造出的迷茫、虚无和颓废的氛围。1993 年，《废都》出版，小说从杨贵妃墓地里的一则性爱异闻及对它的卜卦预测开始，以庄之蝶与牛月清、唐宛儿、柳月、阿灿四位女性的性爱关系为基本框架，失去了精神性的文人在灵与肉之间不断沉沦，同“废都”西京城一起萎靡、堕落与腐朽。1999 年，《上海宝贝》问世，小说以 20 世纪末的上海为背景，通过倪可在天天、马克之间放浪形骸的肉欲狂欢塑造了一个情欲自主的“新新人类”，她在酒吧、橱窗、派对里的流连忘返和纵情声色，散发出混合着物欲与肉欲的颓废气息。

一、知识分子心态与后殖民寓言

《废都》中的性话语始终是饱受非议的，其异质性不仅在于性描写流于动作而缺乏诗意，多少有纵情肉欲之嫌，更是因为从女性主义的立场来看，小说中的女性被任意狎玩，进而被物化为男性的客体，仅作为性的符号而存在。庄之蝶在女性腿根挥毫写下“无忧堂”，对女性的脚迷恋得“忍不住要长啸了”；女性在性爱关系中一律被称为“妇人”，对庄之蝶仰慕得五体投地、近乎病态……这些颠鸾倒凤、浪荡轻浮的描写使得文本的性话语充满了异质性，不但冒犯了女性主义立场上的读者，也突破了大众的审美底线。

然而，文本中的男女在性关系中也并不全然是不对等的关系。四位女性通过争先恐后地将自己无私地奉献给男性而体会到了女性的自我存在与个人的主体价值，这样的情节架构固然使人联想起张贤亮笔下的马缨花（《绿化树》）与黄香久（《男人的一半是女人》），即女性似乎是为了帮助男性克服其阉割焦虑而存在。但庄之蝶与章永璘所不同的是，他多少还能回报以女性同样的仰慕态度：他感谢唐宛儿对自己男性气概的成全，也欣赏阿灿“永不言悔”的真情与勇气。尽管这样的仰慕在根本上仍是基于对方对男性主体的成全，但至少已经走出了大多数男作家无意识中所根深蒂固的不平等性爱关系。

这种男女双方互相仰慕的性爱关系实则隐喻了知识分子与时代的关系：不论社会如何变迁，每个时代的主流意识形态都会以求贤之名、纡尊降贵之态来拉拢知识分子，而无论知识分子如何宣扬与渴求个体精神的独立性，他们总是无法走出这种基于意识形态依附的操控。二者都试图通过依赖彼此而成就自己，但无论时空如何变化，这样的愿望永远都只是黄粱一梦而已，恰如贾平凹的自白：“（小说）只是写了一种两性相悦的状态，旨在说庄之蝶一心要适应社会到底未能适应，一心要有作为到底不能作为，最后归宿于女人，希望他成就女人或女人成就他，却谁也成就不了谁，他同女人一块毁掉了。”[1] 即一方面，恰如唐宛儿对庄之蝶极尽卑微的仰慕姿态，意识形态以卑躬屈膝的方式满足了知识分子的虚荣心，并由此完成了对其的招安：

> 我不后悔，我哪里就后悔了？我太激动，我要谢你的，真的我该怎么感谢你呢？你让我满足了，不光是身体满足，我整个心灵也满足了。你是不知道我多么悲观、灰心，我只说我这一辈子就这样完了，而你这么喜欢我，我不求你什么，不求要你钱，不求你办事，有你这么一个名人能喜欢我，我活着的自信心就又产生了！[2]

而另一方面，如同庄之蝶对女性们的疯狂崇拜从来都来者不拒，知识分子们对这类抬举显然是受宠若惊、颇为受用，于是，他们纷纷放下姿态，抛弃了自己的精神独立性：

> “你这么说着倒让我惭愧！”
>
> …………

---

[1] 贾平凹. 十年一日说《废都》[J]. 美文，2003（4）.
[2] 贾平凹. 废都 [M]. 北京：北京出版社，1993：244.

“我觉得你好，你身上有一股我说不清的魅力，这就像声之有韵一样，就像火之有焰一样，你是真正有女人味的女人，更令我感激的是，你接受了我的爱，我们在一起，我又重新感觉到我又是个男人了，心里有了涌动不已的激情，我觉得我没有完，将有好的文章叫我写出来。”[1]

《上海宝贝》的性话语则是对后殖民寓言的象征。小说以情欲自主的女作家倪可为第一人称叙事中心，通过她在心灵相通，但性无能的中国男友天天和身家丰厚，且具有超强性能力的德国男友马克之间的徘徊，隐喻了在世纪末的最后十年，中国传统文化日益衰微、西方文化强势入侵，而作为民族主体以及女性主体的个人在中西文化冲突中无所依傍、失去方向的身心状态。事实上，这一后殖民意义的文本构思并非卫慧的发明，此前，王安忆的《我爱比尔》（1996）和虹影的《K——英国情人》（1999）都是通过“性无能的中国男人—性放纵的中国女人—性超强的西方男人”的三角关系构成了对后殖民语境的隐喻。在这些文本中，中国女性无一例外地摒弃了性无能的中国男人（即僵化腐朽的中国文化），转而纷纷投入了西方男性的怀抱，比如倪可疯狂地迷恋马克“纳粹式的肌肉”，闵因为与裘利安的房中术而容光焕发，而阿三则选择只与西方男人发生性关系，她们以放浪形骸的姿态热烈地邀请西方男性进入体内，象征了对西方文化的昂首期待与全盘接受。这一文本策略敏锐地把握到了20世纪末的社会文化心态，并通过性话语的后殖民寓言触及了东、西方文化形态间的不平等关系，正如萨义德（Edward Wadie Said）所说，“东方被观看，因为其几乎是冒犯性的行为的怪异性具有取之不尽的来源；而欧洲人则是看客，用其感受力居高临下地巡视着东方，从不介入其中，总是与其保持距离”，“西方是积极的行动者，东方则是消极的回应者。西方是东方人所有行为的目击者和审

[1] 贾平凹. 废都［M］. 北京：北京出版社，1993：116-117.

判者”[1]。

然而，相对于《我爱比尔》与《K》，《上海宝贝》的命运显然更为坎坷。这一方面是因为《上海宝贝》在销售、宣传中采用了极尽夸张的商业炒作，大众传媒的介入也放大了文本问题、激化了社会情绪；另一方面，小说中的性描写不但极尽放纵，几乎失控，更打破了对政治、文化、道德等各种话语的依附，被完全缩小到了身体叙事本身，而这种文本策略是否具有合法性与有效性，至今仍是饱受争议的。在20世纪80年代，性话语作为一种书写工具，往往被用于控诉意识形态对个人的压抑，即性虽然走出了书写的禁区，但性与爱的分离、身体叙事与政治隐喻的拆解仍是意识形态的禁区。正如福柯所说，“如今性当然已不再是生活中的唯一秘密了，因为人们至少能表露他们一般的性趣向，而不必因此羞愧或是受到谴责。但是人们仍然认为，并且被鼓励来认为，性的欲望揭示了他们深层的本质。性不再是秘密，但仍是一种症候，一种对我们的个人性的最大的秘密的表白”[2]。《上海宝贝》的异质性就在于，其性话语放弃了与任何其他话语的捆绑，以本能狂欢的方式显示出了身体叙事的颠覆性与不可控制性，这不仅触犯了主流意识形态的禁区，也挑战了大众伦理道德的底线。

事实上，性话语是否可以退回到身体叙事，只作为性欲本身而出现，这本身是一个值得讨论的问题。一方面，种种社会学研究早已证明，人类的性具有动物性与社会性的双重属性，所以，作为对人与人性的书写，文学文本也应当被允许描写性的动物性。但反之，也正是由于文学是书写人与人性的，所以性描写也不应失去情感的温度，从而保证其能够不脱离审美形态而存在。另一方面，《上海宝贝》的性描写虽然以感官刺激为核心，但作为一种文学书写，它是新颖、流畅而不落俗套的。卫慧在描写性场面时有时借用了武侠小说的套话，有时插入了卡拉

---

[1] ［美］萨义德. 东方学［M］. 王宇根，译. 北京：生活·读书·新知三联书店，2007：135、142.

[2] ［法］福柯. 权力的眼睛——福柯访谈录［M］. 严峰，译. 上海：上海人民出版社，1997：9.

OK 流行歌曲的片段，有时还加入了电影的元素，“在昆汀塔伦蒂诺的暴力片红色背景下互相抚摸，在乌玛瑟曼呻吟声和约翰屈伏塔的枪声里一起入睡”[1]，不仅丰富了性描写的表现方式，也呈现出了文本的时代立体感。

可见，同为由性话语而呈现出异质性的文本，《废都》隐喻了知识分子与时代的关系，而《上海宝贝》则讲述了一个后殖民的寓言。从表面上看，它们都因性描写的放纵失控而引发了非议，但这些争论的焦点实则是对性话语价值取向和审美底线的探讨。

二、颓废氛围：世纪末的价值取向

《废都》中的庄之蝶是迷茫的，而他的迷茫也正是作者贾平凹“破碎了的灵魂”的迷茫，“一切都是茫然，茫然如我不知我生前为何物所变、死后又变为何物”[2]，即作为知识分子的个体在社会转型期的迷茫。有的评论认为，庄之蝶通过对女性的性征服完成了自我确认的过程，“在某种程度上象征着‘知识分子’在社会转型期渴望重返历史主体的虚假满足”[3]；有的研究指出，四位女性分别代表着传统文化、新旧文化融合的转型期文化、商业文化和乌托邦式的理想文化，庄之蝶在性爱关系中的沉沦象征了转型期的知识分子在二次启蒙失败后陷入文化休克的精神困境[4]。但不论这些女性的具体所指是什么，庄之蝶对精神陷落时期知识分子的隐喻是无可争议的：在传统文化全面溃败、消费文化席卷而来的 20 世纪 90 年代，曾经以“文化英雄”“精神导师”安身立命的知识分子们卡在新旧文化之间进退维谷、无所适从，他们在价值观上的委顿、虚无与困惑恰是一个时代的集体症候。

---

[1] 卫慧. 上海宝贝［M］. 沈阳：春风文艺出版社，1999：37.

[2] 贾平凹. 废都［M］. 北京：北京出版社，1993：527.

[3] 黄平. “人”与“鬼”的纠葛——《废都》与八十年代“人的文学”［J］. 当代作家评论，2008（2）.

[4] 丁帆. 动荡年代里知识分子的“文化休克”：从新文学史重构的视角重读《废都》［J］. 文学评论，2014（3）.

《废都》产生的语境恰逢20世纪90年代初期的“人文精神讨论”。八九十年代之交的一系列社会巨变极大地冲击了知识分子的价值观：20世纪90年代初苏联、东欧社会主义国家的解体使得人们开始重新审视世界和个体自我的价值；邓小平南方谈话和市场经济改革又刷新了大众的生活方式，促成了知识界的分化。在这个价值观念大转换的时代，商品逻辑和大众文化的时代风潮击倒了知识分子，他们的人格迅速萎缩、批判精神荡然无存，审美想象力全面退化、艺术趣味日益低俗，于是，“至少在人文社会科学的研究领域里面，在知识分子圈中，一九八〇年代的那种乐观和自信迅速崩溃了，取而代之的是深深的困惑”[1]。知识分子的“功利心态占主导地位”“终极关怀泯灭”“精神侏儒化、动物化”[2]，他们放弃了信仰，转而陷入了怀疑与虚无。

在1993年，《废都》的出现成了这场人文精神危机的标志：小说几近色情又无处不在的性话语显示出欲望本体战胜精神世界的颠覆性力量，而其在商业出版操控下的变身为“□□□”又展现出资本世界下文化机制对“纯文学”的侵蚀作用。进入21世纪后，越来越多的研究开始在重新审视后做出了“翻案文章”，意识到并不能将主人公的精神状态简单推演到作者身上：相对于庄之蝶在迷茫中的堕落与沉沦，贾平凹痛苦而清醒地指出了这迷茫背后的价值观真空，并对这迷茫发出了叩问与求解。

小说对这种关系的隐喻是通过充满异质性的性话语而实现的，而性话语所营造出的颓废氛围又反过来形成了对这种荒诞关系的诘问。正如马泰·卡林内斯库（Matei Calinescu，1934—2009）在《现代性的五副面孔》中指出，“颓废”也是现代性的表现之一，“颓废风格只是一种有利于美学个人主义无拘无束地表现的风格，只是一种摒除了统一、等级、客观性等传统专制要求的风格。如此理解的颓废同现代性在拒斥传统的专暴方面不谋而合”。《废都》所表现的不仅仅是作为个体的知识分

[1] 王晓明. 人文精神讨论十年祭——在上海交通大学的演讲 [J]. 上海交通大学学报（哲学社会科学版），2004（1）.

[2] 张汝伦，王晓明，朱学勤，陈思和. 人文精神：是否可能与如何可能 [J]. 读书，1994（3）.

子在文化震荡期的沉沦与迷茫，更是要质疑一代代知识分子与意识形态、社会文化始终互相利用、互相欺骗的关系，它对作为知识分子的个体所发出的质问是响亮而深远的。

如果说，《废都》在 21 世纪后的被接受是因为人们发现了其中的性话语并非完全缩小到了身体本身，而是仍有其意义所指，贾平凹通过这个颓废、迷茫的故事对 20 世纪末的知识分子价值真空发出了沉痛的叩问；那么，《上海宝贝》的始终被拒绝则显示出性话语完全脱离所指、退回欲望本身后的后果，以及一个价值观混乱的文本所将面临的境遇。

《上海宝贝》中的倪可也是迷茫的，但与《废都》不同的是，她的迷茫并不是作者心态的投射，而是来自作者的创作初衷与文本的实际走向所造成的错位，即价值观的混乱。一方面，如上所述，作者对叙事框架的设定显示出其后殖民寓言的文本定位；另一方面，作者对作为商品的作品也有其考量，即试图通过对性话语的异质书写来探索作为女性的个体存在，正如她自己所设计的小说封面标语："一部女性写给女性的身心体验小说""一部半自传体小说""一部发生在上海秘密花园的另类情爱小说"。即《上海宝贝》的初衷本是相当高明而不俗的：以男女性爱关系来投射中西文化的冲突，并显示出女性主体在其中的迷失与惶惑。但是，恰是由于作为文本策略的性话语退回到了身体叙事本身，放弃了与其他任何话语的捆绑，使得文本反而容易被各种因素所操控。小说中，本作为后殖民寓言背景出现的消费性迅速冲垮了作者所预设的定位，造成了文本在价值观上的极度混乱。

卫慧对上海迷恋至深，曾声称要用文字延续对这座城市后殖民性的书写。"上海的文化从 30 年代起一直有两条线平行发展，一条是以鲁迅为首的革命左翼，一条则是殖民文化带来的寻欢作乐、香艳而又孤独颓废的做派。只不过经过'文革'，后者就断了。"而她的创作则试图"用文字覆盖你所居住的城市，给它涂一层能挑动情欲的粉红色"[1]。然

---

[1] 卫慧，李大卫. 卫慧访谈：亲爱的，让我们来谈谈性和道德吧［N/OL］. 搜狐网新闻频道 2001 年 10 月 30 日，http://news.sohu.com/53/07/news147060753.shtml.

而，《上海宝贝》中的城市生活被理解成了消费生活，上海成了各种品牌标签的游泳池，比如，上海的阳光像“泼翻的苏格兰威士忌酒”，城市里的景色“像欧洲电影里的一种情绪”；又如，主人公喝的是“三得利”牌汽水，吃的是“妈妈之选”牌色拉乳、“德芙”牌黑巧克力……即市场经济中的个体充分体会到了人的虚无感和荒谬感，但作者并没有对此提出质疑，而是充分享受了由物欲和肉欲的感官刺激所带来的眩晕感。正如扎西多（查建英）所指出的那样，卫慧虽然在《上海宝贝》中一再声明亨利·米勒（Henry Miller，1891—1980）是自己的文化偶像、精神来源，但是同为半自传体小说，米勒笔下的主人公在感官享乐上既是反禁欲的、又是反商品的，而倪可的所谓反叛则根本就是商品化生活的产物，即“性是商品的性，享乐是物质的狂欢”[1]。对于小说中的上海，与其说这是一个具有后殖民文化遗产的城市，不如说是一个物欲横流、声色犬马的商品世界；在倪可身上，与其说是看到了作为女性的个体经验，不如说是看到了作为消费主体的个体对消费时代的享受与沉醉。换言之，《上海宝贝》的后殖民意味并没能达到预期的力量，性别经验也荡然无存，人彻底沦为了消费符号。

反观小说的颓废氛围，就可以发现，文本的迷茫并非来自后殖民语境的文化氛围或是性别场景中的个人体验，而是源于个体在消费语境下不断狂欢、下沉后的迷醉；以及各种价值观交织，却又无力也无意作出辨析与选择的虚无感。

> 某种意义上，我的朋友们都是用越来越夸张越来越失控的话语制造追命夺魂的快感的一群纨绔子弟，一群吃着想象的翅膀和蓝色、诱惑、不惹真实的脉脉温情相互依存的小虫子，是附在这座城市骨头上的蛆虫，但又万分性感，甜蜜地蠕动，城市的古怪的浪漫与真正的诗意正是由我们这群人创造的。[2]

---

[1] 扎西多. 都市“恶之花”[J]. 读书，2000（7）.
[2] 卫慧. 上海宝贝［M］. 沈阳：春风文艺出版社，1999：180.

正如麦克·费瑟斯通（Mike Featherstone，1946—）对消费文化特性的阐述："艺术与日常生活之间的界限被消解了，高雅文化与大众文化之间层次分明的差异消弭了；人们沉溺于折中主义与符码混合之繁杂风格之中；对文化表面的'无深度'感到欢欣鼓舞；艺术生产者原创性特征衰微了；还有，仅存的一个假设：艺术不过是重复。"[1]

1993年的《废都》尚能以"□□□"的形式出现，并能在一片声讨中赢得零星的理解；1999年的《上海宝贝》却迅速被禁，且至今未能"翻案"成功。从表面上看，这似乎是社会对性话语在开放性与接受度上的倒退，或是对性话语的性别歧视：男人写得？女人就写不得？事实上，拨开笼罩在文本之上的颓废云团，我们可以看到，《废都》清醒地把握到了知识分子失根的精神状态，文本的颓废氛围是来自于价值观的真空，而《上海宝贝》虽立意于探索后殖民语境中的个体存在与性别经验，却实际被消费文化所击倒，其文本的迷茫是来自于文本价值观上的混乱，二者在价值取向上的差异才是其遭受不同境遇的真正原因。

第二节 同性恋书写：《回廊之椅》与《桃色嘴唇》

在世纪末的最后十年，同性恋书写告别了漫长的隐秘时代，悄然进入了大众的视野：作为一种文本策略，它以姐妹情谊的方式开拓了书写的可能性；作为一种生存体验，它又以审美的形态将这种亚文化公之于众。尽管文学书写在当代出现了各类边缘体验的"大爆炸"，但作为对性别秩序与日常经验的挑战，同性恋书写中天然的异质性仍是无可争议的事实。

林白的《回廊之椅》与崔子恩的《桃色嘴唇》的异质性都在于其同性恋书写的主题，以及其中大胆而唯美的自恋情结。林白的《回廊之

[1] [英] 迈克·费瑟斯通. 消费文化与后现代主义 [M]. 刘精明，译. 南京：译林出版社，2000：11.

椅》讲述了土改时期中一个古老宅园的故事，宅园外是兄弟反目、残酷杀戮的男性世界，宅园内则是太太朱凉与侍女七叶互相支持、相依为命的同性恋情，她们以温情脉脉的女性联盟抵抗和颠覆了暴力而荒谬的男权世界。崔子恩的《桃色嘴唇》[1] 则是一个轮回的故事，叶红车自少年时期发现自己的同性取向后，一生都活在道德恐惧与自我压抑之中，死前他终于向临终关怀院院长坦白，并为自己涂了一个桃色嘴唇，二十五年后，院长的儿子小猫成了另一个叶红车，但他对同性取向毫无愧疚，更沉醉于离经叛道的肉欲狂欢之中，而无法接受事实的院长阉割了儿子，被判入狱。最后，他在监狱里用“桃色嘴唇”的符号完成了对自我的忏悔。

一、姐妹情谊与审美体验

1995 年，林白发表了小说《回廊之椅》，文本通过讲述一个“同性爱”的故事，以女性内部的相互依偎建构起性别自我的主体性，表达了对男性世界的失望与拒绝。这种文本策略即为女性书写中常见的“姐妹情谊”，其书写的异质性就在于所构建出的封闭而自足的女性世界：小说中的男性大多丑恶、低俗和无能，或者干脆缺席或退场，而女性则是美丽、独立而智慧，她们以同性结盟的方式瓦解了“女性必须依附男性而存在”的文化预设，显示出性别主体强大而自足的精神性。

需要指出的是，在以《回廊之椅》为代表的女性书写中，同性恋书写往往被用于象征女性间的精神依恋和情感慰藉，而非真正意义上的身体亲密关系。大量的女性主义理论研究已经对此做出了阐释，比如玛丽·伊格尔顿（Mary Eagleton，1961—），曾指出，“（同性恋）包括更多形式的妇女之间和妇女内部的原有的强烈感情。如分享丰富的内心生活，结合起来反对男性暴君，提供和接受物质支持和政治援助，反对男人侵

[1] 崔子恩在 1993 年就完成了《桃色嘴唇》的创作，但由于涉及“同性恋题材”，小说迟迟未能问世，后在 1997 年由香港华生书店最先出版，最终于 2003 年由珠海出版社在大陆出版。为方便论述，本文将其视为 20 世纪 90 年代的文本。

占女人的权力”[1]。所以，尽管《回廊之椅》甫一开篇就层层铺垫朱凉与七叶之间的暧昧情愫，但直至叙事过半、进入家族命运的转折后，小说才将两人的命运正式扭结在了一起：

> 撞门和杀猪的声音从楼梯和天井传进来，它们同时到达朱凉和七叶，它们在朱凉身上消遁，却在七叶体内曲折而快速地奔走，然后从她狭窄的喉咙再度冲出，夸张而变形，它们声势浩大，一次比一次强大和真实，一次比一次恐怖。[2]

此时，始终在文本中处于缄默状态的朱凉在两人短暂的分开之后发出了唯一的声音——“七叶，七叶”，于是，“两个声音在黑暗中互相找着了对方，它们在空中交汇、触碰，彼此呼应”。在这个天翻地覆的时刻，两个女性拒绝了血腥暴力的外在世界，转而投向了彼此间的互相依赖，在被人遗忘的历史一角延续着生存下去的勇气。姐妹情谊使得她们成为一个不可分割的整体，在男性们沉迷于巧取豪夺的政治投机、一哄而上的肆意帮凶、大难临头的各奔东西之时，始终处于弱势地位、沉默不语的主仆二人与领头干部道貌岸然的狡诈算计、土改民兵言辞轻浮的公然调戏、“正统”大房动乱时刻的弃夫而逃形成了鲜明的对比，她们以无言的应对与执着的坚守完成了对以章家兄弟为代表的男权世界的成功拆解，有力颠覆了历史的象征秩序。

1993年，崔子恩完成了《桃色嘴唇》的创作。这部被称为“美丽的毒瘤”[3]的小说无疑将文本的异质性发扬到了极致：这不仅在于小说挑战了一向处于敏感地带的同性恋书写，更是因为作者出乎意料地将这份对禁忌的冒犯写得坦坦荡荡、唯美之至，以毫无痛苦与创伤的方式展现了作为真实审美体验与生存经验的同性恋现象。

---

[1] [英] 玛丽·伊格尔顿. 女权主义文学理论 [M]. 胡敏，译. 长沙：湖南文艺出版社，1989：39.

[2] 林白. 回廊之椅 [M]. 广州：花城出版社，2009：22.

[3] 王干. 在风中言语，在风中倾诉：关于《桃色嘴唇》这部奇作的一些札记 [J]. 南方文坛，1998：4.

“桃色嘴唇”是崔子恩一向钟爱的意象，围绕其上的书写展现出了作者一贯的唯美风格。在《桃色嘴唇》中，叶红车一生都在试图掩饰与压抑自己的同性取向，并在迟疑与痛苦中离开了一个又一个爱人，临终前，他选择用“桃色嘴唇”为自己送行，作者并没有将这个毕其一生才得以完成的性别指认渲染得伤感或悲壮，而是借院长的口吻，将这一幕写得优美而诗意：

> 苍白老迈而又稚气未脱的脸额，桃色的妍丽之唇，连同他讲到一半便被死神打断的人世故事，仍浮沉于我的面前。[1]

对于叶红车而言，“桃色嘴唇”以无言的性感魅惑象征了他对生活坦荡的承担，和对自我主体的认同；而对院长而言，“桃色嘴唇”意味着内心深处的呼唤，迫使他通过阉割儿子的方法来维护性别秩序的统治，并浇灭心中蠢蠢欲动的本性呼唤，“那愤怒不过是恐惧的面具：对自己同样暧昧不明的性别认同的恐惧”[2]。在崔子恩导演的电影中，“桃色嘴唇”的意象也一再出现。正如戴锦华所说：“它是一个弥留之际的老人回首平生时可堪慰藉的自我指认，它是一个青年放浪纵欲生涯的一种标示，他是一个固执又迷惘于男权的父亲驱逐噩梦的咒语。”[3]

可见，同为异质性的同性恋书写，林白的《回廊之椅》中的“同性爱”是虚构的文本策略，通过对姐妹情谊的书写发出了具有女权意味的性别精神诉求；崔子恩的《桃色嘴唇》则展现了作为真实审美经验与生存体验的同性恋现象，以唯美的姿态冲击了束缚其上的文化牢笼。

二、自恋情结：自我认同的途径

在《回廊之椅》中，朱凉与七叶间的情愫是从七叶的一见钟情开始

[1] 崔子恩. 桃色嘴唇［M］. 珠海：珠海出版社，2003：1.
[2] 崔子恩. 桃色嘴唇［M］. 珠海：珠海出版社，2003：15.
[3] 戴锦华. 分享欣悦——阅读《丑角登场》［J］. 花城，1998（4）.

的。故事的开头，在终日绵绵阴雨的南方边陲小镇——水磨，年幼的七叶在“脚步纷纷、糠屑飞扬的糠行”里初次见到了朱凉，只觉得她洁净高贵得“散发着隐隐的光”“像是来自另一个世界”。

事实上，朱凉是七叶的未来镜像，她们是不同时空中的同一个自己。通过对朱凉身体的认知与欣赏，朱凉完成了对性别主体的自我启蒙，使得她意识到“有性别的身体及个人才是实际生活中有生命的身体与个人”[1]，并由此迎来了“她生命中的一个新纪元”。正如林白在《一个人的战争》中的著名片段：“想象与真实，就像镜子与多米，她站在中间，看到两个自己。真实的自己，镜中的自己。二者互为辉映，变幻莫测，就像一个万花筒。”[2] 拉康曾阐释了个体发展中的“镜子阶段”：主体在认定一个影像之后的自身变化即为“我”的认同过程，当个体面对并误认镜中自己的影像时，即完成了从想象界到象征界的转折。[3] 在20世纪80年代，大量的女性主义研究运用镜像理论阐释性别问题，使得“镜像”成为在父权体制下被扭曲、异化的女性形象的象征。[4]

从这个意义上说，朱凉与七叶的相恋可以被视作一种自恋，即七叶通过对自我镜像的沉迷挖掘出性别经验，由此来确认作为主体的自我存在。于是，我们也就不难理解，为什么林白以几近磨难的口吻展现了七叶对裸露身体的心理挣扎，“她在朱凉面前一次次裸露自己，一定是要跟自己内心的某种东西（比如害怕）对抗”。并以铺排渲染的方式展现

---

[1] [美] 朱迪斯·巴特勒. 消解性别 [M]. 郭劼，译. 上海：上海三联书店，2009：12.

[2] 林白. 一个人的战争 [M]. 沈阳：春风文艺出版社，2006：17.

[3] [法] 拉康. 助成“我”的功能形成的镜子阶段——精神分析经验所揭示的一个阶段 [M] //拉康选集. 褚孝泉，译. 上海：上海三联书店，2001：90.

[4] 吉尔伯特（Sandra Gilbert）与格巴（Susan Gubar）在《镜与妖女：对女性主义批评的反思》（*The Mirror and the Vamp: Reflections on Feminism Criticism*）中对《白雪公主》（*Snow White*）进行了重读，戴锦华更进一步发展出“镜城”的比喻，用以指涉具有中国特色的男权传统所构建的文化堡垒。可参见 [美] 桑德拉·吉尔伯特，苏珊·格巴. 镜与妖女——对女性主义批评的反思 [M] //张京媛. 当代女性主义文学批评. 北京：北京大学出版社，1992：271-302. 戴锦华. 镜城突围：女性·电影·文学 [M]. 北京：作家出版社，1995.

出裸露的华美瞬间，即个体在镜像中发现了作为性别存在的自我：

> 她那美丽的裸体在太阳落山光线变化最丰富的时刻呈现在七叶的面前。落日的暗红颜色停留在她湿淋淋而闪亮的裸体上，像上了一层绝妙的油彩，四周暗淡无色，只有她的肩膀和乳房浮动在蒸汽中，暗红色的落日余晖经过漫长的夏日就是为了等待这一时刻，它顺应了某种魔力，将它全部的光辉照亮了这个人，它用尽沉落之前的最后力量，将它最最丰富最最微妙的光统统洒落在她的身上。[1]

随后，七叶一遍遍地探看着朱凉的躯体，在“薄如蝉翼的纱衣”中，侧卧竹榻的朱凉若隐若现地展示着完美的腰肢；被“又大又软的丝质衣服”覆盖的身体，在空荡荡的衣衫中展现着凹凸有致的坚挺身形；七叶的双手不断在朱凉“全身的所有地方”拍打，直到“她身上的水滴由暗红变成淡红，变成灰红、浅灰、深灰”。通过这种对自我镜像的认识、欣赏、迷恋与审视，达到了一种身体性的自恋。相对于铁凝《大浴女》、陈染的《私人生活》之中的揽镜自视、幽室自慰，《回廊之椅》是通过女性间互相恋慕、互相投射的“恋她”而实现“自恋”，并进而完成了性别主体的自我确认。

“自恋”的书写也是崔子恩文本的一个显著特色，即通过极端的自我欣赏来确认自我的生命体验。崔子恩小说的主人公总是以“美而自知”的美少年出现，例如《桃色嘴唇》中的小猫，他通过照镜子来自我欣赏：“我看到自己久未修剪的头发泻到耳根，加上刚刚洗过，蓬蓬松松地闪着光泽，白皙的脸上清秀的五官在惊奇地圆睁着的大眼睛带动下，呈现着兴奋与不安杂交的神情。”[2] 又比如《舅舅的人间烟火》中也频频出现了“出了名儿的美少年”“生来面若桃花，甚至呼吐出的气息都带有一股奶和花蜜混合的香甜”[3]。埃里希·弗洛姆（Erich

[1] 林白. 回廊之椅［M］. 广州：花城出版社，2009：26.
[2] 崔子恩. 桃色嘴唇［M］. 珠海：珠海出版社，2003：30.
[3] 崔子恩. 舅舅的人间烟火［M］. 珠海：珠海出版社，2003：1、351.

Fromm，1900—1980）将自恋与自我确认联系在一起，“对自恋者来说，唯一完全真实的东西是他们自己，是情感、思想、抱负、愿望、肉体、家庭，是他们所有的一切或属于他们的一切……凡与他们有关的一切，都光彩焕发，实实在在。身外的人与物都是灰色的、丑陋的、黯淡无光，近乎虚无”[1]。而崔子恩的自我剖析也展示了自恋情结对于自我确认的意义：

> 真纯质朴的灵魂将他荐举为一个弱小的斗士角色……一单枪一匹马一道白光，他小丑般登场。既未受拥抱，又未遭咬啃……他万般严肃千种悲壮地舞枪弄剑孤军奋战。四野的阵势阵营幡然变化，成为嘘声四起的观众阶席。在勇士阶层面前，他扮演的不过是可笑的小丑。[2]

正是这份堂堂正正的自恋，使得崔子恩的文本与其他大部分同性恋书写的问题呈现出区分度。在 20 世纪 90 年代，王小波《似水柔情》、刁斗《人类曾经有多少种性别》、虹影《鹤止步》等小说大多以同性恋为题材，将其作为少数族群、边缘人群的隐喻，从人道主义的角度呼吁对一切人类情感的关怀与包容。例如，王小波的《似水柔情》讲述了一个异性恋变成同性恋的故事。小史本是一个视同性恋为“笼子里的猴子”的小城已婚警察，通过对公园里的风流人物阿兰出于消遣、嘲弄的审讯，他渐渐被诱惑，卷入了同性恋的世界。小说所关注的，是同性恋者被社会夺取尊严、接受屈辱的生存现状，文本中，阿兰目睹了一个异装癖者的被侮辱，作者借阿兰之口愤慨地说道：

> 这件事有顺理成章的一面，因为此人是如此的贱，如此的绝望，理应受到羞辱；但也有残忍的一面，因为这种羞辱是如此的肮脏，如此的世俗。就连杀人犯都能得到一个公判大会，一个执行的

---

[1] [美] 弗洛姆. 弗洛姆著作精选：人性、社会、拯救 [M]. 黄颂杰，主编. 上海：上海人民出版社，1989：692.

[2] 崔子恩. 桃色嘴唇 [M]. 珠海：珠海出版社，2003：175.

意识，羞辱和嘲弄不是一回事。这就是说，卑贱的人也想获得尊重。[1]

通过质疑性别分类给人所带来的屈辱，王小波质疑了这种权力的合法性以及人类的性别分类本身，从权力实践的角度来提出了对边缘人群的人性关注。而对于崔子恩来说，当他以自恋的言说完成了对生命经验的自我确认时，也就同时形成了对同性恋群体边缘性的解构。

---

[1] 王小波. 似水柔情［M]. 南京：译林出版社，2012：79.

结　论

本文从“个人”与“女性”话语的角度来进入对当代女性文学的考察，以问题为中心，以历史线索为参照，探讨当代女性文学流变的原因、语境和意义增殖的过程。

在绪论部分，通过对相关概念的辨析，对本文所涉及的几个关键性范畴做出了阐释：“当代”是一个文化、文学史意义上的时间概念，对其的讨论并不仅止于这时期所产生的文学文本，还囊括了期间的文学思潮、文化现象，是一个生成性的复合文化空间。而“女性文学”则泛指该时期女作家的文学创作及其所引起的文学、文化现象。通过反思学界在女性文学研究上的基本路径与典型代表，指出其主要弊病就在于“西学东渐”的研究路径和二元对立思维的预设，并由此带来了对女性主体性的过分突出和对作品反叛意识的过分拔高等问题。针对这些研究的本质化倾向，本文以“个人话语”为研究切入点，纵向上追溯这一线索的缘起和流变，横向上围绕“个人”与“女性”的关系来分析当代女性文学中的种种问题，并探究其背后的社会文化原因与逻辑。

第一章索解现代女性文学的发生及其为当代女性文学埋下的历史伏笔。“个人”与“女性”的概念在晚清时即已出现，并随着五四时期“人的发现”的潮流而被普遍接受，但当它们还未来得及进一步被阐发，就已被意识形态悄然收编，在民族话语的裹挟中消泯了自己的声音。自五四时期开始，精神/生活二元对立的性别模式被内化于文学创作中，其本质是父权制二分文化规则在文学书写中的投射，这一模式一路被延续到了当代女性文学之中并发生了一系列变形，对其的突破仍有待20

世纪 90 年代对“个人”与“女性”及其关系的更新与突破。

第二章考察 20 世纪 80 年代女性文学的发生与形态。首先，进入 20 世纪 80 年代后，“怀疑一切”“解构一切”的浪潮使得人们重新检视集体话语、宏大叙事，“大写的人”发出了强有力的声音，而“个体”又旋即取而代之，“女性”在与“个人”的艰难拆解中深刻体会到了分裂的苦痛。其次，20 世纪 80 年代女性文学的内部分化出两大价值立场：道德判断与时代控诉，前者烙印着刻骨铭心的道德焦虑感，后者则在一番弱势话语的控诉之后陷入虚无的主题之中。此外，在有限的人性书写中，女性体会到了“社会人”和“家庭女”、“女性”与“男性化、无性化”的矛盾，以螺旋式上升的迂回道路开启了当代女性文学的历史。

第三章阐释 20 世纪 90 年代女性文学的发展与变化。首先，从 20 世纪 90 年代中国文学的“个人化”倾向入手，试图指出在市场化和全球化的背景下，文学书写通过“个人”策略形成了多元分化与意义真空的发展态势；在消费文化与意识形态的合谋下，其中的女性书写更在窥视中被放大、扭曲了女性书写的生存经验与个体表达。其次，根据书写中表现“个人”与“女性”的不同偏向，20 世纪 90 年代女性文学内部可划分出两个分支：20 世纪 80 年代成名作家群和 20 世纪 90 年代新兴作家群。此外，在“个人”与“女性”这样的内在线索之外，官方文化首次参与女性文学的构建之中并实现了对其的操控；西方女性主义文化理论更助推了学界的相关研究。

第四章讨论女作家否认性别身份的文学现象。女作家们“我不是女作家”的宣言背后有着复杂的成因：固化审美心理的延续使得女性主义被等同于一种对抗思维和缠绵风格，大众媒体的助推使得女性文学随着“美女作家”的兴起而被进一步污名化，并且，作为一个全球化现象，女作家对性别身份的否认又与后结构主义理论的兴起、巴特勒对“女性”的颠覆直接相关。对此，女作家们往往通过“我的写作是关于广阔的人性天地”而将注意力转移到对“人”的指认上，但在同一个“指女为人”的表象下呈现出分野的态势——或是女扮男装，以去女化的方式跻身写作主流；或是“雌雄同体”，以直视身份的姿态坚持自我的立场。

第五章分析文学作品的性别表述问题。作为一种审美形态，异质书写在20世纪90年代大规模出现，其中性别表述上的差异赋予文本以不同的内涵，也使其遭受了不同的境遇。《废都》与《上海宝贝》的异质性都在于放纵得几近失控的性话语，前者隐喻了知识分子与时代的关系，清醒地把握到了知识分子失根的精神状态，并通过知识分子价值观的真空状态营造出文本的颓废氛围；后者则讲述了一个后殖民的寓言，虽立意于探索后殖民语境中的个体存在与性别经验，却被消费文化所击倒，文本的迷茫心态来自文本价值观上的混乱。《回廊之椅》与《桃色嘴唇》的异质性都在于同性恋书写，前者的"同性爱"是虚构的文本策略，通过对姐妹情谊的书写发出了具有女权意味的性别精神诉求，并从对自我镜像的认知与欣赏实现了主体性的自我确认；后者则展现了同性恋生存体验中的真实审美经验，挑战了性别秩序与日常经验，并通过唯美的自恋情结来确认主体自我，解构同性恋群体的边缘性。

这个时代，对真理、主体这些本质问题的习惯性拒斥，对阐释、重读这些方法问题的普泛性迷恋，都有可能会走向对技术的盲从——写作在世界范围内遭遇普遍困境的原因之一就在于，解构总是比建构容易，而我们的批判能力又往往比书写能力提高得更快。然而对于书写的主体来说，克服盲从的求索之路是何其艰难，因此我们的目光要始终保持基本的审慎。

所以，对于当代女性文学而言，本文并无意评骘其高低得失——对单个文本或作家的品评离不开具体的阐释语境，而对其群体性价值的估量更有待置入历史长河中进行参照比较。本文倾向于从"个人"与"女性"范畴及其关系的视角，纵向上追溯女性文学是如何从现代发生、发展至今的，为其在当今所呈现出的种种形态找出历史的源头；横向上剖析当代女性文学所表现出的变化与问题，通过对社会文化语境的解读而"回到历史现场"，尽力构拟出这一群体性书写现象的内部脉络与文化语境。

通过循着"个人"与"女性"的研究线索，许多"想当然"的论断被一一打破，当代女性文学呈现出不一样的文化景观：

比如，女性文学被黏合为一个文学群体，并在不断的聚散中始终扭结成一股书写潮流，更多地仰赖于大时代氛围的牵引，即各种非文学因素对其的左右和遮蔽远远超过了其本身在“女性主体性”上的发展。尽管西方女性主义思潮的引入直接催化了女性文学研究领域的诞生，但其对女性文学创作的影响并没有人们想象中的深入与广泛。

比如，自五四时期延续而来的精神/生活二元对立模式并随着历史的推进而消泯，尽管女性书写尖锐地质疑了这种原属于男性的思想观念的虚伪与脆弱，并以“性别角色互换”的方式实现了对原有性别对立模式的逆转，但主流意识形态与男性话语不但延续了“男性代表思想观念，女性象征庸常生活”的性别对立模式，更有过之而无不及，换言之，性别书写的文化氛围并不乐观，仍在很大程度上面临着艰难而尴尬的语境。

又如，当代女性书写在整体性的“个人化”潮流背后实则存在着两种路径的分化，她们间差异的根源是在于对“中心话语”的不同态度——是眷恋还是漠视，是试图重返还是昂首向前。换言之，尽管“反抗中心”的叙事已持续了近二十年，我们却仍能在看似无限反叛和自由的书写表象下看到对主流意识形态的不舍与规训心态。

又如，以 1995 年联合国第四次世界妇女大会为契机，女性文学研究得以被正式建构起来，但在学界表面的繁荣景象背后也存在着意识形态通过学科渗透所实现的导向与操控作用，而这对于相关研究领域的发展恰恰是一把双刃剑，学术研究的独立性远比人们想象中脆弱。

再如，女作家对“女性主义”“女性文学”的拒斥并非简单的“不懂理论”“思想落后”，其背后不但隐藏着社会文化的心理积淀、大众传媒的引导作用和消费文化的深层渗透，更受制于世界范围内的理论困境。在共同的污名困境中，女作家因认同上的差异而产生了不同的身份策略选择，并进而在文本策略上呈现出分野的态势。换言之，性别认同对女性文学所产生的影响远比人们想象中深远。

所以，通过触摸历史发展内部的多样性与复杂性，我们可以看到女性文学在时间线索上的承继流变和在空间层面上的文化生态，也能瞥见当代的复杂文化形态和多元书写走向。由此，通过历史化与语境化的问题讨论，本文对同类研究中“西方影响论”的滥用和女性主义文化理论的滥用做出了有效的纠偏，即任何一种整体都只在有限的范围内存在，而任何程度的“同一性”概括都是需要研究者予以警惕的。

参考文献

一、国内研究著作

[1] 艾晓明. 20 世纪文学与中国妇女［M］. 天津：天津人民出版社，2008.

[2] 鲍晓兰. 西方女性主义研究评介［M］. 北京：生活·读书·新知三联书店，1995.

[3] 陈碧月. 大陆当代女性小说研究［M］. 台北：秀威资讯科技股份有限公司，2011.

[4] 陈平原，夏晓虹. 二十世纪中国小说理论资料（第一卷）［M］. 北京：北京大学出版社，1997.

[5] 陈平原，陈国球. 文学史［M］. 北京：北京大学出版社，1993.

[6] 陈顺馨. 中国当代文学的叙事与性别［M］. 北京：北京大学出版社，1995.

[7] 陈思和，杨扬. 90 年代批评文选［M］. 上海：汉语大词典出版社，2001.

[8] 戴锦华. 涉渡之舟：新时期中国女性写作与女性文化［M］. 西安：陕西人民教育出版社，2002.

[9] 丁帆. 文化批判中的审美价值坐标［M］. 北京：北京师范大学出版社，2009.

[10] 杜芳琴，王向贤. 妇女与社会性别研究在中国 1987—2003［M］. 天津：天津人民出版社，2003.

[11] 高小弘. 成长如蜕：二十世纪九十年代女性成长小说研究［M］.

北京：人民出版社，2011.
[12] 顾燕翎，郑至慧. 女性主义经典：十八世纪欧洲启蒙，二十世纪本土反思 [M]. 台北：女书文化事业有限公司，1999.
[13] 何成洲，王玲珍. 性别、理论与文化 [M]. 南京：南京大学出版社，2010.
[14] 贺桂梅. 女性文学与性别政治的变迁 [M]. 北京：北京大学出版社，2014.
[15] 洪子诚. 中国当代文学史 [M]. 北京：北京大学出版社，1999.
[16] 荒林. 日常生活价值重构：中国当代女性主义文学思潮研究 [M]. 北京：北京大学出版社，2013.
[17] 黄发有. 准个体时代的写作：20 世纪 90 年代中国小说研究 [M]. 上海：上海三联书店，2002.
[18] 黄子平. 远去的文学时代 [M]. 上海：复旦大学出版社，2012.
[19] 柯倩婷. 身体、创伤与性别：中国新时期小说的身体书写 [M]. 广州：广东人民出版社，2009.
[20] 雷水莲. 中国现当代女性文学的整合审视 [M]. 北京：中国社会科学出版社，2013.
[21] 李小江，等. 文学、艺术与性别 [M]. 南京：江苏人民出版社，2002.
[22] 李银河. 妇女：最漫长的革命：当代西方女权主义理论精选 [M]. 北京：生活·读书·新知三联书店，1997.
[23] 梁丽芳. 从红卫兵到作家：觉醒一代的声音 [M]. 台北：万象图书股份有限公司，1993.
[24] 刘思谦，郭力，杨珺. 女性生命潮汐：二十世纪九十年代女性散文研究 [M]. 开封：河南大学出版社，2005.
[25] 孟繁华. 众神狂欢：世纪之交的中国文化现象 [M]. 北京：人民文学出版社，2018.
[26] 孟繁华，林大中. 九十年代文存 [M]. 北京：中国社会科学出版社，2001.

[27] 南帆. 后革命的转移 [M]. 北京：北京大学出版社，2005.
[28] 钱理群. 毛泽东时代与后毛泽东时代：另一种历史书写 [M]. 台北：联经出版事业股份有限公司，2012.
[29] 任亚荣. 20 世纪 90 年代女性小说身体话语 [M]. 上海：上海大学出版社，2010.
[30] 邵燕君. 倾斜的文学场：当代文学生产机制的市场化转型 [M]. 南京：江苏人民出版社，2003.
[31] 宋素凤. 多重主体策略的自我命名：女性主义文学理论研究 [M]. 济南：山东大学出版社，2002.
[32] 王德威，陈思和，许子东. 一九四九以后：当代文学六十年 [M]. 上海：上海文艺出版社，2011.
[33] 王晓明. 在新意识形态的笼罩下：90 年代的文化与文学分析 [M]. 南京：江苏人民出版社，2000.
[34] 王晓明. 人文精神寻思录 [M]. 上海：文汇出版社，1996.
[35] 王宇. 性别表述与现代认同：索解 20 世纪后半叶中国的叙事文本 [M]. 上海：上海三联书店，2006.
[36] 谢玉娥. 女性文学研究与批评论著目录总汇：1978—2004 [M]. 开封：河南大学出版社，2007.
[37] 许纪霖，罗岗，等. 启蒙的自我瓦解：1990 年代以来中国思想文化界重大论争研究 [M]. 长春：吉林出版集团有限责任公司，2007.
[38] 许志英，丁帆. 中国新时期小说主潮 [M]. 北京：人民文学出版社，2002.
[39] 张京媛. 当代女性主义文学批评 [M]. 北京：北京大学出版社，1992.
[40] 张清华. 中国新时期女性文学研究资料 [M]. 济南：山东文艺出版社，2006.
[41] 张小虹. 后现代/女人：权力、欲望与性别表演 [M]. 台北：联合文学出版社有限公司，2006.

[42] 张岩冰. 女权主义文论 [M]. 济南：山东教育出版社，1998.
[43] 赵一凡，张中载，李德恩. 西方文论关键词 [M]. 北京：外语教学与研究出版社，2006.
[44] 朱晓进. 非文学的世纪：20 世纪中国文学与政治文化关系史论 [M]. 南京：南京师范大学出版社，2004.

二、国外研究著作

[1] 奥托·魏宁格. 性与性格 [M]. 肖聿，译. 北京：中国社会科学出版社，2006.
[2] 西格蒙德·弗洛伊德. 图腾与禁忌 [M]. 赵立玮，译. 上海：上海人民出版社，2005.
[3] 弗里德里希·恩格斯. 家庭、私有制和国家的起源 [M]. 中共中央马克思恩格斯列宁斯大林著作编译局，译. 北京：人民出版社，2018.
[4] 于尔根·哈贝马斯. 现代性的哲学话语 [M]. 曹卫东，译. 南京：译林出版社，2008.
[5] E. 涂尔干. 社会学方法的准则 [M]. 狄玉明，译. 北京：商务印书馆，1995.
[6] 弗朗兹·法农. 黑皮肤，白面具 [M]. 万冰，译. 南京：译林出版社，2005.
[7] 雷蒙·阿隆. 知识分子的鸦片 [M]. 吕一民，顾杭，译. 南京：译林出版社，2005.
[8] 罗兰·巴特. 神话：大众文化阐释 [M]. 许蔷薇，许绮玲，译. 上海：上海人民出版社，1999.
[9] 米歇尔·福柯. 不正常的人：法兰西学院演讲系列 [M]. 钱翰，译. 上海：上海人民出版社，2010.
[10] 米歇尔·福柯. 性经验史（增订版）[M]. 余碧平，译. 上海：上海人民出版社，2005.
[11] 乔治·巴塔耶. 色情史 [M]. 刘晖，译. 北京：商务印书馆，

2003.
[12] 让·波德里亚. 消费社会 [M]. 刘成富，全志钢，译. 南京：南京大学出版社，2001.
[13] 让—弗·利奥塔等. 后现代主义 [M]. 赵一凡，译. 北京：社会科学文献出版社，1999.
[14] 西蒙娜·德·波伏娃. 第二性 [M]. 陶铁柱，译. 北京：中国书籍出版社，1998.
[15] 雅克·拉康. 拉康选集 [M]. 褚孝泉，译. 上海：上海三联书店，2001.
[16] 朱丽娅·克里斯蒂娃. 中国妇女 [M]. 赵靓，译. 上海：同济大学出版社，2010.
[17] 杜赞奇. 从民族国家拯救历史：民族主义话语与中国现代史研究 [M]. 王宪明，译. 江苏人民出版社，2009.
[18] 葛尔·罗宾. 酷儿理论：西方 90 年代性思潮 [M]. 李银河，译. 北京：时事出版社，2000.
[19] 赫伯特·马尔库塞. 爱欲与文明：对弗洛伊德思想的哲学探讨 [M]. 黄勇，薛民，译. 上海：上海译文出版社，1987.
[20] 季家珍. 历史宝筏：过去、西方与中国妇女问题 [M]. 杨可，译. 南京：江苏人民出版社，2011.
[21] 佳亚特里·斯皮瓦克. 从解构到全球化批判 [M]. 陈永国，等译. 北京：北京大学出版社，2007.
[22] 勒内·韦勒克，奥斯汀·沃伦. 文学理论 [M]. 刘象愚，等译. 南京：江苏教育出版社，2005.
[23] 欧文·高夫曼. 污名：受损身份管理札记 [M]. 高立宏，译. 北京：商务印书馆，2009.
[24] 佩吉·麦克拉肯，艾晓明，柯倩婷. 女权主义理论读本 [M]. 桂林：广西师范大学出版社，2007.
[25] 斯蒂文·贝斯特，道格拉斯·凯尔纳. 后现代理论：批判性的质疑 [M]. 张志斌，译. 北京：中央编译出版社，1999.

[26] 詹明信. 晚期资本主义的文化逻辑 [M]. 陈清侨，译. 北京：三联书店，2012.

[27] 周蕾. 妇女与中国现代性：西方和东方之间的阅读政治 [M]. 蔡青松，译. 上海：上海三联书店，2008.

[28] 朱迪斯·巴特勒. 消解性别 [M]. 郭劼，译. 上海：上海三联书店，2009.

[29] 朱迪斯·巴特勒. 性别麻烦：女性主义与身份的颠覆 [M]. 宋素凤，译. 上海：上海三联书店，2009.

[30] 陶丽·莫依. 性与政治的文本：女权主义文学理论 [M]. 林建法，赵拓，译. 长春：时代文艺出版社，1992.

[31] J. L. 奥斯汀. 如何以言行事：1955 年哈佛大学威廉·詹姆斯讲座 [M]. 杨玉成，译. 北京：商务印书馆，2012.

[32] 艾华. 中国的女性与性相：1949 年以来的性别话语 [M]. 施施，译. 南京：江苏人民出版社，2008.

[33] 安东尼·吉登斯. 现代性与自我认同 [M]. 赵旭东，方文，译. 北京：生活·读书·新知三联书店，1998.

[34] 弗吉尼亚·伍尔夫. 一间自己的房间：本涅特先生和布朗太太及其他 [M]. 贾辉丰，译. 北京：人民文学出版社，2005.

[35] 雷蒙·威廉斯. 关键词：文化与社会的词汇 [M]. 刘建基，译. 北京：生活·读书·新知三联书店，2005.

[36] 玛丽·伊格尔顿. 女权主义文学理论 [M]. 胡敏，译. 长沙：湖南文艺出版社，1989.

[37] 迈克·费瑟斯通. 消解文化：全球化、后现代主义与认同 [M]. 杨渝东，译. 北京：北京大学出版社，2009.

[38] 汤尼·白露. 中国女性主义思想史中的妇女问题 [M]. 沈齐齐，译. 上海：上海人民出版社，2012.

[39] Dooling，Amy D. *Women's Literary Feminism in Twentieth-century China* [M]. New York：Palgrave Macmillan，2005.

[40] Zito，Angela.，Barlow，Tani. *Body，Subject，and Power in*

China [M]. Chicago: University of Chicago Press, 1994.

[41] Rojas, Carlos. *The Naked Gaze: Reflections on Chinese Modernity* [M]. Cambridge: Harvard University Press, 2008.

[42] Widmer, Ellen., David Der-wei, Wang. *From May Fourth to June Fourth: Fiction and Film in Twentieth-Century China* [M]. Cambridge: Harvard University Press, 1993.

[43] Rubin, Gayle. *Deviations: A Gayle Rubin Reader* [M]. Durham: Duke University Press, 2011.

[44] Cixous, Hélène., Sellers, Susan. *The Hélène Cixous Reader* [M]. London: Routledge, 2004.

[45] Jing, Wang. *High Culture Fever: Politics, Aesthetics, and Ideology in Deng's China* [M]. Berkeley: University of California Press, 1996.

[46] Schaffer, Kay., Xianlin, Song. *Women Writers in Post-socialist China* [M]. Hoboken: Taylor and Francis, 2013.

[47] Rofel, Lisa. *Desiring China: Experiments in Neoliberalism, Sexuality, and Public Culture* [M]. Durham: Duke University Press, 2007.

[48] Irigaray, Luce. *This Sex Which Is Not One* [M]. N. Y.: Cornell University Press, 1981.

[49] Pang-Yuan, Chi., David Der-Wei, Wang. *Chinese Literature in the Second Half of A Modern Century* [M]. Bloomington: Indiana University Press, 2000.

三、国内研究论文

[1] 戴锦华. 重写女性：八、九十年代的性别写作与文化空间 [J]. 妇女研究论丛，1998 (2).

[2] 丁帆. 八十年代：文学思潮中启蒙与反启蒙的再思考 [J]. 当代作家评论，2010 (1).

[3] 郭冰茹. 个人、身体与“个人化写作”[J]. 中国现代文学研究丛刊，2012（12）.

[4] 贺桂梅. 当代女性文学批评的一个历史轮廓［J］. 解放军艺术学院学报，2009（2）.

[5] 贺仲明. 重审文学中的个人主义［J］. 山花，2013（19）.

[6] 黄发有. 北京世妇会遗产与女性文学的责任［J］. 天津社会科学，2012（4）.

[7] 梁鸿. “狂欢”话语考：大众文化的兴起与九十年代文学的发生［J］. 当代作家评论，2009（5）.

[8] 孟繁华. 九十年代：先锋文学的终结［J］. 文艺研究，2000（6）.

[9] 南帆. 双重的解读：八九十年代中国文学的一种描述［J］. 文学评论，1998（5）.

[10] 乔以钢. “五四”传统与新时期女性文学［J］. 江汉论坛，2005（7）.

[11] 陶东风. 官方文化与市民文化的妥协与互渗：89后中国文化的一种审视［J］. 中国社会科学季刊，1995（秋季号）.

[12] 王富仁. 一个男性眼中的中国当代女性文学研究［J］. 文艺争鸣，2007（9）.

[13] 王尧. 关于“九十年代文学”的再认识［J］. 文艺研究，2012（12）.

[14] 肖鹰. 九十年代中国文学：全球化与自我认同［J］. 文学评论，2000（2）.

[15] 杨联芬. 个人主义与性别权力：胡适、鲁迅与五四女性解放叙述的两个维度［J］. 中山大学学报：社会科学版，2009（4）.

四、国外研究论文

[1] Fusco，Coco. “The other history of intercultural performance”［J］. *TDR*，1994，1（38）.

[2] Balibar，Etienne. “Civic universalism and its internal exclusions：

the issue of anthropological difference" [J]. *boundary*, 2012, 39 (2).

[3] Kitsuse, John I. "Coming out all over: deviants and the politics of social problems" [J]. *Social Problems*, 1980, 28 (1).

[4] Irigaray, Luce. "And the one does not stir without the other" [J]. *Signs*, 1981, 7 (1).

[5] Fraser, Nancy. "Rethinking recognition" [J]. *New Left Review*, 2000, 3 (5-6).

[6] Deutscher, Penelope. "Mourning the other, cultural cannibalism, and the politics of friendship (Jacques Derrida and Luce Irigaray)" [J]. *Differences: A Journal of Feminist Cultural Studies*, 1998, 10 (3).

[7] Moi, Toril. "'I Am Not a Woman Writer': about women, literature and feminist theory today" [J]. *Feminist Theory*, 2008, 9 (3).